Uma segunda chance

CHRISTINA LAUREN

Tradução Clarissa Growoski

Uma segunda chance

FARO
EDITORIAL

TWICE IN A BLUE MOON COPYRIGHT © 2019 BY CHRISTINA HOBBS AND LAUREN BILLINGS
ALL RIGHTS RESERVED. PUBLISHED BY ARRANGEMENT WITH THE ORIGINAL PUBLISHER,
GALLERY BOOKS, A DIVISION OF SIMON & SCHUSTER, INC.
COPYRIGHT © FARO EDITORIAL, 2022

Todos os direitos reservados.
Nenhuma parte deste livro pode ser reproduzida sob quaisquer meios existentes sem autorização por escrito do editor.

Diretor editorial **PEDRO ALMEIDA**
Coordenação editorial **CARLA SACRATO**
Assistente editorial **JESSICA SILVA**
Preparação **DANIELA TOLEDO**
Revisão **BARBARA PARENTE** e **CRIS NEGRÃO**
Ilustração de capa e miolo: © **FREEPIK**
Capa, diagramação e projeto gráfico **VANESSA S. MARINE**

```
      Dados Internacionais de Catalogação na Publicação (CIP)
              Jéssica de Oliveira Molinari CRB-8/9852

      Lauren, Christina
         Uma segunda chance / Christina Lauren ; tradução de
      Clarissa Growoski. -- São Paulo : Faro Editorial, 2022.
         256 p.

         ISBN 978-65-5957-194-9
         Título original: Twice in a Blue Moon

         1. Ficção norte-americana I. Título II. Growoski, Clarissa

      22-2040                                          CDD 813
```

Índices para catálogo sistemático:

1. Ficção norte-americana

1ª edição brasileira: 2022
Direitos de edição em língua portuguesa, para o Brasil, adquiridos por FARO EDITORIAL
Avenida Andrômeda, 885 - Sala 310
Alphaville — Barueri — SP — Brasil
CEP: 06473-000
www.faroeditorial.com.br

Se você já foi para a floresta comigo,
eu devo amar muito você.

How I Go to the Woods, por Mary Oliver

um

JUNHO
Catorze anos atrás

Vovó se virou para inspecionar o quarto do hotel. Com seus olhos escuros e atentos, examinou a decoração em bege e vermelho, os quadros genéricos e a televisão que ela, sem dúvida, achava que não combinava com a bela cômoda em que estava. Nunca na minha vida estive em um quarto tão chique, mas sua expressão, ao observar tudo, dizia: *pelo valor, eu esperava mais*.

Mamãe sempre descreveu essa expressão como *cara de ameixa seca*. Era adequada. Minha avó — com apenas sessenta e um anos — realmente se parecia com uma fruta seca quando ficava brava.

Como se, naquele exato momento, ela fizesse uma cara feia como se tivesse acabado de comer algo azedo.

— Tenho vista para a *rua*. Se eu quisesse olhar para uma rua, poderia ter ficado em casa, em Guerneville. — Ela piscou, indo da cômoda para o telefone na escrivaninha. — Não estamos nem do lado certo do prédio.

Oakland, para Nova York, para Londres. Pousamos pouco mais de uma hora atrás. No trecho mais longo, nossos assentos ficaram no meio de um grupo de cinco, na primeira fileira da cabine. De um lado estava um homem mais velho e franzino, que logo adormeceu no ombro de vovó, e do outro, uma mãe com uma criança. Quando estávamos finalmente acomodadas no quarto, eu só queria uma refeição, um cochilo e um pequeno espaço silencioso longe da vovó, a ameixa seca.

Mamãe e eu morávamos com vovó desde que eu tinha oito anos. Eu sabia que ela podia ser uma pessoa agradável; tive provas disso todos os dias nos últimos dez anos. Mas naquele momento, estávamos longe de casa, bem fora de nossa zona de conforto, e vovó — dona de um café em uma cidade pequena — detestava gastar seu suado dinheiro e não receber exatamente o que foi prometido.

Estava olhando pela janela quando um táxi preto bem europeu passou zunindo.

— Mas *é* uma rua bem legal.

— Paguei por uma vista do *Tâmisa*. — Ela percorreu a lista de ramais do hotel com o dedo, e meu estômago se contraiu em uma bola de culpa com a lembrança de que essas férias eram as mais extravagantes do que qualquer coisa que já tínhamos feito. — *E* do Big Ben.

O tremor de sua mão significava que ela estava calculando tudo o que poderia ter feito com aquele dinheiro, caso tivéssemos ficado em um lugar mais barato.

Por hábito, puxei um fio da barra da minha camisa e o enrolei em volta do dedo até fazer a ponta pulsar. Vovó bateu na minha mão antes de se sentar à escrivaninha, respirando, impaciente, enquanto tirava o telefone do gancho.

— Sim. Olá — ela disse. — Estou no quarto 1288 e trouxe a minha neta de... sim, isso mesmo, Judith Houriet.

Olhei para ela. Ela disse Judith, não Jude. *Jude* Houriet fazia tortas, servia os mesmos clientes fiéis desde que abriu sua cafeteria aos dezenove anos e não se importava quando alguém não podia pagar por uma refeição. *Judith* Houriet era, pelo visto, muito mais sofisticada: ela viajou para Londres com a neta e, sem dúvida, merecia a vista do Big Ben que haviam prometido.

— Como eu estava dizendo — ela continuou —, estamos aqui para comemorar o aniversário de dezoito anos dela e eu reservei um quarto com vista para o Big Ben e o Tâm... sim. — Ela se virou para mim, sussurrando de uma maneira bem audível: — Agora estou na *espera*.

Judith nem parecia minha vovó. Era isso que acontecia quando saíamos do casulo da nossa cidade? Essa mulher na minha frente tinha as mesmas curvas suaves e as mãos robustas de uma trabalhadora, mas usava uma jaqueta preta com ombreiras, que eu sabia que Jude mal podia se dar ao luxo, e não estava com seu onipresente avental xadrez amarelo. Jude prendia o cabelo em um coque com um lápis enfiado nele; Judith estava com o cabelo escovado e arrumado.

Quando quem estava do outro lado da linha voltou, percebi que não trazia boas notícias. As frases "Bem, isso é inaceitável", e "Posso *garantir* que vou reclamar", e "Espero um reembolso da diferença nas tarifas dos quartos" me disseram que estávamos sem sorte.

Ela desligou e exalou fundo e devagar. Eu estava entediada e irritada, e ela estava sem paciência comigo. Pelo menos desta vez eu sabia que não era eu a razão por trás de seu mau humor.

— Estou muito agradecida — falei, baixinho. — Mesmo neste quarto.

Ela soltou outro suspiro e olhou para mim, relaxando um pouco.

— Bem, vamos ver o que poderemos fazer a respeito.

Duas semanas com a vovó em um quarto de hotel minúsculo, onde ela com certeza reclamaria da pouca pressão da água ou do colchão macio demais ou do preço de tudo.

Mas duas semanas em *Londres*. Duas semanas de aventura, explorando e acumulando o máximo de experiência que eu pudesse antes que minha vida ficasse pequena de novo. Duas semanas vendo lugares que eu só conhecia através de livros ou que tinha visto na TV. Duas semanas assistindo a algumas das melhores produções teatrais do mundo.

Duas semanas sem estar em Guerneville.

Lidar com um pouco de mau humor da *ameixa seca* valia a pena. Me levantei, coloquei a mala na cama e comecei a desfazê-la.

DEPOIS DE UMA CAMINHADA PELA Ponte de Westminster e pelo imponente Big Ben — eu pude sentir *de verdade* os sinos reverberando bem no meu peito —, nos infiltramos na escuridão de um pequeno *pub* chamado *The Red Lion*. Lá dentro cheirava a cerveja choca, gordura velha e couro. Vovó espiou em sua bolsa para se certificar de ter trocado dinheiro suficiente para o jantar.

Algumas pessoas passavam perto do bar, gritando para a televisão, mas fora isso, os únicos presentes ali para uma refeição às cinco da tarde eram alguns homens sentados perto da janela.

Quando vovó falou com uma voz forte e com o nítido sotaque americano "uma mesa para dois, por favor. Perto da janela", o mais velho dos dois homens se levantou abruptamente, fazendo a mesa se arrastar na direção de seu companheiro.

— Com vista para o lago também? — ele gritou. Ele tinha mais ou menos a idade de vovó, era alto e musculoso, o cabelo preto com alguns fios grisalhos e um bigode farto. — Acabamos de fazer o nosso pedido. Por favor, venham se sentar com a gente.

O pavor de vovó era visível na curva suave de seus ombros.

Ela dispensou o homem que nos recebeu, pegou os cardápios de sua mão e nos conduziu para a mesa deles perto da janela.

— Luther Hill. — O homem mais velho estendeu a mão para vovó. — Este é o meu neto, Sam Brandis.

Vovó apertou sua mão com cautela.

— Jude. E esta é a minha neta, Tate.

Luther fez um movimento para apertar minha mão, mas eu não estava prestando muita atenção. Sam estava ao seu lado, e só de olhar para ele foi como se um terremoto tivesse me sacudido, da mesma forma como os sinos do Big Ben haviam reverberado em mim mais cedo. Se Luther era alto, Sam era uma sequoia, um arranha-céu, largo como uma estrada.

Ele se abaixou um pouco para tirar minha atenção de seu peito e sorriu para mim de um jeito que imaginei ter sido criado para tranquilizar as pessoas de que ele não quebraria a mão delas quando as apertasse.

Ele encostou sua palma na minha e apertou com cuidado.

— Oi, Tate.

Ele era lindo, mas imperfeito o suficiente para parecer… perfeito. Seu nariz já tinha sido quebrado e havia uma pequena saliência na parte superior. Ele tinha uma cicatriz em uma das sobrancelhas e outra no queixo — uma vírgula minúscula e recortada abaixo do lábio. Mas havia algo na sombra que ele projetava, em seu peso sólido e em todo seu conjunto — cabelo castanho-claro, olhos castanho-esverdeados bem separados e lábios macios — que tive a impressão de que meu coração ecoava na garganta. Senti que poderia ficar olhando seu rosto pelo resto da noite e ainda encontrar algo novo pela manhã.

— Oi, Sam!

A cadeira de vovó chiou desafinada no chão de madeira, e eu desviei o olhar para Luther ajudando-a a se sentar. Apenas duas semanas antes, terminei um relacionamento de três anos com Jesse — o único garoto da minha cidade que eu já tinha considerado digno de afeto. Garotos eram a última coisa em minha mente.

Não eram?

Londres não era para ter a ver com garotos. Tratava-se de estar em um lugar com museus, e história, e pessoas que foram criadas em uma cidade grande, e não numa cidadezinha abafada, à beira de um rio ladeado de árvores. O objetivo era fazer tudo o que a vovó sempre sonhou em fazer ali. Era para ser uma aventura extravagante antes que eu voltasse para as sombras e começasse a faculdade, em Sonoma.

Mas parecia que Sam não havia recebido a mensagem mental de que Londres não tinha a ver com ele, porque embora eu tivesse desviado o olhar, podia sentir a maneira como ele ainda estava me observando. E ainda estava segurando minha mão. Olhamos para baixo ao mesmo tempo. Sua mão parecia pesada como uma pedra ao redor da minha. Ele a soltou devagar.

Sentamos juntos à mesa estreita. Vovó na minha frente, Sam à minha direita. Vovó alisou a toalha de linho com a mão avaliadora, franzindo os lábios. Eu sabia que ela ainda estava brava por causa da vista do quarto e mal conseguia reprimir a necessidade de se expressar sobre o assunto, de ouvi-los confirmar que ela estava certa em se opor contra essa injustiça.

Na minha visão periférica, reparei os longos dedos de Sam pegando e envolvendo seu copo de água.

— Então. — Luther se inclinou, fazendo barulho ao puxar o ar pelo nariz. — Há quanto tempo estão na cidade?

— Na verdade, acabamos de chegar — eu disse.

Ele olhou para mim, sorrindo por baixo do bigode espesso e velho.

— De onde vocês são?

— Guerneville — esclareci —, cerca de uma hora ao norte de São Francisco.

Ele largou a mão na mesa com tanta força que vovó se assustou e a água dele fez ondas dentro do copo.

— São Francisco! — O sorriso de Luther se alargou, exibindo uma coleção de dentes irregulares. — Tenho um amigo lá. Já conheceu o Doug Gilbert?

Vovó hesitou, sobrancelhas franzidas, antes de dizer:

— Nós... não. Não o conhecemos.

— A menos que ele já tenha ido para o norte em busca da melhor torta de amora da Califórnia, provavelmente não nos cruzamos — eu disse, orgulhosa, mas vovó franziu a testa para mim como se eu tivesse acabado de dar alguma informação pessoal escandalosa.

Os olhos de Sam brilharam com divertimento.

— Ouvi dizer que São Francisco é uma cidade muito grande, vô.

— É verdade, é verdade. — Luther riu disso, de si mesmo. — Temos uma pequena fazenda em Eden, Vermont. Todo mundo se conhece lá.

— Com certeza sabemos como é isso — vovó disse, educada, antes de dar uma olhada discreta no menu do jantar.

Tive dificuldade em encontrar algo para dizer e nos fazer parecer tão amigáveis quanto eles.

— O que vocês produzem?

— Laticínios — Luther disse com um sorriso radiante e animador. — E como todo mundo, também cultivamos um pouco de milho e maçãs. Viemos para cá para comemorar o aniversário de vinte e um anos do Sam, que foi três dias atrás. — Luther se esticou sobre a mesa, segurando a mão de Sam. — O tempo voa, é o que eu sempre digo.

Vovó finalmente ergueu a cabeça.

— Minha Tate acabou de terminar o ensino médio. — Um arrepio desceu pela minha espinha com a forma que ela enfatizou minha idade, lançando um olhar incisivo para Sam. Ele podia ter o dobro do meu tamanho, mas vinte e um são apenas três anos a mais do que dezoito. — Ela vai começar a faculdade no outono.

Luther expeliu uma tosse úmida no guardanapo.

— Onde?

— Em Sonoma — eu disse.

Ele parecia estar preparando uma pergunta complementar, mas vovó acenou com impaciência para o garçom.

— Vou querer peixe com fritas — ela ordenou, sem esperar que ele parasse por completo à mesa. — Se puder colocar em pratos separados, agradeço. E uma salada, sem tomate. Cenouras apenas se não forem raladas.

Observei os olhos de Sam e registrei certa diversão simpática. Eu queria explicar que ela é dona de um restaurante, mas odeia comer fora. Ela é exigente o suficiente para que sua comida seja perfeita, mas nunca confia em ninguém para fazer o mesmo. Depois que ele me deu um sorrisinho, nós dois desviamos o olhar.

Vovó ergueu a mão para impedir que a atenção do garçom se voltasse para mim.

— E molho à parte. Além disso, vou querer uma taça de vinho e água gelada. *Com gelo.* — Ela baixou a voz para comentar comigo, mas não tão baixo para que os outros também não escutassem: — Os europeus têm uma coisa com gelo que eu nunca vou entender.

Com uma pequena careta, o garçom se virou para mim.

— Senhorita?

— Peixe com fritas. — Sorri e entreguei a ele o menu.

O garçom saiu e um silêncio tenso e consciente se instalou antes de Luther se recostar na cadeira, soltando uma gargalhada.

— Olha só. Acho que sabemos quem é a princesa!

Vovó fez cara de ameixa seca. Que maravilha.

Sam se inclinou para a frente, apoiando os braços fortes na mesa.

— Vocês vão ficar quanto tempo aqui?

— Duas semanas — vovó respondeu, tirando o desinfetante para as mãos da bolsa.

— Estamos viajando por um mês — Luther disse e, a seu lado, Sam pegou um pedaço de pão da cesta no centro da mesa e o colocou na boca de uma só vez. Fiquei preocupada que eles tivessem feito seus pedidos há um tempo e que nossa chegada fosse atrasar a entrega de suas refeições. — Vamos ficar aqui por algumas semanas também — Luther continuou —, e então vamos para outra cidade. Onde vocês estão hospedadas?

— No hotel Marriott. — Minha voz tinha a mesma reverência que eu usaria para dizer a ele se estivéssemos em um castelo. — Bem perto do rio.

— Sério? — Os olhos de Sam dispararam para minha boca e depois para meu rosto. — A gente também.

A voz de vovó interrompeu como uma navalha:

— Sim, mas vamos sair assim que pudermos.

Fiquei de boca aberta e senti uma irritação subir com amargura pela garganta.

— Vovó, a gente não...

— Vai mudar de hotel? — Luther perguntou. — Por que diabos vocês sairiam de lá? É lindo, histórico. Tem a visão de tudo o que você poderia desejar.

— Nosso quarto não. Na minha opinião, é inaceitável pagar o que estamos pagando por duas semanas só para olhar para uma fila de carros estacionados. — Ela imediatamente devolveu o copo de água ao garçom quando ele o colocou na frente dela. — Gelo, por favor.

Ela está cansada, lembrei a mim mesma e respirei fundo. *Ela está estressada porque é caro, e estamos longe de casa, e mamãe está sozinha lá.*

Observei o garçom se virar e voltar para o bar. Fiquei mortificada com suas demandas e seu humor. Uma bola pesada e apertada se revirou dentro do meu estômago, mas Sam riu, tomando outro gole de água, e quando olhei para ele, ele sorriu. Ele tinha meu tipo favorito de olhos: verde-musgo com um quê de malícia.

— Esta é a primeira vez da Tate em Londres — vovó continuou, pelo visto ignorando o fato de que era sua primeira vez ali também. — Planejei durante anos. Ela tinha que ter uma vista para o rio.

— Tem razão — Sam disse, baixinho, e acrescentou sem hesitação: — Vocês deveriam ficar com o nosso quarto no vigésimo andar. Temos vista para o rio, para a Roda do Milênio e para o Big Ben.

Vigésimo andar. O mesmo que o nosso.

Vovó ficou pálida.

— Imagina.

— Por que não? — Luther perguntou. — Quase nunca estamos lá. As melhores vistas estão do lado de fora, quando estamos passeando.

— Bem, é claro que não vamos ficar no *quarto* o tempo todo — vovó protestou, na defensiva —, mas achei que como estamos pagando...

— Eu insisto — Luther interrompeu. — Depois do jantar, vamos trocar de quartos. Está resolvido.

— NÃO GOSTO DISSO. — Vovó se sentou perto da janela, enquanto eu enfiava todas as roupas de volta na mala. Com a bolsa no colo e a mala feita aos pés, ela já tinha concordado em trocar de quarto, só precisava fazer uma demonstração de protesto. — Quem oferece abrir mão da vista do rio e do Big Ben pela vista da rua?

— Eles parecem legais.

— Primeiro, nós nem os conhecemos. Segundo, mesmo com homens *legais*, você não é obrigada a fazer o que eles sugerem.

— Obrigada? Eles estão só trocando de quarto com a gente, vovó, não nos pagando por sexo.

Vovó voltou o rosto para a janela.

— Não seja boba, Tate. — Ela mexeu na cortina de organza por alguns segundos silenciosos. — E se eles descobrirem quem você é?

Pronto, lá estava. A razão número um por eu nunca ter viajado para além do leste do Colorado até hoje.

— Já tenho dezoito anos. Isso ainda importa?

Ela começou a discutir, mas eu levantei a mão, me rendendo. Era tão importante para a vovó que eu permanecesse escondida que não valia a pena argumentar.

— Só estou dizendo — falei, fechando o zíper da mala e rolando-a em direção à porta. — Eles estão sendo legais. Vamos ficar aqui por duas semanas, e olhar para aquela rua vai te deixar louca. O que significa que vai me deixar louca também. Vamos aceitar a troca. — Ela não se moveu e eu me aproximei dela. — Vovó, você sabe que quer a vista. Por favor.

Finalmente ela se levantou e, antes de me guiar para fora, disse:

— Se isso for deixar você mais feliz...

Saímos e ficamos em silêncio enquanto carregávamos as malas, e as rodas tropeçavam nas costuras do tapete grosso no mesmo ritmo.

— Só quero que suas férias sejam perfeitas — ela disse, por cima do ombro.

— Eu sei, vovó. Eu quero que as suas sejam também.

Ela arrumou a bolsa no ombro e eu senti uma pontada de excesso de proteção.

— É a nossa primeira viagem a Londres — disse ela — e...

— E vai ser incrível, não se preocupe.

O café ia bem para um local aberto em uma cidade pequena, mas tudo era relativo. Nunca havíamos nadado em dinheiro. Eu não conseguia nem imaginar quanto tempo tinha levado para ela economizar para essa viagem. Quer dizer, eu havia visto a programação dela e estava lotada: museus, lojas, shows, jantares. Íamos gastar mais em duas semanas do que a vovó provavelmente gasta em um ano.

— Só de estar aqui já me sinto superanimada — eu disse.

Sam e Luther saíram do quarto. Luther carregava uma mala e Sam tinha uma mochila pendurada no ombro. Mais uma vez, senti um estremecer físico e estranho ao vê-lo. Ele parecia preencher todo o corredor. Vestia uma camisa xadrez azul e surrada sobre a camiseta que havia usado mais cedo, mas em algum momento tinha tirado o tênis verde e agora andava pelo corredor só de meias. Foi estranhamente escandaloso.

Sam ergueu o queixo para me cumprimentar e sorriu ao me ver. Não sei se foi o sorriso ou as meias — a insinuação de ele ficar despido —, mas um arrepio percorreu minha espinha.

Estou aqui por causa dos museus e da história.

Estou aqui pela aventura e pela experiência.

Não estou aqui por causa de garotos.

Sam estava bem ali, a três, dois, um metro de distância. Ele bloqueou a luz ambiente que entrava por algumas janelas estreitas — eu mal alcançava seu ombro. Era essa a sensação de ser uma lua orbitando um planeta muito maior?

— Obrigada de novo — murmurei.

— Imagina. — Seus olhos me seguiram enquanto passávamos. — Qualquer coisa para fazer você sorrir.

O NOVO QUARTO ERA EXATAMENTE IGUAL ao anterior, exceto por um detalhe importante: a vista. Vovó desfez a mala, pendurou as roupas no armário e alinhou a maquiagem e os cremes no amplo balcão de granito. Seu *blush* de farmácia e suas paletas de sombras pareciam empoeiradas e desbotadas no balcão preto.

Em apenas alguns minutos, ela estava na cama, começando seu ritual de creme para os pés, ajuste do alarme e leitura. Mas, apesar da diferença de fuso horário e do longo voo, eu estava agitada. Estávamos em Londres. Não era uma cidade perto de casa — estávamos mesmo do outro lado do *oceano*. Eu me sentia exausta, mas de um jeito acelerado e alvoroçado que me fazia não querer dormir. Na verdade, achei que nunca mais fosse querer dormir de novo. Sabia que se fosse para a cama agora, minhas pernas iriam brigar com os lençóis: quente, frio, quente, frio.

Qualquer coisa para fazer você sorrir.

Odiava admitir, mas vovó estava certa: a vista era espetacular. Isso me fez querer escapulir como uma sombra na noite e explorar. Bem ali, do lado de fora da janela, ficava o Tâmisa e o Big Ben, e logo abaixo havia um jardim muito bem cuidado. Estava tudo escuro, apenas algumas luzinhas e sombras esvoaçantes. Parecia um labirinto de gramado e árvores.

— Acho que vou sentar lá fora e ler um pouco — eu disse, pegando um livro e tentando esconder como eu me sentia agitada. — Ali no jardim.

Vovó me analisou por cima dos óculos de leitura, as mãos habilidosas sendo esfregadas com creme.

— Sozinha? — Concordei com a cabeça, e ela hesitou antes de acrescentar: — Não saia do hotel. E não fale com ninguém.

— Pode deixar — respondi em um tom calmo.

A verdadeira orientação permaneceu implícita em seus olhos: *Não fale sobre seus pais.*

Devolvi a resposta também com o olhar: *E alguma vez eu fiz isso?*

Eu poderia beber legalmente na Inglaterra, e parte de mim queria mesmo dar uma escapulida até o bar do hotel, pedir uma cerveja e imaginar o dia em que estaria ali sozinha, livre de mamãe, e da vovó, e do peso de seus passados, e do fardo de suas expectativas. Me perguntei se minha aparência se encaixaria lá... ou se era mais como uma adolescente rebelde tentando parecer adulta. Olhando para minha calça jeans apertada, o cardigã folgado, os tênis surrados, acho que já dava para saber a resposta.

Então, com o livro nas mãos, contornei o bar e saí pelo amplo conjunto de portas no térreo. O jardim era adorável: tinha aquele aspecto arrumado e bem cuidado que fazia parecer que os arbustos eram trazidos à noite, pois eram preciosos demais para ficarem expostos de dia. Havia luzes amareladas em intervalos iguais, cada uma iluminando um cone de grama verde brilhante. Apesar de a cidade ficar logo ali depois dos arbustos e das paredes de ferro forjado, o ar cheirava a solo úmido e musgo.

Esperei minha vida inteira para fazer uma viagem como essa, para ficar longe de casa e dos segredos que guardamos lá, mas até agora, esse jardim vazio e misterioso foi o destaque do meu dia.

— A melhor vista fica aqui embaixo.

Pulei, me desviando como se estivesse no meio de um tiroteio, e olhei na direção da voz. Era Sam, estendido sobre o gramado aparado, com as mãos atrás da cabeça e os pés cruzados na altura do tornozelo.

Os tênis verdes de volta aos seus pés. Pela primeira vez, notei um pequeno rasgo no joelho de sua calça jeans que mostrava apenas um pedaço de pele. Uma fração de sua barriga estava visível onde sua camisa tinha subido.

Coloquei a mão sobre o peito, meu coração parecia estar se debatendo para sair.

— O que você está fazendo aí no *chão*?

— Relaxando. — Sua voz era baixa e lenta, como calda quente.

— Não é para isso que serve a cama?

Sua boca se curvou nos cantos.

— Não tem estrelas no meu quarto — ele explicou e acenou com a cabeça em direção ao céu. Então piscou para mim, com um sorriso divertido se alargando em um zombeteiro. — Além disso, são só nove horas e o Luther já está roncando.

Isso me fez rir.

— Minha avó também.

Sam deu um tapinha na grama ao lado e depois apontou para cima.

— Venha aqui. Você já viu as estrelas?

— Temos estrelas na Califórnia, sabia?

Ele riu, brincalhão, e isso colocou meu sistema nervoso em estado de alerta.

— Mas você já viu as estrelas deste ponto exato da Terra?

Ele me pegou de surpresa.

— Não.

— Então venha aqui — ele repetiu, baixinho, com uma certa urgência.

Eu sabia que todo adolescente deveria se apaixonar à primeira vista pelo menos dez vezes antes de chegar aos dezoito anos, mas eu nunca fui muito do tipo que se apaixona. Eu não acreditava nesse tipo de química. Mas perto de Sam, acho que comecei a acreditar — pelo menos em *desejo* à primeira vista. Não vamos perder a cabeça. Eu só o tinha visto três vezes, mas a cada vez, aquelas reações minúsculas e incalculáveis — a invisível colisão de átomos que acontece entre dois corpos — ficavam mais intensas. Senti que estava prendendo a respiração, e o ar começou a ficar apertado na minha garganta.

Mas as instruções da vovó — as faladas e as não faladas — ecoaram em meus ouvidos. *Não saia do hotel. Tenha cuidado. Não fale com ninguém.*

Olhei para as árvores alinhadas e imaculadas ao nosso redor.

— Este jardim foi feito mesmo para a gente se deitar de costas e observar as estrelas? Parece um pouco... — gesticulei para os arbustos perfeitamente esculpidos e as bordas precisas do gramado — *empertigado*.

Sam olhou para mim.

— Qual é a pior coisa que poderia acontecer? Alguém nos pedir para sair?

Sentindo uma agitação por dentro, eu me aproximei e me deitei ao lado dele. O chão estava úmido, e o frio tocou meu pescoço e entrou pelos buraquinhos do meu suéter. Puxei as mangas sobre as mãos e as apertei sobre a barriga, tremendo.

— Isso. Agora, olhe para cima. — Ele apontou para o céu e, com o movimento, seu ombro encostou no meu. — Londres é uma das cidades com maior poluição luminosa do mundo, mas olhe só: Órion. E lá? Júpiter.

— Não estou vendo.

— Eu sei — ele sussurrou. — Porque seus olhos ainda estão para dentro, olhando pela janela. Traga-os aqui para fora, onde está escuro. Aqui embaixo os arbustos bloqueiam a luz do hotel, dos postes de luz... até da Roda do Milênio.

Ele era uma presença tão grande ao meu lado, tão forte e quente, que era impossível me concentrar em qualquer coisa que *não fosse* ele. Estar tão perto assim me lembrava de como eu me sentia na baía de San Diego quando era pequena, observando um navio de cruzeiro e pensando como era anormal algo tão grande se mover, ainda mais com tanta facilidade.

— O que você está lendo? — ele perguntou, apontando para o livro que eu tinha esquecido assim que o coloquei na grama.

— Ah, é... só uma biografia. — Passei a mão sobre ele, tentando fingir que o estava limpando, mas na realidade estava escondendo a capa.

— Ah, é mesmo? De quem?

— Rita Hayworth? — Não sei por que respondi como uma pergunta. Sam não me parecia o tipo de cara que julgaria minhas escolhas de leitura ou minha obsessão por todas as coisas de Hollywood, mas era uma biografia tão picante que fazia com que eu me sentisse uma xereta.

E um pouco hipócrita, para ser honesta.

Pelo visto, Rita Hayworth não era tão interessante para Sam, porque ele logo mudou de assunto.

— Sua avó é uma figura.

Surpresa, virei a cabeça em sua direção, mas quando ele olhou para mim, e percebi como estávamos perto, desviei o olhar.

— Pois é. Ela fica meio *tensa* quando estamos longe de casa. — Ele não respondeu e senti a necessidade de defender a vovó. — Mas, tipo, ela geralmente não é assim.

— É mesmo? — Ele pareceu decepcionado, e eu podia sentir que ele estava olhando para mim de novo. Tão perto. Eu nunca tinha ficado tão perto de alguém que era tão obviamente um homem e que obviamente gostava do fato de eu ser uma mulher. Em comparação, meu ex-namorado Jesse parecia um adolescente magricela, mesmo quando me abraçava, mesmo quando beijava meu pescoço ou mais do que isso.

— Eu gosto dela assim — ele disse.

Pisquei, voltando para a conversa, e minhas bochechas ficaram quentes.

— Exigente?

— Não exigente. *Transparente*. Ela sabe o que quer, né?

Eu ri.

— Ah, com certeza. E não tem medo de dizer.

— Ela me lembra da Roberta. — Ele fez uma pausa, sorrindo para o céu.

— Roberta?

— Minha vó.

Olhei de volta para o hotel.

— Esposa do Luther?

— É.

— Ela está aqui com vocês?

Ele fez um pequeno grunhido que soou como um não.

— Na fazenda. Ela não viaja.

— Nunca?

— Na verdade, não. — Ele deu de ombros.

— Minha mãe é assim. — As palavras saíram antes que eu pudesse retirá-las, e o pânico incendiou um local sob minhas costelas.

— Sério?

Respondi com um murmúrio evasivo, e ele voltou a atenção para o céu.

— É, acho que a Roberta tem tudo o que precisa em Vermont — ele disse.

Tentei nos conduzir de volta a um território mais seguro.

— Então por que você e o Luther vieram para Londres?

— Luther sempre quis vir.

— Por isso ele está tão animado.

Foi a vez de Sam responder com um murmúrio, e o silêncio nos engoliu. Sam estava certo. Quanto mais observava, mais estrelas eu via. Em um raro momento de nostalgia, lembrei-me de estar deitada na cama, enquanto papai lia *Peter Pan* para mim e escolhíamos nossa página ilustrada favorita. A minha era a de Peter Pan espiando pela janela, vendo a família Darling se abraçando. A de papai era a de Wendy e Peter fugindo no céu noturno, passando direto pelo Big Ben.

— Quer ouvir algo louco? — A voz de Sam quebrou o silêncio.

Fiquei interessada e virei a cabeça para vê-lo.

— Claro.

— Tipo, *muito* louco. — Ele exalou devagar.

Fiz uma pausa. Meu mundo nos últimos dez anos tinha sido uma bolha: as mesmas cinco pessoas orbitando ao meu redor em uma cidadezinha turística. Por nove meses do ano — exceto no verão —, ficávamos em Hicksville, na Califórnia. Nunca ouvíamos histórias loucas — a menos que fossem sobre meu pai — e mesmo essas eu raramente via ou ouvia. Vovó se encarregava disso.

— Claro.

— Acho que o Luther está morrendo.

Uma onda fria de choque passou por mim.

— *O quê?*

— Ele não disse nada. Eu só... tenho essa impressão, sabe?

Eu mal conhecia Sam, mal conhecia Luther, então por que essa possibilidade parecia devastadora? E como seria ter essa sensação? Sentir que alguém perto de você está *morrendo*?

A única pessoa que eu conhecia que tinha morrido foi Bill. Eu nem sabia o sobrenome dele, só que ele era um frequentador assíduo do café e quando não estava sentado à mesa do canto comendo torta de graça, estava sentado perto do supermercado, pedindo esmola e, provavelmente, bêbado. Acho que Bill chegou a Guerneville antes mesmo da vovó. Ele parecia ter uns cem anos de idade — todo enrugado e com uma barba emaranhada e bagunçada. Os turistas costumavam passar longe dele quando iam para a praia em seus barcos infláveis e com os narizes brancos de protetor solar. Bill era a coisa mais inofensiva da cidade, muito mais inofensivo do que qualquer um dos turistas universitários que ficavam bêbados demais e assediavam as pessoas que estavam apenas se divertindo em um bar nas noites de sexta-feira. Nada me deixava mais furiosa do que ver as pessoas olharem para Bill como se ele fosse se levantar e ficar violento.

Vovó ouviu de Alan Cross, que trabalhava nos correios, que certa manhã encontraram Bill morto, perto do ponto de ônibus. Vovó demonstrava suas emoções nesses pequenos e raros momentos. Quando Alan lhe contou, ela olhou pela janela e perguntou:

— E agora quem vai adorar minha torta de pêssego do jeito que ele adorava?

Mas Luther não era nada parecido com Bill. Luther era vibrante, e vivo, e estava bem ali em cima. Ele trabalhava, e tinha uma família, e *viajava*. Nunca conheci ninguém que parecesse saudável como Luther e simplesmente... morresse.

Acho que fiquei em silêncio por tempo demais, porque ouvi Sam engolir em seco.

— Desculpa, acho que só precisava dizer isso a alguém.

— Não, é claro — eu disse, de súbito.

— Ele não é o meu avô de sangue. Tipo, acho que você percebeu isso, já que eu sou branco e ele é negro. Ele é o segundo marido da Roberta. Os dois me criaram — Sam disse, estendendo as mãos para trás para voltar a colocá-las atrás da cabeça. — Ele e a Roberta.

— Você tem como perguntar para ele? Se ele está doente?

— Ele vai me dizer quando quiser me dizer.

Nossa, essa conversa foi surreal. Mas Sam não estava constrangido em discutir isso com alguém que ele mal conhecia. Talvez o fato de eu ser uma estranha tornasse mais fácil falar sobre o assunto.

Mais palavras vieram à superfície.

— Seria só você e a Roberta, então? Se...

Sam respirou fundo, e eu fechei os olhos com força, desejando poder puxar as palavras de volta para a boca e engoli-las.

— Desculpa — eu disse às pressas. — Isso não é da minha conta.

Ele se mexeu ao meu lado, coçando a orelha. — Sou só eu, o Luther e a Roberta, sim.

Na escuridão, concordo com a cabeça.

— Pelo que contam — Sam continuou —, uma jovem ucraniana chamada Danya Sirko veio para Nova York. — Fez uma pausa, e quando olhei para ele, peguei seu sorriso irônico apontado para o céu. — Danya se tornou a babá dos três filhos pequenos de Michael e Allison Brandis, em Manhattan.

Eu podia senti-lo se virar para olhar para mim, esperando.

— E...?

Sam hesitou.

— Acontece que Danya era muito bonita, e Michael não era um homem fiel.

A ficha caiu.

—*Ah...* Danya é a sua mãe, não Allison? Michael é o seu pai?

— É. Ele é o filho da Roberta. Enteado do Luther. — Ele riu. — Eu era o segredinho sujo, até que a minha mãe foi deportada. Meio que por causa do Michael. Eu tinha dois anos, e ele não queria saber de mim, mas a Danya queria que eu fosse criado aqui. Luther e Roberta me acolheram quando deveriam estar se aposentando e sossegando.

Meu estômago se contraiu. Lá estava ele, contando a versão novela da história de sua família, e eu não tinha nem permissão para falar sobre a minha. Parecia injusto.

— Desculpa...

— Não precisa pedir desculpas. — Ele deu uma risada suave.

— Você sabe o que eu quero dizer.

— Sei. Mas tenho que pensar que foi infinitamente melhor estar com o Luther e a Roberta do que com o Michael, mesmo se isso fosse uma opção.

— Então... você não conhece o seu pai?

— Não. — Sam soltou um suspiro e esboçou um sorriso para mim. Ele deixou a confiança se estabelecer entre nós por alguns instantes silenciosos. — E você?

Meu coração bateu forte contra o peito, e a expressão severa de advertência da vovó estava impressa na minha memória. Esse era o momento que eu sempre interpretava meu papel: *meu pai morreu quando eu era um bebê. Fui criada pela vovó e a mamãe.*

Mas o fato era que passei a vida inteira com a verdade presa na garganta. E com toda a história de Sam entre nós, eu não *queria* voltar a mentir.

— Eu?

Sam bateu o joelho no meu, desencadeando uma tempestade elétrica pela minha pele. Mesmo quando ele não estava me tocando, era impossível não sentir o quanto ele estava perto.

— Você.

— Eu cresci em Guerneville, a maior parte do tempo. — A verdade sacudiu a prisão dentro do meu peito. — É uma cidadezinha no norte da Califórnia. Vou me mudar para Sonoma para estudar. Não é muito longe.

Fui criada pela minha mãe e pela vovó — falei, erguendo os braços em um dar de ombros, deixando escapar uma parte da verdade.

— Sem pai também?

Engoli em seco. A mentira fácil e conhecida estava bem ali, na ponta da língua — mas eu estava sob o céu de Londres, a milhares de quilômetros de casa, e um *flash* rebelde e impulsivo passou por mim. Isso sempre tinha sido um grande problema para a vovó e a mamãe, mais do que era para mim. Por que eu ainda estava protegendo a história delas?

— Ele meio que... sumiu.

— Como um pai some?

Eu me dei conta, enquanto estava deitada ao lado desse completo estranho supersincero em um gramado úmido, que era esquisito eu nunca ter falado sobre isso de verdade. Em parte, não falava porque sabia que não deveria. E, em parte, porque era desnecessário: a única pessoa na minha vida que sabia — minha melhor amiga Charlie — assistiu ao drama se desenrolar em tempo real, servido em porções pequenas cada vez mais espaçadas. Eu nunca tinha precisado resumir ou transformar isso em uma história. Então, por que de repente eu queria fazer isso?

— Meus pais se divorciaram quando eu tinha oito anos, e mamãe e eu voltamos para sua cidade natal, Guerneville — contei.

— Voltaram de onde?

Olhei de relance pela borda daquele desfiladeiro e não sabia o que tinha naquele jardim ou em Sam, mas decidi: *foda-se*. Eu tinha dezoito anos e era a *minha* vida. O que poderia acontecer de tão ruim?

— De Los Angeles — eu disse.

Olhei na direção do hotel, como se esperasse ver a vovó correndo em nossa direção, sacudindo os braços.

Sam soltou um assobio baixo, como se isso significasse alguma coisa. E talvez significasse. Talvez para um fazendeiro de Vermont, Los Angeles fosse mesmo empolgante.

Eu tinha apenas lembranças minúsculas e pulsantes da cidade: manhãs com neblina, areia quente em meus pés descalços. Um teto rosa que parecia se estender até o espaço. Com o tempo, comecei a pensar que talvez me lembrasse de Los Angeles do jeito que uma mãe relembra o parto: todas as partes boas, nenhuma das dores óbvias.

O silêncio voltou a nos engolir, e senti a adrenalina baixar. Fiquei consciente do contraste entre o frio nas minhas costas e o calor ao meu lado. Compartilhei um pedacinho da minha história, e o céu não se abriu nem choveu fogo. Vovó não se materializou atrás de uma árvore com a intenção de me arrastar de volta para a Califórnia.

— Então, pais divorciados, mãe voltou para Guerneville. Agora você está a caminho de Sonoma? Eu contei uma história sobre adultério e um filho de um amor secreto. Estou decepcionado, Tate — ele brincou. — Isso não foi tão escandaloso.

— Isso não é exatamente *toda* a história, mas...

— Mas...?

— Eu não conheço você.

Sam rolou para o lado, ficando de frente para mim.

— O que torna tudo ainda melhor. — Ele apontou para o próprio peito. — Eu não sou ninguém. Não vou voltar para *Vermont* e contar para todo mundo os segredos dessa linda menina.

Meus pensamentos tropeçaram na palavra *linda*.

Eu estava me sentindo dividida. Meus dedos procuraram o fio da bainha do meu suéter surrado, mas eu me distraí quando Sam estendeu a mão para tirar uma folha de grama do meu cabelo. A ponta de seu dedo roçou a curva da minha orelha. O calor disparou do ponto de contato para minha bochecha, queimando meu pescoço. Será que ele podia ver no escuro que fiquei corada?

Ele esperou um... dois... três segundos antes de rolar de costas de novo.

— Enfim, acho que é por isso que falei sobre o Luther. Com certeza não posso falar sobre isso em casa. Ele e a Roberta são o alicerce de nossa comunidade e, por mais independente que seja, não sei como a Roberta sobreviveria sem ele. Se ele está doente, tenho certeza de que é em parte por isso que não contou para ninguém. Como eu disse, acho que precisava colocar para fora. — Coçando o queixo, ele acrescentou: — Faz sentido? Dizer em voz alta torna tudo real, significa que posso trabalhar para lidar com isso.

O que ele estava dizendo, o que ele estava descrevendo, foi como um grande gole de água fria, ou o estouro da primeira mordida em uma maçã perfeita. Eu sabia, de certa forma, que minha vida havia sido toda construída como uma pequena bolha segura. Meu pai era cheio da grana, mas eu não fazia ideia se tínhamos pegado dinheiro dele, porque nunca tivéramos muito. Tínhamos o suficiente. Eu tinha liberdade dentro de uma pequena área geográfica, duas melhores amigas, melhores do que eu poderia ter imaginado, e uma mãe e uma avó que me amavam.

Tudo o que eu precisava fazer era manter o segredo.

O problema era que eu não queria mais.

— Não devo falar sobre isso — eu disse, e pude sentir a mudança em seu foco, como ele realmente estava olhando para mim agora.

— Você não *deve*? — Ele ergueu a mão e logo acrescentou: — Ok, nesse caso...

— Meu pai é Ian Butler — desembuchei.

Mesmo se ele fosse deixar para lá, eu queria contar. Queria nomear, como ele fez, para que pudesse deixar de ser essa coisa que ameaçava explodir em mim.

Sam ficou quieto antes de se apoiar em um cotovelo, cobrindo o brilho das estrelas e virando-se para mim.

— Ah, para — ele disse, rindo.

Ri junto com ele. Nunca tinha dito essa frase em voz alta antes, soava ridícula para mim também.

— Ok.

— Espera. Você está falando sério?

Eu tremi, concordando com a cabeça. Sabia que tinha acabado de lançar uma bomba — meu pai era, sem dúvida, a maior estrela de cinema de sua geração. Ganhou dois Oscars consecutivos, sempre estava em capas de revistas e programas de notícias de entretenimento em todos os lugares, e às vezes eu me perguntava se havia algum ser humano vivo que não tinha pelo menos ouvido seu nome. Mas tudo o que eu conseguia pensar naquele momento era a maneira como Sam estava perto de mim.

A maneira como ele ficaria em cima de mim.

— Puta merda — ele sussurrou. — Você é a Tate *Butler*.

Faz dez anos desde que alguém me chamou assim da última vez.

— Tate Jones, mas sim.

Sam soltou o ar, os olhos catalogando cada uma das minhas feições: o rosto oval e as maçãs do rosto salientes, a marca perto do lábio, olhos cor de uísque, boca em formato de coração e sorriso com covinhas que fizeram de Ian Butler o único homem eleito três vezes o Homem Mais Sexy do Mundo pela revista *People*.

— Como não percebi antes? Você é *muito* parecida com ele.

Eu sabia disso. Costumava assistir a seus filmes em segredo e me maravilhava ao ver meu rosto na tela à minha frente.

— Todo mundo se perguntou aonde você foi. — Sam estendeu a mão, puxando uma mecha rebelde do meu cabelo com delicadeza. — E aqui está você...

— O QUE VOCÊ FEZ ONTEM À NOITE? — Vovó colocou um pouco de melão em seu prato e seguiu para os doces minúsculos e murchos.

A penúltima coisa que eu queria era ter uma conversa de dia seguinte com a vovó sobre o Sam. A *última* coisa que eu queria era mentir para ela sobre ele. Meu coração disparou.

— Fiquei um tempo no jardim.

Ela olhou para mim por sobre o ombro.

— É bonito?

Eu ainda podia ver as sombras das árvores bem cuidadas, ainda sentia o frio nas costas e o calor de Sam no gramado ao meu lado.

— É.

Minha resposta foi intencionalmente sem graça. Se eu contasse como tinha sido de verdade, ela poderia querer ver por si mesma, e eu não a queria perto da cena do crime.

— Até que horas você ficou acordada?

Ela fazia esse tipo de pergunta controladora com tanta frequência, como se fosse sua responsabilidade gerenciar minha agenda. Ainda seria assim quando eu fosse para a faculdade e ela não conhecesse os pais de todas as pessoas com quem eu fizesse contato? Sabia que ela odiaria minha resposta também: *não sei até que horas ficamos acordados.* Naquela primeira manhã, minhas pálpebras estavam secas e enrugadas. Meus braços e pernas estavam lentos. Eu queria dormir, mas mais do que dormir, queria ver Sam de novo.

Ficamos acordados até bem depois da meia-noite, conversando. Começou pesado — com seus detalhes sobre Luther, sobre Danya e Michael

—, mas assim que tocamos no assunto dos meus pais e do meu passado, ele mudou. Ele não perguntou nada sobre minha vida pessoal em Los Angeles. Em vez disso, conversamos sobre filmes, e animais de estimação, e o sabor favorito de torta, e o que queríamos fazer naquele dia quando o sol nascesse. Ele estava certo ao dizer que era fácil falar com ele, porque quem se importa com o que ele sabe? Nunca mais vou vê-lo de novo depois dessa viagem. Queria filmar a noite e mostrá-la para mamãe e vovó mais tarde só para dizer: *viu? Posso contar a um estranho quem sou e ele não vai se transformar em um maníaco obcecado e correr para a imprensa. Ele não me pediu o número do telefone do meu pai, não é?*

Adormeci ao lado dele no gramado e, quando acordei, ele estava me carregando para dentro. Em seus braços.

— Tarde? — vovó perguntou.

— Bem tarde — concordei. — Estava bom lá fora.

Meu estômago se contraiu com a lembrança da sensação do braço de Sam sob meus joelhos, o outro em volta dos meus ombros, e o ritmo constante de seus passos pelo saguão de mármore. Acordei com o rosto na gola de sua camisa de flanela e os braços em volta do seu pescoço.

Ah, meu Deus. Você não precisa me carregar.

Não tem problema.

Eu acabei dormindo?

Nós dois dormimos.

Desculpa.

Está brincando? Vim para Londres e acabei dormindo com a menina mais bonita que já vi. Posso dizer isso agora.

Ele me colocou no chão assim que entramos no elevador, mas foi um processo lento e íntimo. Fui deslizando pelo seu peito até que meus pés pousassem com segurança no chão. Ele manteve o braço em volta dos meus ombros e a mão enorme esticada até o outro lado. Queria perguntar quantas mulheres exatamente ele já havia carregado. Quantas ele tinha feito perder a cabeça por causa de seus braços grossos e peito largo, sua honestidade e a pequena cicatriz em forma de vírgula sob seu lábio. Com quantas mulheres ele tinha dormido, na grama ou em outro lugar.

Por sorte, vovó mudou de assunto.

— Programei o Museu Britânico para nós hoje. — Ela acenou com a cabeça para que eu a seguisse até a mesa. Com os meus devaneios, só consegui colocar um pedaço de pão com queijo no prato. — E então almoçaremos na loja *Harrods*.

O sono — para não mencionar a vista — da noite passada parecia ter tido efeito positivo: ela estava sorrindo daquele jeito modesto e contente dela e vestindo seu cardigã vermelho favorito, o que só podia significar que ela estava de bom humor.

Era isso ou simplesmente o fato de que a vovó amava uma programação organizada. Exceto no Natal e no Ano-Novo, ela abria o Jude's às seis e meia todas as manhãs e fechava às quatro todas as tardes, em ponto. E nesse período ela preparava a massa das tortas, fazia seus pedidos aos fornecedores, conferia e reconferia as caixas registradoras, cortava e marinava o frango no leite com páprica para fritar no dia seguinte, fazia todos os acompanhamentos e cozinhava a carne de boi, enquanto eu lavava os pratos, limpava o chão e punha as mesas. Mamãe fazia limonada, descascava maçãs, pêssegos e batatas, fazia o creme de limão e então pegava qualquer sobra de comida que tínhamos do almoço e ia para a cidade ao lado, onde todas as noites as mesmas pessoas esperavam pela única refeição que comeriam naquele dia.

Vovó acenou para alguém atrás de mim, me tirando dos meus pensamentos sonolentos. Presumi que ela estava chamando o garçom para pedir um café, mas a voz de Luther ecoou pelo restaurante.

— Nossas duas mulheres favoritas!

Cabeças se viraram e as meninas na mesa ao lado da nossa olharam, boquiabertas, para Sam enquanto ele se aproximava. Senti um peso se mover do peito para o estômago. Eu sabia que o veria de novo — *esperava* vê-lo de novo —, mas não pensei que seria durante o café da manhã com a vovó, antes que eu tivesse a chance de lembrá-lo de não mencionar o que eu disse sobre meu pai.

— Tudo bem se nos juntarmos a vocês? — Sam perguntou.

Ele deve ter feito a pergunta para mim, porque um segundo de silêncio se passou antes que vovó interferisse:

— Claro. Acabamos de nos sentar.

À minha frente, ao lado de Sam, vovó puxou o guardanapo para o colo, sorrindo para ele e depois para Luther, que se sentou à minha esquerda, dando tapinhas afetuosos em meu joelho.

Finalmente criei coragem para olhar para Sam. Seus braços eram enormes — uma lição de anatomia de músculos, tendões e veias. Sua camisa azul ficava esticada no peito — o rosto de Bob Dylan estava levemente distorcido por um peitoral. Havia algumas linhas em sua bochecha esquerda, como se ele tivesse vindo direto do travesseiro para o restaurante do hotel.

Embora parecesse tão exausto quanto eu, ele encontrou meu olhar com um sorriso preguiçoso e sedutor, e eu voltei a me lembrar da forma como nossos corpos se arrastaram um contra o outro quando ele me colocou no chão na noite passada. Fiquei torcendo para que a onda de calor que passou pela minha pele não aparecesse no meu rosto, porque podia sentir vovó olhando para mim.

Ele piscou e acenou com a cabeça quando o garçom perguntou se ele gostaria de café, e então levou a mão ao estômago, murmurando:

— Morrendo de fome. — Então se afastou em direção ao bufê.

As adolescentes da mesa ao lado da nossa o seguiram com os olhos. Eu não podia culpá-las: Sam Brandis era gostoso.

Ao meu lado, Luther parecia satisfeito em desfrutar de seu café, acrescentando quatro pacotes de açúcar e uma generosa porção de creme.

— Espero que vocês tenham acordado com uma bela vista.

— Com certeza. — Vovó se mexeu desconfortavelmente na cadeira em frente a ele. Eu a conhecia bem o suficiente para saber que ela já o tinha agradecido e não queria ter que dizer isso várias vezes. — Muito obrigada... mais uma vez.

Dispensando o agradecimento com um aceno, Luther levou a xícara aos lábios e soprou o vapor.

— As mulheres se preocupam mais com essas coisas do que os homens.

Senti uma onda defensiva crescer dentro de mim e a vi refletida na expressão da vovó. Ela forçou um sorriso amável no rosto.

— Humm.

Luther fez um gesto com a cabeça na minha direção.

— Esses dois ficaram fora até tarde noite passada, hein?

Pneus cantaram, deixando rastros de borracha preta em meu cérebro.

Vovó ficou imóvel antes de inclinar a cabeça de maneira questionadora.

— Esses... *dois*?

Ele olhou de mim para onde Sam provavelmente estava no bufê.

— Nossos netos parecem ter se dado bem.

Eu teria apreciado a risada satisfeita de Luther se ele não estivesse, naquele momento, destruindo a minha vida.

Vovó olhou para mim de novo, me fuzilando com os olhos.

— *É mesmo?*

Com isso, a satisfação de Luther visivelmente murchou.

— Ah. Ah, querida. Espero não ter causado problemas para a Tate — ele disse. — Tenho o sono leve e acordei quando o Sam entrou por volta das três.

OBRIGADA, LUTHER.

As sobrancelhas da vovó desapareceram sob sua franja.

— *Três?*

Pressionei as mãos na testa assim que Sam voltou para a mesa com um prato com uma pilha de ovos, salsicha, batatas, pão e frutas. Eu nunca tinha ficado fora depois do horário — onze — e vovó achava que isso já era tarde demais.

— Três? — vovó perguntou a ele. — É verdade?

Sam se sentou devagar, olhando ao redor da mesa, confuso.

— Três o quê?

Foi tão inacreditavelmente constrangedor.

Vovó o encarou de modo profundamente intimidante com seus olhos castanhos.

— Você ficou lá fora com a minha neta até três da manhã?

— Bem, sim — ele disse —, mas acabamos dormindo boa parte do tempo. — Ele deu uma segunda olhada na expressão horrorizada dela. — No gramado. Só... dormindo.

O rosto de vovó foi aos poucos passando de pálido para rosa, então para vermelho, e Sam fez uma careta para mim e sussurrou:

— Não estou ajudando, né?

— Não. — Minha voz ecoou de onde eu estava tentando me esconder atrás da minha xícara de chá.

— Tate — vovó sibilou —, você não tem permissão para ficar com *estranhos* no *jardim* de um hotel até as *três horas da manhã*!

Eu estava tendo *flashbacks* de quando vovó tinha me pegado com Jesse sem camisa, na minha cama, e o perseguiu para fora de casa com uma espátula.

E da vez em que ela havia nos encontrado nos agarrando no carro dele, anotou a placa e ligou para Ed Schulpe na delegacia, que veio e bateu com sua pesada lanterna na janela, assustando a gente.

Até a vez em que ela nos encontrou deitados de forma inocente no sofá, assistindo à televisão — mal nos encostando —, e me lembrou de que relacionamentos do ensino médio terminam quando o ensino médio termina porque há outro mundo lá fora.

— Eu sei, vovó.

— *Sabe* mesmo?

Luther e Sam fixaram a atenção na toalha de mesa.

Apertei a mandíbula.

— Sei.

— VOCÊ ESTÁ SE DIVERTINDO, MEU DOCE? — MAMÃE perguntou. Embora eu tivesse falado com ela ao telefone milhares de vezes, sabendo o quanto estava longe, ela soava *realmente* longe, e isso me causou uma leve pontada de saudade.

— Até agora, sim. — Espiei a porta fechada do banheiro, baixando a voz. — Foi só um dia e a vovó ainda está calibrando.

— E isso significa que a vovó está tensa e infeliz?

Eu ri e me endireitei quando ouvi o barulho da descarga.

— Ela está bem. Acho que vamos a um museu hoje. E almoçar na Harrods. E depois ver *Os Miseráveis*!

— Eu sei que você está morrendo de vontade de ir ao teatro, mas, meu Deus, a Harrods! — Ela fez uma pausa antes de acrescentar baixinho: — Tater Tot, a Harrods é muito legal. Tente ver pelo lado positivo.

— Eu *estou* vendo pelo lado positivo!

— Ótimo. — Mamãe não parecia convencida. — E faça a vovó comprar algo *chique* para ela.

Algo fez barulho ao fundo — uma panela no fogão, talvez —, e mesmo sem fome, fiquei com água na boca ao pensar na comida de casa. Fiz uma conta rápida: era meia-noite lá. Eu me perguntei se ela estava fazendo um lanche antes de dormir, usando suas calças de pijama floridas de seda favoritas e a camiseta *Orgulho de ser artista*.

— *Você* pode dizer a ela para comprar algo chique — eu disse. — Não vou falar. Já estou bem ciente de quanto está custando esta viagem.

— Não se preocupe com dinheiro. — Ela riu.

— Vou tentar, entre lidar com as perguntas controladoras da vovó e ver pelo lado positivo.

Mamãe, como sempre, não estava disposta a se envolver em picuinhas.

— Bem, antes de ir, me conta algo bom.

— Conheci um garoto ontem à noite — eu disse e emendei: —, bem, talvez um pouco mais que um garoto? Um homem?

— *Homem?*

— Quase um homem. Ele acabou de fazer vinte e um.

Minha mãe, sempre romântica, tornou-se dramática e — *comicamente* — interessada.

— Ele é fofo?

Senti uma dor percorrer meu corpo. Estava com saudade da mamãe. Sentia falta de seu incentivo para que eu me aventurasse. Sentia falta da maneira como ela equilibrava as tendências superprotetoras da vovó sem desautorizá-la. Sentia falta da maneira como ela entendia paixonites e meninos, e ser adolescente. Na verdade, não achava que ela ficaria brava comigo por ter contado a Sam sobre ela e meu pai — não mais, agora que eu era oficialmente uma adulta —, mas ao telefone, do outro lado do oceano, não era a hora nem o lugar para mexer nesse vespeiro.

Contaria tudo a ela quando chegasse em casa.

— Ele é muito fofo... Deve ter uns dois metros e meio de altura.

— Como esperado, mamãe soltou um *oooh* de admiração. Só então vovó desligou a água do banheiro, me apressando. — Só queria te contar.

A voz da mamãe era gentil.

— Estou feliz que você me contou. Estou com saudades de você, meu doce. Se cuida.

— Também estou com saudade.

— Não permita que a vovó te deixe paranoica — ela acrescentou antes de desligarmos. — Ninguém vai te perseguir em Londres.

Naquela noite, Sam e eu nos encontramos no gramado de novo.

Não planejamos. Nem nos vimos depois do café da manhã. Mas depois que vovó e eu voltamos do show, eu saí de fininho para o jardim sob o céu estrelado, e o corpo comprido de Sam estava mais uma vez estendido na grama, os pés cruzados no tornozelo. Ele parecia um bote salva-vidas no meio de um oceano verde.

— Estava imaginando se você viria — ele disse, virando-se ao ouvir meus passos.

Não sei se poderia ficar longe, eu quis dizer. Em vez disso, não disse nada e me abaixei ao lado dele.

Imediatamente, me senti aquecida.

Nós dois fomos mais espertos naquela segunda noite com relação às roupas: ele estava vestindo calças esportivas e uma blusa de moletom. Eu estava usando calças de ioga e uma blusa de moletom com capuz. Nossas meias brancas brilhavam na grama escura. Meus pés poderiam calçar os pés dele como sapatos e ainda assim sobraria muito espaço.

— Espero não ter te causado problemas com a Jude hoje de manhã — ele disse.

Causou um pouco, mas não valia a pena ficar se torturando por isso porque, felizmente, Jude me poupou. Depois que saímos do hotel, ela foi arrebatada pelo metrô, pelo museu, pelo brilho e pelo pomposo almoço na Harrods. E então caminhamos por horas antes de terminar o dia com *Os Miseráveis* no Queen's Theatre. Meus pés ainda vibravam com o eco dos meus passos na calçada. Minha cabeça estava cheia com todas as informações que a vovó tentou enfiar ali: a história que ela havia lido sobre a realeza, e a arte, e a música, e a literatura. Mas meu coração estava ainda mais cheio. Eu estava absolutamente enfeitiçada com a história de Valjean, Cosette, Javert e Marius em *Os Miseráveis*.

— Ela está bem. E já está dormindo — assegurei a Sam. — Acho que ela só hidratou um pé antes de pegar no sono.

— Acha que ela vai colocar um alarme para se certificar de que você vai voltar antes da meia-noite?

— Pode ser que sim...

Nem me ocorreu que ela poderia fazer isso, mas eu já deveria prever. Esse era bem o tipo de precaução que a vovó tomaria para ter certeza de que eu estava segura. E meia-noite — *ah*. Se onze horas era considerado tarde, meia-noite seria um escândalo.

Meu Deus, eu estava tão dividida. Por um lado, o que mais eu poderia fazer para provar a ela que eu não era minha mãe? Que não iria fugir para a cidade grande, me casar aos dezoito e engravidar logo em seguida, perseguir a fama e sofrer por amor. Também não iria avisar os *paparazzi* e fazer com que fôssemos assediadas em lados opostos do mundo. Entendia o motivo de seu nervosismo — ela viveu o caos da dissolução do casamento dos meus pais e se lembrava dos detalhes muito melhor do que eu —, mas estava ficando cada vez mais difícil viver sob um véu constante de paranoia.

Por outro lado, ser um pouco como a mamãe seria tão ruim assim? Às vezes vovó agia como se mamãe não pudesse cuidar de si mesma, mas isso não era verdade. Era como se vovó visse a pureza de espírito da mamãe como uma fraqueza, mas mamãe encontrava alegria em cada pequeno momento e tinha um coração enorme e romântico. Vovó pode não ter gostado dos anos que mamãe passou com meu pai, mas sem ele, não haveria eu.

— Não devo ficar fora até tão tarde — admiti, abandonando meus pensamentos.

Sam soou tanto provocador quanto decepcionado quando sussurrou:

— Mas eu gostei de ficar fora até tarde com você.

— Vou dormir na minha *cama* — falei, sorrindo para ele. Por que tinha me preocupado em passar brilho labial e blush antes de sair? Meu rosto ficava vermelho mesmo sem maquiagem.

— *Isso é* uma pena.

Olhei para o céu, sem saber o que dizer e me perguntando se ele podia perceber como meu sangue parecia estar fervendo sob a pele. Não me lembrava de ele ter adormecido na noite passada, então devo ter dormido primeiro. Será que eu me enrosquei nele, joguei uma perna por cima, encostei o rosto em seu pescoço? Talvez ele tenha agarrado meu quadril e me puxado para mais perto. Quanto tempo ele ficou lá até cochilar também?

— A vovó mataria a gente se acontecesse de novo.

— Você tem dezoito anos, Tate. Sei que ela se preocupa, mas você é adulta.

Como é que ouvir que sou adulta me fez sentir ainda mais como uma criança?

— Eu sei e sei como isso soa, mas as minhas circunstâncias são um pouco diferentes.

De canto de olho, pude vê-lo concordando.

— Eu sei.

— Acho que ninguém se importa mais onde mamãe e eu estamos, mas...

Parei de falar e ficamos em silêncio, fazendo com que eu implorasse mentalmente para que ficássemos à vontade como na noite anterior, para que a conversa se desenrolasse sem esforço. A noite passada foi como cair em uma piscina de água morna sabendo que você tem o dia inteiro para nadar ao sol e nada mais para fazer depois a não ser dormir.

— O que você fez hoje? — perguntei.

— Luther queria recriar a capa do disco *Abbey Road* dos Beatles, então encontramos uns caras aleatórios para completar a foto com a gente. — Ele sorriu para mim. — Almoçamos em um restaurante de curry e depois fomos comprar algumas coisas para a Roberta.

— Acho que o meu dia foi bem mais sofisticado, mas você está finalizando o dia muito bem: essas calças esportivas são muito mais legais do que o meu pijama.

Ele riu, olhando para baixo como se não tivesse realmente percebido o que tinha vestido depois do jantar. Pela primeira vez no dia, não fiquei constrangida com o que estava vestindo e essa constatação me deixou feliz. O único lado negativo do nosso primeiro dia foi a constante percepção de que as lojas de departamentos próximo de onde eu morava com certeza não podiam competir com a cena da moda em Londres. As coisas que mamãe comprava para mim pareciam diferentes e modernas na minha cidade; em Londres, eu me sentia desleixada.

O sorriso de Sam se tornou contemplativo.

— Posso te perguntar uma coisa?

Seu tom cauteloso me deixou desconfortável.

— Claro.

— Você é feliz?

Caramba, que pergunta profunda. Claro que eu era feliz, não é? Mamãe e vovó eram maravilhosas. Charlie era a melhor amiga que eu poderia querer. Eu tinha tudo do que precisava.

Mas talvez eu não tivesse tudo que eu sempre quis.

Esse pensamento fez eu me sentir extremamente egoísta.

Como não respondi de imediato, ele esclareceu:

— Estive pensando sobre isso o dia todo. No que você me disse. Me lembro de ter visto o seu rosto estampado em todas as capas de revistas no supermercado, na revista *People* e tudo o mais. A maior parte nem era sobre você, era sobre o seu pai, os casos, e como a sua mãe simplesmente... desapareceu com você. Mas, então, procurei por Guerneville, parece um lugar muito legal e pensei: talvez elas tenham uma vida melhor lá. Como eu com o Luther e a Roberta.

Ele rolou para o lado, apoiando a cabeça na mão, do mesmo jeito como tinha feito na noite anterior.

— Guerneville é legal, mas não é, tipo, *legal* — eu disse. — É bizarra e estranha. Há talvez quatro mil pessoas que moram lá e todo mundo se conhece.

— Isso parece enorme em comparação com os mil que vivem na minha cidade, em Eden.

Eu o encarei. Talvez a vida dele tivesse sido igual a minha, só que do outro lado do país.

— Então, você *é* feliz? — ele perguntou de novo.

— Você quer dizer se sou feliz em geral ou feliz com meus pais?

Sua atenção era inabalável.

— Qualquer um, os dois.

Mordi o lábio enquanto pensava. Perguntas como essa me instigavam de uma maneira estranha. Raras vezes pensei em minha vida antes e com certeza tentava não me sentir triste por causa do meu pai. De qualquer maneira, o mundo inteiro parecia conhecê-lo muito melhor do que eu. Achava que talvez, quando eu fosse mais velha, vovó não se importaria tanto em me deixar conhecê-lo também.

Eu tinha sido estúpida em relação a muitas coisas — minha paixão pelo primo da Charlie no primeiro ano do ensino médio e as dezenas de cartas que escrevi para ele; amar Jesse, mas nunca ter transado com ele, mesmo que nós dois quiséssemos, simplesmente porque nunca tive privacidade; os primeiros dias em que fiquei tão apaixonada por Jesse que me afastei de Charlie quando ela estava lidando com o próprio drama familiar —, mas uma coisa que nunca havia feito foi desobedecer a vovó e a mamãe quando me pediam para ser cuidadosa, para manter nossa reclusão em segredo para proteger a mim e a mamãe.

— Tudo bem se você não quiser falar sobre isso — Sam disse depois de um tempo.

— Eu quero. Só que nunca falei sobre isso.

Me sentei, cruzando as pernas. Enquanto esperava que eu falasse, Sam também se sentou e arrancou uma folha de grama e ficou ziguezagueando com ela pelo gramado, como se fosse um carrinho passando por uma estrada complicada.

Analisei seu rosto abaixado, tentando memorizá-lo.

— Mamãe e vovó são ótimas, mas não vou mentir e dizer que não é difícil saber que existe todo esse outro mundo e vida lá fora que não posso conhecer.

— Faz sentido.

— Gosto de Guerneville, mas quem pode dizer que eu não gostaria mais de Los Angeles? — Dei uma espiada nele e meu coração bateu um pouco mais forte no peito. — Não ria disso, ok?

Ele olhou para mim, balançando a cabeça.

— Não vou rir.

— Parte de mim quer mesmo ser atriz. — Senti o desejo subir até a garganta como sempre acontecia, como se eu estivesse me engasgando com esse sonho. — O tempo todo penso em atuar. Adoro ler roteiros e livros sobre a indústria do cinema. Se alguém me perguntasse o que quero fazer, e eu fosse sincera, dizer que quero ser atriz explodiria de dentro de mim. Mas, caramba, se eu dissesse isso para a vovó, ela iria pirar.

— Como você sabe? — ele perguntou. — Você já falou com ela sobre isso?

— Fiz teste para algumas peças na escola. Até consegui o papel principal em uma, *Chicago*, mas ela sempre achava um motivo para não dar certo.

Para ser sincera, a rotina na cafeteria dela é bem louca, mas acho que, na verdade, vovó simplesmente não queria que eu me apaixonasse por isso.

Sam mordeu o lábio e largou a folha, limpando as mãos nas pernas.

— Eu te entendo. — Ele ficou quieto por alguns segundos. — Eu sempre quis ser escritor.

Olhei para ele, surpresa.

— É sério?

— Adoro escrever — ele admitiu, soando quase reverente. — Tenho várias histórias guardadas em cadernos debaixo da minha cama. Mas não é uma escolha óbvia para alguém criado numa fazenda e que é esperado que vá assumi-la um dia.

— A Roberta e o Luther sabem que você escreve?

— Acho que sim, mas não sei se eles percebem o quanto levo isso a sério. Enviei um conto que escrevi para um monte de revistas literárias. Fui rejeitado de cara por todas, mas isso só me fez querer tentar de novo.

— E você deveria. — Tentei não soar tão carinhosa, mas era difícil porque senti que ele estava me mostrando um lado de si mesmo que nem todo mundo conhecia. — O que eles diriam se você contasse que quer ser escritor?

— O Luther me diria que escrever é um *hobby*. Algo para curtir, mas não algo para pagar as contas. E a Roberta talvez nem fique tão entusiasmada.

— Se eu dissesse a ela que queria começar a atuar assim que entrasse na faculdade, e que trabalhar no café não seria mais um problema, acho que vovó me diria sem rodeios que não tenho permissão para isso.

Ele riu, e o canto de seus olhos enrugou.

— Pois é. Eu amo a Roberta mais do que tudo, mas ela é uma pessoa objetiva demais às vezes. Ela não tem muito tempo para sonhadores.

— Que tipo de histórias você escreve?

— Talvez esse seja o motivo pelo qual eu não falo com eles sobre escrever — ele disse, encolhendo os ombros. — A maioria das minhas histórias é sobre pessoas da nossa cidade, ou pessoas inventadas que poderiam morar na nossa cidade. Gosto de pensar em como eles se tornaram quem são.

Arranquei minha própria folha de grama.

— Lembro que tivemos toda essa discussão na aula de história alguns anos atrás sobre como a história é subjetiva. Tipo, quem está contando a história? É a pessoa que ganhou ou perdeu a guerra? É a pessoa que fez a lei ou foi presa por causa dela? Fiquei pensando muito sobre isso depois, e eu entendo totalmente que não sou uma pessoa, bem... importante, mas fico me perguntando qual é a história real entre meus pais, sabe?

Sam acenou com a cabeça, fascinado.

— Uma vez a mamãe me disse que meu pai brigou por mim, mas no fim era melhor ficarmos em Guerneville, longe da mídia. — Enrolei a folha de grama na ponta do dedo. — Mas como vou saber se as histórias que elas me contaram são verdadeiras ou se é o que queriam que eu ouvisse para não ficar triste? Tipo, sei que Los Angeles não era um bom ambiente para ela e sei por que eles se separaram, mas, na verdade, eu nunca mais falei com o meu pai. Fico me perguntando o quanto ele tentou impedir que ela partisse. Ele sentiu a nossa falta? Por que ele não me liga?

Sam hesitou, e me perguntei se ele sabia de coisas que eu não sabia. Era perfeitamente possível.

— Eu vi algumas manchetes e é impossível não ver o rosto dele nas revistas na Lark's, desculpa, na farmácia da minha cidade, mas, mesmo sabendo da versão da mamãe das coisas, você acha estranho que eu nunca tenha procurado artigos sobre os meus pais na internet?

Ele olhou para mim.

— Acho que não.

— Quer dizer, sou tão obcecada por Hollywood, mas não consigo nem me dar ao trabalho de ler sobre a minha própria família. — Fiz uma pausa, rasgando a folha de grama. — As histórias por aí são precisas? Eu nem saberia dizer. Tipo, não tenho como saber como ele olhava para ela ou como as coisas eram entre eles quando ainda estava tudo bem. Nunca vou saber que tipo de coisas ele fez que a faziam rir, mas nem sei o que as pessoas dizem sobre a coisa toda. — Sorri, vitoriosa, para ele, mas por dentro eu era uma pilha de nervos. — Eu queria que você me dissesse.

Os olhos verde-musgo de Sam se arregalaram.

— Espera, sério?

Quando afirmei com a cabeça, ele se inclinou; agora estava intenso.

— Quer dizer, não vou mentir e dizer que não li sobre isso no Yahoo por horas na noite passada.

Soltei uma risada.

— Aposto que sim.

— Parece que a história é que — Sam se interrompeu, limpou a garganta e recomeçou com uma voz mais grossa, como um locutor: — Ian Butler e Emmeline Houriet se conheceram quando eram jovens. Emmeline era incrivelmente gostosa, e tenho certeza de que todos os seus amigos já te disseram, e Ian era o sr. Carisma, e eles se apaixonaram e se mudaram para Los Angeles, onde a carreira dele decolou. A dela... nem tanto. Ele era *louco* por ela. De acordo com um perfil na revista *Vanity Fair* da época — ele deu uma piscadela ridícula, me fazendo rir —, qualquer um que os visse juntos podia dizer isso.

Fiquei séria e olhei para baixo, tentando não parecer muito afetada por isso — a insinuação de que nem sempre tinha sido sofrido para meus pais.

— Ele começou em uma novela, mas depois conseguiu um papel coadjuvante ao lado de Val Kilmer, e seu próximo papel foi como protagonista. Ele ganhou um Emmy, um Globo de Ouro logo depois, e nessa época sua mãe teve você.

Concordei com a cabeça.

— Em 1987.

— Então o seu pai teve o primeiro caso, ou o primeiro que a imprensa soube.

— Biyu Chen.

— Biyu Chen — ele concordou. — Você tinha... dois anos? — ele perguntou, buscando confirmação.

— Sim — respondi.

— Sua mãe permaneceu com ele. Mais papéis importantes. Mais prêmios. Pelo visto, todo mundo achava que Ian estava dormindo com outras com muita frequência depois de Biyu. Mas o caso que motivou todos os problemas foi Lena Still.

Sem perceber, eu tinha fechado as mãos. Me lembrei de quando estava passando um filme da Lena Still no cinema. Ela foi escalada como uma guerreira em um futuro distópico, bem ao estilo "herói escolhido". Não vi o filme, é claro, mas parecia que tinha visto por causa do quanto todos na escola falavam sobre isso. Eu não podia dizer a ninguém, exceto a Charlie, que eu odiava ir a festas de Halloween com meus colegas vestidos de dez versões caseiras diferentes de Lena Still.

— Então, em 1994, Lena tinha apenas vinte anos e dormiu com o seu pai.

Controlei o reflexo de lembrar a Sam de que meu pai tinha apenas trinta e poucos anos — ele havia sido nojento, mas não *tão* nojento —, mas eu não entendia de onde vinha a vontade de defendê-lo e com certeza não queria dar espaço para isso.

— Ela engravidou, e a imprensa descobriu — Sam continuou. Ele fez uma pausa, colocando a mão no peito e, fingindo seriedade, falou: — Muitos acreditam que *ela* passou essa informação à imprensa.

Muitos significava quase todo mundo.

— Mas, então, eles sofreram um acidente de carro depois da festa de encerramento do filme, ela perdeu o bebê e todos sentiram pena de Lena, não de Emmeline — Sam completou.

Eu tinha visto essas manchetes. Era impossível não as ver, mesmo com oito anos de idade. Eu me perguntava quantas vezes por dia aquelas manchetes dos tabloides passavam pelos pensamentos de mamãe, indesejáveis e intrusivas. Palavras em amarelo brilhante:

LENA PERDE BEBÊ. DEVASTADO, IAN BUTLER DESISTE DO PAPEL DE JAMES BOND.

Poucas menções a uma esposa ou filha. E mamãe disse que aqueles que a mencionaram a faziam parecer uma mulher apaixonada irracional, louca.

— E tanta especulação sobre a sua mãe.

— Você passou mesmo um bom tempo na internet hoje, né?

Ele abriu um sorrisinho tímido antes de se deitar na grama de novo.

— Até eu me lembro de ter visto isso. Eu tinha onze anos. Seu rosto esteve em toda parte por alguns meses, aqueles olhos enormes. Para onde você foi? Ela sequestrou você? Você estava sendo mantida longe do Ian? Você foi para a proteção de testemunhas? Toda essa parada.

A verdade, como mamãe explicava, era muito mais banal: marido traidor, cultura tóxica, mãe pega a criança e deixa Los Angeles para ir viver em uma cidade qualquer.

Acontece que meu pai era um dos atores mais queridos do mundo e é difícil para o público perceber que ator e homem nem sempre são o mesmo sujeito. As pessoas não podiam acreditar que ele tinha feito algo horrível com ela, e o ambiente nocivo de Hollywood quase acabou com a minha mãe.

Mas qual era a história real? De um jeito esquisito, parecia que estávamos falando sobre a vida de outra pessoa.

— Tipo, eu era uma criança durante tudo isso, né? — eu disse. — Em uma escola particular minúscula com filhos de outros atores, e a gente ficava isolada dessas coisas. Basicamente, um dia mamãe veio me buscar na escola com o carro cheio de malas e o cachorro. Viajamos por horas, pareceu uma eternidade, mas, sério, foram, tipo, seis horas.

Sam riu ao meu lado.

— Chegamos à casa da vovó perto do rio e acho que foi a primeira vez que perguntei se íamos para casa. Mamãe disse: não. — Fiz uma pausa e arranquei outra folha de grama. — Eu nem pude me despedir dele.

— Alguém na sua cidade sabe quem vocês são?

— Algumas pessoas devem saber, sim. Tipo, vovó mora lá desde sempre, mas todo mundo a conhece como Jude. Aposto que o único que sabe que o sobrenome dela é Houriet é o Alan, o carteiro. A mamãe cresceu lá, mas ela cortou e pintou o cabelo de castanho. Ela é conhecida como Emma, não Emmeline, e nós duas usamos o sobrenome Jones. Quase tudo está no nome da vovó e não é como se as pessoas soubessem quem é *Emma Jones*. — Dei de ombros. — Parece que as pessoas que sobraram na cidade que sabem quem a mamãe é e por que ela voltou também não precisavam se meter, se o que ela queria era se esconder.

— Mas você tem amigos que sabem?

— A minha melhor amiga Charlie sabe. Só.

A culpa começou a aparecer, espalhando-se pelo meu corpo até eu me sentir gelada. Era ao mesmo tempo bom e assustador falar sobre tudo isso. Eu estava despejando *tudo*. Sabia que mamãe e vovó construíram essa bolha isolada para nos proteger, mas falar sobre isso era um pouco como libertar uma criatura que mantivemos em um porão por anos. Era bom se livrar disso, e agora o mundo podia ver a feiura com os próprios olhos.

— Teve umas fotos suas no aeroporto de Los Angeles, né? — ele perguntou.

— Ah, é. — Me sentei ao lado dele e ele me surpreendeu pegando minha mão. Meu pescoço e rosto queimavam de nervosismo, mas não soltei. — Foi a primeira visita aprovada que tive com meu pai depois do divórcio. Eu tinha nove anos. Mamãe comprou uma passagem para mim. Ela me acompanhou até o portão de embarque e me abraçou umas mil vezes antes de me deixar ir com a aeromoça. Ela estava mais em pânico do que eu por eu estar voando sozinha, e mais em pânico ainda com a perseguição da imprensa quando eu estivesse com o meu pai. Pousei em Los Angeles, desci do avião com a escolta e esperei.

Então contei a Sam o resto da história: sobre sentir que estava esperando muito tempo — tempo suficiente para que algumas pessoas descobrissem quem eu era e para que algumas delas tirassem fotos de mim. Depois de um tempo, percebi que o pessoal da companhia aérea estava decidindo com qual dos pais deveriam me deixar ir para casa, porque mamãe também viajou para lá e me pegou.

— Acho que ela estava muito preocupada de me deixar em Los Angeles e nos jornais. Ela disse que o meu pai estava esperando, mas ele entenderia, e acho que entendeu mesmo, porque ela me levou para casa.

Sam ficou parado ao meu lado quando ouviu isso e seu silêncio prolongado me deixou desconfortável.

— O quê? — perguntei, depois que seu silêncio começou a parecer uma névoa densa.

— Você não leu mesmo nada sobre isso, leu?

Virei a cabeça para olhar para ele. Ele tinha a expressão de alguém que estava prestes a dar uma notícia terrível.

— O que você quer dizer com isso?

— Quero dizer que a história que contam é um pouco diferente — ele disse, olhando para o céu.

Esperei que ele me contasse, mas ficou claro que eu teria que confirmar se realmente queria ouvir.

— É tão ruim assim?

— Eu... é bem ruim.

— Conta.

— Acho que a sua mãe teve que ir porque o seu pai não apareceu — Sam disse, baixinho. — Pelo menos, foi isso o que eu li.

Um arrepio se espalhou por meus braços.

— O quê?

— Quer dizer, não há muita informação. Mas lembro porque não há nenhuma foto sua depois que você saiu de Los Angeles, além dessas. Vi fotos de você esperando no aeroporto, e as testemunhas dizem que os atendentes estavam tentando falar com o Ian Butler, mas não conseguiram.

Minha história desmoronou um pouquinho. Eu queria *mesmo* a verdade? Ou queria a história que fazia eu me sentir melhor sobre meu pai distante? Acho que agora era tarde demais.

— Ele divulgou uma declaração — disse Sam e se virou para olhar para mim, seus olhos procurando. — Você não soube?

Neguei com a cabeça. Na única vez em que Charlie e eu tivemos coragem de procurar Ian Butler na internet, a primeira coisa que apareceu foi uma sessão de fotos nu para uma revista, e isso foi o suficiente para matar o desejo de voltar a procurar.

— Ele basicamente colocou a assistente na reta, dizendo que ela havia anotado a hora errada e explicou o quanto ele estava desolado.

Dando de ombros, eu disse:

— É, pode ser...

— Verdade, pode ser. — Outra longa pausa, e minha esperança dessa possibilidade murchou. — Ele foi ver você depois disso?

Fechei os olhos.

— Não que eu saiba.

Sam pigarreou, e o silêncio desconfortável pareceu cair como um peso em meu peito.

— Tipo... — ele falou, claramente se esforçando para dizer algo. — Bom, talvez seja melhor. Charlie parece ser legal, mas se você morasse em Los Angeles, talvez a sua melhor amiga fosse a Britney Spears.

Eu ri, mas era uma risada superficial.

— Com certeza. Talvez eu tivesse raspado a cabeça como ela fez há alguns meses.

— Viu só? E isso teria sido horrível. Seu cabelo é bonito.

O elogio passou direto por mim. Vasculhei meus pensamentos, procurando por algo mais a dizer, um assunto diferente para conversar, mas bem quando pensei que meu coração ia explodir no peito com a tensão, Sam nos resgatou:

— Sabe, eu tenho uma teoria sobre gatos.

Pisquei para ele, confusa.

— Gatos?

— É, não gosto de gatos.

— Essa é a sua teoria?

— Não. — Ele riu. — Escuta. Não gosto de gatos, mas sempre que vou a uma casa com gatos, eles vêm e se sentam em mim.

— Porque eles olham para você e pensam que você é um armário.

Isso o fez rir ainda mais.

— Claro, essa é a outra teoria. Mas a minha é esta: essas energias antigato seriam estranhas para um humano, como quando sentimos que alguém não gosta da gente, e é mesmo desconfortável, mas talvez para um gato, essas energias estranhas sejam *reconfortantes*.

— Más energias são boas para gatos? — questionei.

— Isso mesmo. Há alguma coisa de que eles gostam na tensão.

Fiquei refletindo um pouco sobre isso.

— Se isso for verdade, gatos são uma coisa do mal.

— Sem dúvida eles são maus. Estou só tentando encontrar a raiz disso.

Olhei para ele.

— Eu acho que gatos são fofos. Eles não são carentes, são inteligentes. Eles são incríveis.

— Você está errada.

Isso me fez desatar a rir, e deixei a risada tomar conta de mim, empurrando para fora a tensão residual sobre meu pai e o que Sam tinha me contado. Mas só de pensar nisso novamente, senti um aperto no peito.

Talvez Sam tenha percebido, porque ele apertou minha mão. E então eu soube que ele havia percebido, porque disse:

— Sinto muito que seu pai seja uma merda.

Isso arrancou uma risada surpresa de mim.

— Sinto muito que seu pai seja uma merda também.

— Nunca mais vou ver outro filme de Ian Butler. — Ele fez uma pausa. — Exceto *Encryption*, porque aquele filme é sensacional.

— Ei!

— Desculpa, Tate, é apenas ciência.

três

Mamãe deve ter dito algo para a vovó — pedido para que ela pegasse leve comigo, deixasse eu me divertir, *alguma coisa* —, porque sem qualquer reclamação ou nem mesmo um pingo de contrariedade de minha avó, Luther e Sam se tornaram nossos companheiros regulares em Londres. Todas as manhãs, eu pulava da cama e corria para me arrumar, ansiosa para me sentar em frente a ele, para passear pela cidade juntos, para *vê-lo*. Conversávamos por horas no jardim todas as noites. Ele contou que havia morado em uma cidade pequena a vida toda, exceto nos dois primeiros anos de vida, mas ele tem mais histórias e teorias aleatórias do que qualquer pessoa que já conheci.

Todo dia no café da manhã, eles estavam do outro lado da mesa: Sam com seu sorriso sedutor e o prato cheio, e Luther com sua xícara de café bem açucarado. Na rua, eles costumavam ficar alguns passos atrás de nós, lutando com o mapa gigante que Luther insistia em usar e discutindo sobre estações alternativas de metrô quando encontrávamos uma fechada.

Em um dia particularmente nublado, evitamos a chuva visitando o Museu de História Nacional. Luther inventou histórias engraçadas — e muito espalhafatosas — sobre cada um dos dinossauros e até conseguiu convencer a vovó a abandonar os planos de almoçar em um antigo hotel que ela havia encontrado em um guia. Em vez disso, comemos hambúrgueres em um pub escuro e rimos histericamente com a história de Sam sobre o desastre com o equipamento de ordenha em seu primeiro turno matinal sozinho na fazenda.

Além de a vovó parecer não se importar com nossos novos companheiros de viagem, ela também parecia gostar da companhia de Luther de verdade. Depois do almoço, eles seguiram na frente e Sam veio ao meu lado enquanto caminhávamos, de barriga cheia, até uma estação de metrô.

— Qual foi a coisa mais maluca que você já fez? — ele perguntou.

Levei alguns segundos em silêncio para pensar enquanto desviávamos do tráfego de pedestres. Juntos, separados, juntos. Seu braço roçou no meu e, com um suspiro acalorado, registrei que não pareceu ser acidental.

— A casa da vovó fica na água. É sobre palafitas, com vista para o rio e...

— Uau! Palafitas?

— É, tipo, o rio inunda muito, então a maioria das casas perto da água é sobre palafitas. — Quando seus olhos se arregalaram, eu disse: — Não imagine um tipo de castelo elaborado. Na verdade, é só uma casa simples de três quartos sobre palafitas. Enfim, não devemos pular do deck porque é muito alto. O rio é muito profundo, mas nossos dedos do pé sempre roçam o fundo e a profundidade muda a cada ano. Um dia, vamos pular e será apenas o leito do rio.

A mão de Sam roçou a minha quando nos esquivamos de um homem na calçada, e desta vez foi sem querer: ele se desculpou, baixinho. Eu queria estender a mão e tornar o contato permanente.

— Charlie e eu pulávamos do deck quando estávamos sozinhas em casa. Nem sei por quê.

— Claro que você sabe por quê.

— Para ficar com medo?

— É, para sentir a adrenalina. — Ele sorriu para mim. — No que você pensava quando saltava?

— Só... — Balancei a cabeça, tentando me lembrar da sensação. — Só que não havia mais nada naquele momento, sabe? Sem escola, sem meninos, sem drama, sem tarefas. Só pular na água fria e me sentir louca e feliz depois.

— Você é muito fofa se essa for a coisa *mais louca* que já fez.

Não tinha certeza se estava mais emocionada por ele ter me chamado de fofa ou com vergonha de ser tão sem graça. Inspirei de um jeito trêmulo e ri.

— Você me conhece. — E de uma forma estranha, eu sentia que ele me conhecia mesmo. — E você?

Sam soltou um murmúrio:

— Derrubar vacas enquanto elas dormem. Beber cerveja no meio do nada. Corridas e brincadeiras estranhas nos campos de milho. Tentar construir um avião. — Ele deu de ombros. — Sei lá. É fácil ser louco numa fazenda.

— É mesmo?

— É, quer dizer — ele disse, esquivando-se de um homem que caminhava sem rumo com os olhos em seu celular —, todo mundo na minha cidade diz que quando você mora no meio do nada, é impossível se meter em confusão, e acho que isso dá aos pais uma sensação de tranquilidade, tipo, mesmo que eles não possam ver a gente, qual a pior coisa que poderia acontecer? Beber cerveja num campo? Mas sabendo que eles pensam assim, sei lá… às vezes parece um desafio.

— Você alguma vez já se machucou?

Sam balançou a cabeça.

— Ressacas? Torci meu tornozelo uma vez. Mas normalmente é um grupo de pessoas sendo idiotas. A maioria das meninas é muito mais esperta do que a gente e podia mostrar quem é que manda. Isso nos impediu de ir longe demais.

Vovó se virou, esperando que a alcançássemos.

— Do que vocês estão falando?

Sorri para Sam.

— Ele está falando sobre beber cerveja no campo, derrubar vacas e construir um avião.

Eu esperava que Luther fosse dizer algo sobre as vacas ou a cerveja, mas ele apenas acenou com a cabeça, orgulhoso.

— Aquele avião quase voou, não foi?

Sam olhou para mim, sorrindo. Ele sabia exatamente o que eu estava tentando fazer — entregá-lo —, e quando vovó e Luther se viraram, ele me cutucou com um dedo longo sob as minhas costelas, fazendo cócegas.

— Parece que o tiro saiu pela culatra, mocinha.

Mamãe me ligou naquela noite bem quando eu estava saindo de fininho pela porta para encontrar Sam. Levei o celular para fora do quarto comigo. Não queria acordar a vovó, que já roncava.

Eu fiquei imaginando se mamãe estava se sentindo sozinha com a gente ali em Londres, embora soubesse o trabalho que dava manter a cafeteria aberta. Mesmo com algumas mulheres da cidade a ajudando enquanto estávamos fora, eu tinha certeza de que mamãe não tinha muito tempo para pensar em outra coisa que não fosse o trabalho. Ainda assim, eram nove horas da noite em Londres, eram quase seis da manhã em casa. Mamãe deveria estar correndo como uma louca preparando as coisas para o café da manhã. A não ser que…

— Qual é o problema? — fui logo perguntando.

Ela riu.

— Não posso sentir saudade da minha filha?

— Pode, mas não quando você deveria estar abrindo a cafeteria. A vovó vai pirar.

— É terça-feira — ela me lembrou. — Estamos fechados. Ainda estou de pijama.

Pressionei o botão de descer do elevador, aliviada.

— Não tenho noção de que dia é.

— Essa é a melhor coisa das férias.

Isso desencadeou um pequeno sentimento de culpa.

— Quando foi a última vez que você tirou férias?

A única vez que pude lembrar foi quando ela me levou a Seattle para um fim de semana, há pouco mais de um ano. Fora isso, parecia que mamãe havia se tornado uma pessoa feliz e estável em Guerneville. Assim como a vovó.

— Seattle — ela confirmou, e senti uma estranha sensação de culpa por não termos simplesmente fechado a cafeteria e trazido ela junto. — Não se preocupe comigo. Você sabe que adoro os verões aqui.

Eu também sempre gostei. O calor chegava através do rio e descia os leitos secos do riacho repleto de gordas amoras. O ar ficava tão doce e o sol esquentava tanto as praias e as calçadas que não podíamos andar descalços nem por alguns segundos. Se precisássemos de um alívio, dirigíamos apenas alguns quilômetros a oeste, onde o oceano encontrava o rio Russian. Na praia, o ar que nos atingia era tão frio que precisávamos de jaquetas em pleno verão. A cidade ficava cheia de turistas e do dinheiro deles, e sempre tinha fila do lado de fora do estabelecimento da vovó, o dia todo.

— Talvez depois de começar a faculdade, em algum recesso, a gente possa fazer uma viagem, eu e você — eu disse.

— Parece uma boa ideia, meu doce. — Ela fez uma pausa. — Você está andando? Que horas são aí?

— Estou dando uma escapulida para ver o Sam — admiti, sentindo a culpa.

— Você acha que vocês dois poderiam fazer isso funcionar? — ela perguntou. — Cada um morando em um lado do país?

— *Mamãe*. — Uma onda de irritação real jorrou através de mim por causa da rapidez com que ela passou das minhas saídas com Sam para imaginar um relacionamento a distância. Eu amava sua veia romântica, mas às vezes ela forçava a barra. — Tenho dezoito anos e não temos *nada*.

— Não estou preparando você para um casamento arranjado, Tate. Apenas… divirta-se. Tenha *dezoito* anos.

— Seu trabalho não é desencorajar esse tipo de comportamento?

Quase pude vê-la rejeitando essa preocupação.

— A vovó já faz isso muito bem. Estou apenas sonhando, você me conhece, tendo uma conversa divertida e considerando "e se".

— Gosto dele, mas não quero ter esperanças e começar a falar sobre um "e se".

— Por que não? Você também vai acabar se decepcionando se nada acontecer. Não sei por que as pessoas acham que a negação permanente é melhor do que a decepção temporária.

Eu sabia que ela estava certa e me permiti alguns momentos de fantasia no caminho do elevador para as portas dos fundos que levavam ao jardim. Meu único namorado até hoje morava a meio quilômetro de distância de mim. Como seria namorar alguém em outro estado do outro lado do país?

— Quer dizer, ele é tão fofo, mãe — eu disse, cedendo. — Mas ele é mais do que isso, é muito fácil conversar com ele. Sinto que poderia contar qualquer coisa para ele.

Mamãe parou de novo e, naquele silêncio, ouvi a rapidez com que a pergunta não falada se formou.

— E você contou? — ela perguntou, finalmente.

O que eu estava ouvindo em sua voz? Medo ou animação? Às vezes, soam iguais — tênue e tensas, como palavras entrecortadas.

Ela ficaria com raiva se eu tivesse contado para ele? Ou ela entenderia meu desejo de reivindicar essa nossa história cintilante? Às vezes, eu tinha a estranha sensação de que a decepcionava por não me rebelar e gritar de um megafone quem eu era, quem ela era, de onde viemos. Em Londres, eu queria que houvesse um motivo para minhas roupas de cidade pequena, rabo de cavalo sem graça e estilo ultrapassado. Eu me convenci de que poderia ser divertido fazer o papel da menina do interior em uma cidade grande. Mas na privacidade dos meus próprios pensamentos, e por mais egoísta que parecesse, eu queria que o mundo soubesse que era apenas uma atuação, que eu não deveria ser um peixe fora d'água nessa terra de mulheres cosmopolitas.

Filha do ator mais famoso do mundo vive uma vida simples em uma cidadezinha e nunca aprendeu nada sobre moda. Ela é tão pé no chão!

Mas contei uma mentira para mamãe, em vez da verdade.

— De jeito nenhum, mãe. Eu jamais falaria.

— Ok, meu doce. — Ela exalou, murmurando baixinho: — Vamos conversar amanhã?

Mandei um beijo para ela antes de desligar, sentindo o peso azedo da mentira se instalando em meu estômago.

Como se fechasse uma cortina, a culpa se dissipou assim que saí para a noite escura e brilhante. Sam não olhou para cima quando me sentei ao seu lado na grama fria, mas pude sentir a maneira como ele se mexeu e deslizou um pouco mais para perto.

— Já era hora — disse ele. Estava escuro, mas pude perceber pela sua voz que ele estava sorrindo. — Eu estava ficando com sono.

O desejo de estender a mão e segurar a sua se espalhou por mim como uma onda elétrica.

— Desculpa. Minha mãe ligou para saber como estão as coisas.

Ele se virou para mim no escuro.

— Ela está com ciúmes por você e a Jude estarem aqui em Londres?

— Fiquei me perguntando a mesma coisa.

Sentei-me, cruzei as pernas e olhei para ele. Por dentro, eu me senti agitada, meio nervosa.

— Tudo bem? — ele perguntou.

— Ela me perguntou se eu te contei sobre o meu pai.

Sam sorriu para mim.

— Você falou sobre mim para a sua mãe?

— Falei.

— E? — Ele balançou as sobrancelhas. — O que você disse?

— Que conheci um cara chamado Sam.

Uma descrença fingida tomou conta de sua expressão.

— Só isso?

Eu esperava que ele não pudesse ver meu pescoço e bochechas corando na escuridão.

— O que eu deveria dizer?

— Que sou bonito, talentoso com as palavras e sei como me virar numa fazenda.

Isso me fez rir.

— Não sei se você é talentoso com palavras ou fazendas. Não tive provas disso.

— Percebi que você não discordou sobre eu ser bonito.

— Você está tentando impressionar a minha mãe?

Ele se apoiou nos cotovelos e me lançou um olhar sedutor.

— O que você disse para ela?

— Falei que você é legal e…

— Não — ele disse, rejeitando com um gesto. — Estou falando de quando ela te perguntou se você tinha me contado sobre o seu pai.

— Ah. Menti. Disse que não tinha contado — falei, mordendo o lábio. Ele pareceu surpreso.

— Ela ficaria brava?

— Não sei. — Coloquei o cabelo atrás da orelha e notei que seu olhar acompanhou o movimento dos meus dedos. — Acho que não. — Olhei para ele e fiz uma careta. — Mas estava pensando sobre isso outro dia e sei que é coisa de gente mimada, sabe? Mas parte de mim quer aproveitar um pouco as vantagens de ser filha de Ian Butler.

— Por que diabos isso ia fazer você parecer mimada? Qualquer um no seu lugar ia querer poder saber como é a vida do seu pai.

— Acho que é porque essa vida acabou com a minha mãe e aqui estou eu querendo um motivo para voltar lá.

— Acabou com ela *mesmo*? — ele desafiou. — Ou ela só teve um casamento de merda? — Ele correu os dedos pela grama. — O primeiro marido da Roberta era horrível. Ele a engravidou quando ela era nova, traiu. Aposto que depois disso ela se tornou outra pessoa e aí se mudou para a fazenda, se apaixonou pelo Luther, e eles meio que se tornaram essas pessoas que são a base da comunidade. Todo mundo confia neles para pedir conselhos e ajuda e querem absorver a sabedoria deles. Ela nunca teria conhecido o Luther se não tivesse tido uma primeira experiência péssima, e sei que ela nunca vai me dizer para não casar só porque não deu certo para ela uma vez. Imagino que a sua mãe não ia querer que você evitasse algo só porque não deu certo para ela.

Eu podia ver o lado contador de histórias dele, o biógrafo. Ele nem conhecia minha mãe e ainda assim se aprofundou em algo tão essencialmente verdadeiro sobre ela: ela nunca me diria para ficar longe de Los Angeles se isso fosse o que eu queria de verdade.

A ideia de perseguir aquele sonho — de realmente dar a cara a tapa e assumir aquele legado — despertou algo dentro de mim, e quando Sam encontrou meu olhar, eu soube que ele também percebeu.

quatro

No nosso sexto dia em Londres, vimos a troca da guarda no Palácio de Buckingham. Havia uma larga multidão e nossos corpos estavam pressionados um contra o outro enquanto disputávamos o melhor ponto de observação pela grade de ferro dourado. O contato com Sam me deixou tonta. Eu nunca teria imaginado como o desejo podia ser tão vertiginoso, como eu podia sentir que ele pertencia a mim sem nem termos uma história juntos.

No meio do empurra-empurra, Sam enrolou seu dedo mindinho no meu. Eu era um peixinho; ele me fisgou. Parecia quase criminosa a forma como a reação física serpenteou pelo meu braço, meu peito, entre as minhas pernas.

Ele olhou para mim e sorriu, piscando.

— Não se esqueça de dizer a sua mãe que sou um cara de muitos talentos — ele disse, baixinho.

Acho que ele sabia exatamente o que estava fazendo. Era um bom sinal ou era assustador o fato de ele parecer gostar do quanto me deixava perturbada?

Em um trem particularmente lotado no oitavo dia, deixamos vovó e Luther com os únicos assentos livres. Sam insistiu que eu me segurasse na barra atrás do banco e ficou atrás de mim, alcançando a alça acima. Levei algum tempo de uma viagem turbulenta para perceber que ele havia escolhido aquela posição para me proteger de um grupo de caras barulhentos logo atrás dele. E com ele tão perto, senti seu calor ao longo de todo o meu corpo: ele pressionado nas minhas costas, balançando contra mim, enquanto o trem deslizava nas curvas e inclinações dos trilhos. Eu estava aflita e avermelhada quando chegamos à estação de Westminster, tensa e com uma dor desconhecida.

Sam apenas sorriu, cúmplice, ao nos afastarmos no elevador, dizendo baixinho que ele me veria mais tarde.

Às nove, eu o encontrei sentado na grama de frente para a porta quando saí. Como sempre, o jardim estava vazio. Eu me senti agradecida por esse local de um jeito novo. Sim, era uma bela vista, mas os monumentos ao redor também eram uma distração bastante eficiente da joia daquele jardim: nunca havia ninguém ali com a gente.

Sam sorriu quando me aproximei, me observando percorrer o caminho da porta dos fundos do hotel até onde ele estava sentado com as pernas esticadas à frente, apoiando-se nas mãos. Nos últimos dois dias, parecia que tudo havia mudado: tínhamos cruzado a linha de conhecidos para esse novo estado de *intimidade*. Eu ainda me sentia desajeitada com isso. Eu não era nem um pouco capaz de flertar casualmente como Sam, o que fazia eu me sentir jovem, inexperiente e sempre muito atenta com tudo o que dizia. Isso estava ficando ao mesmo tempo estimulante e exaustivo.

Eu mal tinha sentado quando ele me disse:

— Você é linda pra caralho. Você sabe disso, não sabe?

Ele não desviou o olhar ou suavizou o momento, e meu primeiro instinto foi abaixar a cabeça e fingir que precisava amarrar o tênis ou fazer outra coisa tímida e dispensável. Nunca um cara disse algo assim para mim, muito menos dessa maneira.

Olhei para ele e sorri, e a expressão em seu rosto fez meu coração disparar.

— Obrigada.

Ele correu um dedo sob o lábio, contemplando alguma coisa.

— Gostei de estar com você hoje no trem.

— Atrás de mim? — questionei, sem demonstrar emoção.

Ele caiu na gargalhada.

— Tá bom, tá bom — ele disse, com um sorriso, e estalou os dedos. — Deita aqui. Essa é a noite mais clara que tivemos até agora.

Eu me acomodei na grama. Sua instrução para que eu *me deitasse* se repetia em meu cérebro. Sam me surpreendeu ao colocar a cabeça ao lado da minha, esticando o corpo na direção oposta. Éramos um conjunto de hélices prontos para alçar voo.

Ele apontou Júpiter, tão brilhante acima de nós, e me disse:

— Eu queria ser astronauta.

— Charlie também — eu disse. — Ela fez um foguete com uma caixa de papelão e ainda o tinha quando me mudei para a cidade na quarta série.

— Fale mais sobre ela.

Era estranho se sentir tão longe daquele mundo e tão profundamente enraizada nessa nova rotina com Sam.

— Ela é a minha melhor amiga.

— Sim. Charlie é um nome rebelde para uma garota — ele cantarolou.

— É? — Virei a cabeça antes de lembrar que ele estava *logo ali* e nossos olhos estavam quase na mesma altura. Ele estava desfocado, mas mesmo assim pude ver que sorria. Nós dois voltamos os rostos para o céu. — Então, se encaixa perfeitamente. Charlie é a melhor. A mãe dela é ex-modelo. Ela é tão bonita, mas toda a sua vida é basicamente focada em manter a aparência, o que é difícil de fazer onde moramos, porque não existem, tipo, academias ou SPAS ou cirurgiões plásticos. Elas moram no alto da colina, em uma mansão. Tipo, nada mais ao redor é similar a essa casa. Ela lembra uma estação de esqui nos Alpes, com aqueles telhados inclinados e janelas grandes.

— Sei — Sam disse, um estrondo vindo de algum lugar bem fundo dentro dele.

— Uns anos atrás, o pai dela simplesmente não voltou de uma viagem de negócios à China, de onde ele é. Acontece que os pais dela nunca se casaram de verdade, então agora é só a Charlie e a mãe dela.

Pela minha visão periférica, pude ver Sam erguer a mão e esfregar o rosto.

— Uau.

— Charlie passou por uma fase bastante rebelde naquele ano, mas ela se acalmou um pouco. O máximo que ela consegue, acho. Charlie é incrível. Você ia gostar dela.

Será que essa foi uma descrição suficiente de Charlie? Com seu estilo maluco que se destacava quase tanto quanto uma garota meio asiática se destacaria em uma cidade pequena? Com seu amor por cachorros de rua e as barracas de limonada que ela organizava para doar dinheiro a crianças sem-teto? Eu estava começando a desprezar essa versão resumida da minha vida. Nunca tinha feito isso antes — deixar alguém entrar completamente do início ao fim. Queria conectar meu cérebro ao de Sam e apenas transmitir tudo de uma vez.

Sam se ajeitou, e eu o imaginei cruzando uma de suas longas pernas sobre a outra.

— Então, você tem a Charlie e havia um namorado chamado Jesse. Quem mais?

Francamente, era constrangedor ter uma escala minúscula da minha vida medida assim, mas aqueles dois sempre foram a maior parte da minha vida social. Eu não conseguia nem pensar em Charlie indo para a Universidade da Califórnia e Jesse indo para Wesleyan, porque isso me lembrava de que eu precisaria fazer novos amigos em Sonoma.

— É basicamente isso. Quer dizer, a minha escola, El Molino, é minúscula e sou simpática com quase todo mundo, mas acho que nunca fui uma dessas pessoas sociáveis que passam o tempo com grandes grupos de pessoas. Havia o grupinho popular, e eles são legais, mas não faço parte desse grupo. — Me afastei um pouco para poder olhar para ele. — Aposto que você era popular.

— É, acho que sim. — Ele deu de ombros e coçou a sobrancelha. — Mas a minha escola também era bem pequena. Tipo, quatrocentos alunos no total. Eu tinha meu grupo de caras com quem saía. A maioria deles vai para a universidade comigo, então vou vê-los o tempo todo. Eric. Ben. Jackson. Alguns foram para mais longe, então nem devem voltar. Vai ser interessante ver quem ainda estará comigo em vinte anos.

— Então com certeza você vai voltar para casa e administrar a fazenda? — perguntei.

Meu estômago teve a familiar contração sempre que eu imaginava ficar em Guerneville e assumir o controle da cafeteria da Jude. Toda vez que tentava imaginar esse futuro, tudo ficava em branco.

— Esse é o plano. — Ele respirou fundo. — Eu amo lá. Sei disso tão bem quanto o Luther. É uma paz tão grande à noite. O céu fica tão escuro que você pode ver tudo. Mas eles estão ficando velhos, e se o Luther estiver mesmo doente... não sei. — Ele fez uma pausa, passando a mão na boca. — Talvez eu assuma a fazenda mais cedo do que imaginava. O que é bom, porque digamos que um dia eu queira escrever um livro? Posso facilmente fazer isso lá. Eu vivo dizendo que eles podem morar lá e deixar que eu cuide deles um pouco. Mas Roberta não deve deixar isso acontecer até que eu me case.

Um pequeno arrepio desceu pelos meus braços.

— Você já tem alguém?

Sam riu, e o som era tão baixo que parecia muito mais homem do que menino.

— Não, Tate. Não tenho ninguém agora. — Ele olhou para mim, divertido e incrédulo. — Será que eles ficariam bravos se me encontrassem deitado no gramado com a linda filha do ator mais famoso do mundo?

— Mas a gente nem está fazendo nada — eu o lembrei, mas as palavras saíram vacilantes, como se eu soubesse que não eram totalmente verdadeiras.

Em resposta, ele transformou o momento em um silêncio pesado e prolongado antes de sorrir com malícia para mim.

— Não estamos mesmo.

Senti um calor tomar conta de mim e uma risada nervosa escapou quando nenhum de nós disse nada por cinco... dez... quinze segundos.

— No que você está pensando? — perguntei.

— Em você.

Eu tinha certeza de que ele ouviu a maneira como minha voz tremeu quando perguntei:

— No que sobre mim?

— Que eu gosto de você — ele disse com uma urgência sutil. — Que é estranho já gostar tanto de você. Que quero passar mais tempo com você, sozinho, durante o dia, para te conhecer melhor, mas não sei como poderíamos tornar isso possível.

— O que você gostaria de fazer? — perguntei.

Sam se sentou, levando os braços para limpar o frio úmido de suas costas.

— Sei lá. Dar uma volta. Conversar assim, mas à luz do dia para que eu possa ver você direito. — Ele se virou e olhou para mim, um sorriso lento curvando os cantos de sua boca. — Deitar juntos em um gramado diferente, em algum lugar.

— Você quer passar o dia *sozinha*?

Percebi uma pontada de mágoa no tom de voz da vovó.

— Não é porque não quero estar com *você* — insisti. — Logo vou embora para a faculdade em Sonoma, e gosto da ideia de poder andar por uma cidade grande sozinha. Só... por algumas horas.

Prendi a respiração, enquanto ela erguia os braços e passava a mão na nuca.

— Acho que eu posso visitar a Libby amanhã sem você.

Libby, do passado distante da vovó, era dona de um pequeno hotel em Londres. Até a maneira como ela disse *Libby*, com uma ênfase particularmente alegre na primeira sílaba, me fez ver que ela pensava que sua velha amiga do colégio devia ser muito culta.

— Isso mesmo — eu disse, soltando o ar com o anúncio desta desculpa conveniente: uma velha amiga. — Você não ia querer que eu fosse. Tenho certeza de que a minha presença inibiria as fofocas.

Vovó riu e me golpeou com a meia antes de se sentar para colocá-la.

— Você sabe que eu não fofoco.

— Claro, e eu não gosto de torta.

Ela riu de novo e olhou para mim de onde estava sentada, na beira da cama. Sua expressão foi ficando séria, das sobrancelhas até a boca, e, por fim, seus lábios se contraíram em natural desgosto.

— Aonde você vai?

Tentei parecer indecisa, mas o plano passou pela minha cabeça como um letreiro. Apostando que ela não iria me seguir — não achava que vovó fosse tão paranoica ou controladora assim —, eu disse:

— Não sei. Talvez Hyde Park?

— Mas, querida, planejamos isso para a próxima terça-feira.

— Talvez eu possa passear de pedalinho. — Tentei fazer parecer que havia acabado de ter a ideia, e não que Sam e eu já tivéssemos falado sobre isso. — Parece divertido, e acho que você não gostaria de ir comigo.

Vovó não pisaria em um pedalinho, mas também não iria querer me impedir de ir. Ela concordou devagar, curvando-se para colocar a outra meia. Pude ver que eu tinha ganhado.

— Acho que não terá problema. — Ela olhou para cima. Esse era um enorme voto de confiança para ela. Ela não me deixava nem ir para São Francisco ou Berkeley sozinha.

E lá estava eu pedindo para andar por *Londres* sozinha — pelo menos era o que ela achava.

— Você tem certeza de que vai ficar bem?

— Sim, sem dúvida — concordei, apressada, tentando conter o sol nascente no meu peito.

cinco

— Você é uma mestra da manipulação. — Sam entregou o dinheiro para o homem no quiosque de aluguel de pedalinho e olhou por cima do ombro para mim. — Tinha certeza de que ela diria não. Como você conseguiu que a Jude concordasse?

— Disse que queria ser independente e andar de barco. Eu sabia que ela não queria ir no lago, então...

Ele ergueu a mão para um "toca aqui" e seguimos o homem pelo cais, até onde nosso pedalinho azul estava amarrado a um gancho de metal. A mecânica de mover o barco com os pés parecia bastante simples, mas o homem explicou mesmo assim como os pedais funcionavam, como dirigir, o que fazer se ficássemos presos e se o vento ficasse mais forte no lago. Será que ele viu a locomotiva que Sam era bem na frente dele?

— Se ficarmos presos — eu disse, apontando para a montanha de homem ao meu lado —, vou apenas fazer com que ele me reboque de volta para o cais.

O homem o avaliou com uma sobrancelha levantada.

— Bem, então podem ir. Fiquem deste lado da ponte, está bem?

Sam me firmou com a mão no meu braço, enquanto eu subia no pedalinho antes de subir também. O barco afundou visivelmente sob seu peso.

— Vamos andar em círculos — brinquei. — Talvez você deva usar apenas um pé.

Ele olhou para mim, os olhos brilhando.

— Você está especialmente de bom humor.

Gostei de que ele tenha percebido. E ele tinha razão. Eu estava quase tonta de tanta euforia por estar saindo sozinha, ainda mais com Sam. Tínhamos apenas mais seis dias juntos e eu já temia ter que me despedir.

Após uma breve discussão para decidir quem iria dirigir, finalmente concordamos que eu iria primeiro, então ele teria sua vez.

— Meninas costumam gostar de ser conduzidas — ele disse ao ceder o controle da alavanca.

— Cuidado — rosnei, mas de brincadeira. — Você não vai querer soar machista.

Com um sorriso doce, ele levou a mão ao coração.

— Com certeza, não.

Ventava mais no lago do que na trilha pavimentada, e dirigir foi mais difícil do que eu esperava. Era cômico. Eu empurrava com toda a minha força e mal conseguia nos manter em linha reta.

— Canoagem é muito mais fácil — reclamei. — Nota mental para solicitar que eles ofereçam canoas.

— Ou caiaques.

— Temos fileiras enormes de canoas na praia da minha cidade — eu disse a ele, já sem fôlego. — Elas costumavam ser de metal e esquentavam pra caramba com o sol. Agora são dessas de borracha amarela grossa e infláveis. Dá para ver turistas por todo o rio, tombando onde fica nodoso pouco antes da praia.

— A cidade recebe muitos turistas?

— No verão, sim. — Parei, tentando recuperar o fôlego. — Região de vinho. O rio. Eu entendo. É um lugar legal para ficar... por alguns dias.

Ele riu e, de repente, o pedalinho se virou de novo para a esquerda porque ele estava pedalando com muito mais força do que eu.

— Me empresta uma das suas pernas — eu disse.

Ele estendeu o braço, fez cócegas em mim e então colocou a mão nas minhas costas, deixando-a descansar ao redor dos meus ombros.

— Está bom assim?

Tive que engolir um estrondoso "sim" e consegui soltar um truncado:

— Claro.

— Desculpa a gente ter saído tão cedo do café da manhã.

Pela manhã, pela primeira vez Sam e Luther estavam lá embaixo antes de nós chegarmos, e eles saíram apenas alguns minutos depois de termos retornado com nossos pratos.

— O Luther está bem?

— Não sei direito. Ele não tem comido muito.

Agora que ele mencionou, eu também percebi.

Sua mão se enrolou na minha nuca, quente e firme. Mudando de assunto, ele perguntou:

— É estranho estar sozinha em uma cidade grande?

— Um pouco. A mamãe e a vovó não me deixam ir a lugar nenhum sozinha.

— Elas ficam preocupadas de algo relacionado ao seu pai acontecer? — Ele apertou meu pescoço suavemente. — Ou são apenas superprotetoras?

— Acho que elas não se preocupam com o meu pai. É mais com a mídia, imagino. Ou... se preocupar apenas se tornou um hábito. Todos os dias, até eu me formar, uma delas me deixava e me buscava na escola.

Ele pareceu chocado.

— Sério?

Concordei com a cabeça.

— Tenho carteira de motorista, mas só dirigi sozinha algumas vezes e sempre pela cidade. Já fui ao cinema com amigos sem a vovó ou a mamãe, mas elas me pedem para avisar assim que o filme termina.

— Mas agora elas vão deixar você se mudar para Sonoma? Qual a distância da sua cidade?

— Oitenta quilômetros. É o mais próximo que eu poderia estar. — O arrependimento pulsou dentro de mim. — Também passei para Santa Cruz, Universidade do Oregon e para a de Santa Barbara, mas pareciam longe demais.

Ele concordou com um "aham" e deslizou os dedos pelo cabelo da minha nuca, enviando um pulso elétrico do couro cabeludo até a base das minhas costas. Eu podia sentir a ponta dos seus dedos, a forma como sua mão se flexionava. Ele fez pequenos círculos com a ponta do dedo indicador na minha nuca e a sensação viajou pelo meu corpo, um estrondo antecipado bem abaixo do meu umbigo.

— Quando eu tinha doze anos, eu ficava nos celeiros até amanhecer e ganhava dinheiro cortando grama, juntando o feno, o que você imaginar. Luther e Roberta quase nunca sabiam onde eu estava quando não estava na escola ou à mesa de jantar com eles. Acho que esse tipo de supervisão teria me deixado louco — ele disse.

— É provável. Eu estou acostumada e fico maluca.

— Posso ir ver você em Sonoma?

Minhas pernas enrijeceram tão de repente que viramos para a esquerda. Sam pôs a mão sobre a minha na alavanca de direção e suavemente nos afastou de um barco que se aproximava. Depois de nos distanciarmos, ele soltou a alavanca e olhou para mim, com um ar brincalhão.

— Eu te assustei?

Balancei a cabeça, mas não consegui soltar nem um simples "não". Tipo, obviamente eu estava imaginando a mesma coisa — esperava poder vê-lo de novo depois de deixarmos Londres —, mas esse tipo de fantasia é sempre melhor assim, sendo apenas uma fantasia. Agora, além de imaginar um dormitório, uma colega de quarto, aulas e oitenta quilômetros me separando da mamãe e da vovó, eu também estava imaginando Sam ali. Parecia um abismo infinito de incógnitas.

— Acabei de me dar conta de que estou realmente saindo de casa e vou ficar sozinha. Não consigo nem me imaginar ainda morando em um novo lugar, muito menos você me vendo fora desta bolha de Londres — admiti.

— Você é tão corajosa, Tate. — Ele ficou alguns momentos em silêncio antes de voltar a falar: — Mas estou errado em pensar que tem algo rolando aqui?

Olhei para ele e esperei as palavras certas virem. Eu tive exatamente um namorado. Jesse me beijou no segundo ano e foi isso. Sem discussão de *você-quer* ou *vamos-tentar*. Na verdade, nunca fomos bons quando se tratava de discutir qualquer coisa — nos conhecíamos desde a quarta série, então discutir a relação não era meu forte. Mas eu sabia mesmo sobre o que Sam estava falando. Era por isso que, mesmo viajando com minha avó, estava sendo mais cuidadosa com a maquiagem. Era por isso que eu sofria um pouco todas as manhãs para escolher a roupa. Era por isso que minha parte favorita do dia era quando eu o encontrava.

— Tate? — ele perguntou quando eu permaneci em silêncio.

— Não, você não está errado — eu disse.

— Você sente a mesma coisa?

Eu me perguntei se ele podia ouvir meu batimento cardíaco.

— Sim. Desculpa. Não sou muito boa…

Ele diminuiu a velocidade da pedalada.

— É muito cedo para falar sobre isso?

— Tipo, não sei como estudantes-barra-universitários-barra-escritores-barra-fazendeiros fazem as coisas na sua cidade, mas não é muito cedo para mim. Só é novo.

Mas Sam não riu. Ele se inclinou e deu um beijo mais suave no meu pescoço, logo abaixo do meu queixo.

Do meu peito até entre as pernas, tudo se contraiu. Eu podia sentir o cheiro de morangos em seu hálito.

— Você cheira a morango.

Uma risada estrondosa escapou e ele se recostou um pouco.

— Comi um crepe enquanto esperava por você. Quer sair deste lago e comer um?

MINHAS PERNAS ESTAVAM FRACAS com o esforço para levar o pedalinho contra o vento de volta ao cais, mas eu sabia muito bem que Sam era responsável pela maior parte do trabalho. Ele não estava nem ofegante quando foi pegar suas coisas no quiosque. Provavelmente poderia ter corrido trinta quilômetros se eu pedisse.

Compramos dois crepes e encontramos um lugar na grama à sombra pontilhada de uma árvore de bordo. Tive a estranha sensação de estar suspensa acima de um cânion, quase como me sinto num sonho em que estou flutuando e, ao olhar para baixo, percebo que, na verdade, estou caindo. Parecia o começo de algo novo, algo assustador, mas maravilhoso. Parecia mais do que apenas decidir se eu beijaria ou não aquele homem, mas também se eu iria ou não atrás de todos os outros pensamentos sujos que eu tinha.

Ele soltou um gemido de satisfação quando terminou a última mordida do crepe e caiu de costas no gramado com um sorriso apontado para o céu.

— Nossa, eu poderia dormir bem aqui.

Por instinto, tirei o celular da bolsa e enviei uma mensagem rápida para a vovó para que ela soubesse que eu estava bem. Ela havia trazido o celular da mamãe — ela desprezava qualquer tipo de telefone móvel, mas mamãe tinha insistido.

Vovó deu uma resposta breve:

Vou ficar na Libby por algumas horas. Me encontre no saguão às cinco, por favor.

Olhei para o celular e senti uma leveza se expandindo dentro de mim. Eram apenas onze da manhã e eu tinha um dia inteiro de liberdade.

Eu me virei, e Sam já estava me observando.

— O quê?

Ele sorriu e rolou para o lado, apoiando a cabeça na mão.

— Parece que passamos a maior parte do tempo juntos em gramados.

— E na horizontal. — As palavras escaparam.

— E na horizontal — ele concordou, com um sorriso malicioso.

— Pelo menos é dia.

E olhar para ele à luz do dia — de um jeito que não tinha sido possível quando estávamos juntos durante o dia com Luther e vovó — era como dar generosas goladas em um copo de água fresca. Sua pele era macia e clara, olhos vítreos cercados por cílios generosos. Ele não poderia ter herdado nada de Luther geneticamente, mas com certeza tinha o mesmo sorriso largo.

Ele parecia estar me analisando com o mesmo cuidado. Seus olhos passaram pelas longas ondas do meu cabelo, pelas bochechas, pela boca — onde permaneceram. E então ele encontrou meu olhar e sorriu, fazendo surgir uma pequena covinha em sua bochecha esquerda.

— Seus olhos são maravilhosos.

Com um tremor no estômago, rolei para o lado também, empilhando os pratos vazios de papel e removendo-os do caminho.

— O que você está a fim de fazer hoje?

Suas pupilas cresceram, deixando seus olhos quase pretos, e nessa breve reação, li os pensamentos proibidos ali. Eu me perguntei se eles refletiam os meus: a boca de Sam na minha, o calor de sua mão sob a minha camisa, a maneira como ele bloquearia o sol se ficasse sobre mim.

— Quero dizer — esclareci, tentando superar o constrangimento —, coisas que não sei se poderíamos fazer em um parque.

Suas sobrancelhas se ergueram e ele soltou uma risada.

— Tate, puta merda.

— Não me diga que você também não estava pensando nisso. Eu vi na sua cara.

Ele olhou para minha boca novamente, e um sorriso preguiçoso se formou em seus lábios.

— Você é sempre tão direta?

Eu já estava balançando a cabeça.

— De jeito nenhum.

Suas sobrancelhas se juntaram.

— Por que comigo?

— Não sei. — Ele simplesmente parecia tirar tudo de mim: meu ímã da verdade. Talvez fosse porque ele já sabia meu segredo, então não havia mais nada sobre mim que eu teria que esconder. — Eu me sinto segura com você.

— Eu poderia perguntar qualquer coisa e você me diria? — ele perguntou.

Ele estava tão perto, talvez só uns quinze centímetros de distância, e meu coração parecia uma britadeira. Eu poderia me inclinar e beijá-lo. Eu tinha 99,8 por cento de certeza de que ele deixaria.

— Você pode tentar — eu disse.

Vi sua língua molhar seus lábios.

— Humm.

— Eu poderia te perguntar qualquer coisa também — arrisquei.

— Claro.

Mas todos os meus pensamentos eram mais… físicos. Estava limpa de qualquer outro pensamento. Talvez ele pudesse perceber, porque sorriu um pouco mais e estendeu a mão para puxar uma mecha de cabelo que estava presa no meu lábio.

— Então você já teve um namorado?

— Sim. Mas não transamos.

Ele tirou a mão devagar, sua respiração desacelerou e ele deixou minhas palavras se acomodarem entre nós. Senti tudo parar dentro de mim, na mesma hora querendo engolir de volta o que eu disse, me levantar, ir embora e me enfiar sob as cobertas no quarto do hotel.

— Não sei por que disse isso — admiti.

— Porque você está pensando nisso.

Se meu coração estava disparado antes, agora era um torpedo, um metrônomo selvagem dentro de mim, incapaz de acompanhar aquele ritmo.

— Não fique com vergonha — ele disse, baixinho. — Também estou pensando nisso.

— Você já transou? — Eu queria enfiar meu punho na boca por ser tão ingênua.

Ele soltou uma risada doce e um gentil: "Já".

A princípio, pensei que estava apenas imaginando que ele tinha se aproximado, mas então sua boca estava na minha, de uma vez: um beijo longo e persistente de morango.

— Tudo bem? — ele perguntou, as palavras sussurradas nos meus lábios. Ele se afastou, me observando. Sentia sua respiração quente na pele.

— Já fui *beijada* antes.

Com outra risada silenciosa, ele voltou a se inclinar e, desta vez, ergueu uma das mãos, cobrindo a lateral do meu rosto, antes de deslizá-la pelo meu cabelo. Sua boca se abriu, quente e cuidadosa, e ele me provou, recuando com um sorriso.

— Agora *você* tem gosto de morango.

Eu podia ter um gosto doce, mas me tornei um monstro, um tubarão que sentiu o cheiro de sangue. Com a mão em seu pescoço, eu o puxei de volta sobre mim para que seu peito cobrisse o meu. Ele veio com prontidão, soltando um gemido, e teve o cuidado de não me esmagar, colocando seu peso em um cotovelo e apoiando a outra mão no meu quadril.

Eu queria mais, não conseguia beijá-lo o suficiente ou com força suficiente. Eu o queria tão intensamente. O sentimento estava crescendo há apenas alguns dias, mas pareciam meses, e isso me causava uma dor agonizante e impaciente.

Ele se afastou um pouco, sem fôlego ao beijar meu queixo, meu pescoço, e então apoiou a testa no meu ombro.

— Calma, Tate. Eu ainda tenho que sair andando daqui.

Seu ouvido estava tão perto do meu coração que eu tinha certeza de que ele podia ouvir como o ritmo estava enlouquecido.

— A vovó vai ficar fora pelas próximas horas — eu disse.

Devagar, Sam ergueu a cabeça e me observou.

— Você quer voltar para o hotel?

Quando falei, pareceu que tinha corrido a manhã toda:

— Sim. Quero voltar para o hotel.

seis

Minha mão tremia ao deslizar o cartão-chave na porta. Eu estava distraída e afobada com a sensação dos dedos de Sam envolvendo meus quadris, sua boca se movendo do meu pescoço até a orelha. Eu não sabia o que estava fazendo — *isso não era normal* —, mas o desejo era maior do que o receio que pairava como uma sombra de ansiedade em meus pensamentos. O serviço de limpeza já havia sido feito e as camas estavam imaculadas e as superfícies estavam brilhando.

Fechamos a porta, trancamos e ficamos parados, olhando um para o outro.

— Não precisamos fazer isso — ele disse.

Antes que o nervosismo pudesse me dominar, eu me virei, caminhei até a cama e me sentei próximo à cabeceira. Sam subiu atrás de mim no colchão, tirando os sapatos.

Estava tão silencioso que pude ouvir um motorista de táxi gritando na rua com alguém na calçada. Era possível ouvir até mesmo o tique-taque do despertador na mesa de cabeceira. Eu podia ouvir a respiração irregular de Sam.

— Isso é loucura — ele disse, finalmente se aproximando e pontuando cada frase com um beijo no meu queixo, na bochecha, na orelha. — Pode mudar de ideia a qualquer hora. Quero dizer, acabamos de nos conhecer. Sua avó pode voltar. Diga se quiser parar.

Eu não conseguia puxar ar suficiente para os pulmões e minhas palavras saíram como um suspiro.

— Ela não vai voltar. E eu não quero parar.

Pensei que tínhamos pelo menos algumas horas, mas ainda assim jogamos as roupas no chão em um frenesi de dentes e queixos se chocando em beijos descuidados. Ele me perguntou várias vezes — enquanto nos beijávamos, e nos tocávamos, e explorávamos — se eu tinha certeza.

Eu nunca tinha estado nua com alguém antes e nunca havia tido tanta certeza sobre alguma coisa.

Ele foi beijando meu corpo, acariciando meus seios, beijando entre minhas pernas, até que eu gritei em um travesseiro e o segurei ali com o punho fechado em seu cabelo. E então ele estava sobre mim, enorme e nu, me perguntando mais uma vez:

— Você confia em mim?

Foi estranho, mas essa pergunta fez com que o momento parasse. Percebi por sua expressão que eu não precisava responder com pressa, que poderia dizer não e que nos recomporíamos e sairíamos para o jardim ou desceríamos até a rua para almoçar. Ele não estava apenas perguntando se eu confiava nele para ser cuidadoso com meu corpo, mas se eu confiava nele para ser cuidadoso comigo.

Fiz que sim com a cabeça e o puxei de volta para cima de mim, envolvendo as pernas em torno de seus quadris. Eu o senti pressionar contra mim, quente e inflexível, mas ele se afastou antes que eu pudesse reagir, correndo em direção ao banheiro. Fui incapaz de desviar o olhar da estrutura de seu corpo: a massa de músculos e a altura. Quando ele reapareceu, olhei para baixo... e depois para a toalha em sua mão.

— Só por precaução — ele disse.

Ele colocou a toalha embaixo de mim, beijando meu peito, meu pescoço, minha boca tão suavemente, e então voltou sobre mim, subindo entre minhas pernas e beijando meu pescoço.

Os lençóis eram tão macios, tão perfeitamente brancos.

O sol se inclinou para dentro do quarto, iluminando nossa pele nua.

— Tudo bem? — ele perguntou uma última vez.

— Sim. — Corri a mão de seu estômago até seu ombro. — E você?

— Estou nervoso — ele admitiu. — Mas, sim. Tudo bem.

— Mas você já fez isso antes.

— Nunca fiz com você.

Eu estava tremendo. Podia sentir e sabia que ele também sentia. Mas ele apenas me beijou sem parar, como havia feito no parque, até eu ficar com tesão e me contorcendo, até me esquecer do prazer que ele já tinha me dado e exigir mais, querer seu aperto, aquele desejo instintivo de senti-lo dentro de mim.

Ele tinha uma camisinha — graças a Deus, porque onde eu estava com a cabeça? —, e eu o observei colocá-la, de repente questionando minha sanidade, a lógica de que ele de alguma forma caberia dentro de mim. Ele colocou a mão suave em meu quadril e se guiou com a outra. Com os olhos em mim, Sam foi devagar, bem devagar, com cuidado para parar quando soltei um gritinho de dor, devagar de novo e depois profundo, e então ele se movia e estava tudo bem, eu estava bem.

Estava mais do que bem. Estava perdida nele, na sensação de suas costas ficando escorregadias sob minhas mãos, e sua boca no meu pescoço, e sua cintura entre minhas coxas. Perdida na sensação do sol na minha pele, na maneira como ele entrava pela janela e se espalhava pela cama. Perdida na sensação de prazer flertando sob a dor e na respiração dele ficando quente e faminta no meu pescoço.

Ele estava me dizendo que era bom, tão bom, achei que poderia gozar de novo.

Queria que ele terminasse?

Queria, mas não queria, porque sabia que jamais poderíamos voltar para aquele exato momento. Minha primeira vez — nossa primeira vez — e eu sabia também que, assim que tudo acabasse, teria que enfrentar a mim mesma e essa decisão louca. Então falei para ele esperar, por favor, não queria que acabasse.

Ele esperou, ou pelo menos tentou, com os dentes cerrados e dedos que pressionavam quase forte demais, mas ainda não forte o suficiente. Mas quando enganchei os tornozelos em suas costas e me movi com ele, ele gemeu um pedido de desculpas e xingou, tremendo sob minhas mãos.

Ficamos parados e a dor em mim se tornou aguda, mais desconfortável do que prazerosa. Sam recuou com cuidado. Havia sangue em seus dedos quando ele tirou a camisinha, mas ele não parecia preocupado. Apenas me limpou, se inclinou para beijar minha testa e foi até o banheiro.

Eu estava tremendo tanto que puxei as cobertas sobre mim até o queixo.

Mal ouvi a descarga do banheiro com o zumbido nos ouvidos. Eu nem me sentia a mesma pessoa. Tate Jones não transaria com um cara que ela conheceu só há alguns dias. Tate Jones não se apaixonaria por alguém tão rápido, tão de imediato. Mas, pelo visto, Tate Butler sim.

Sam entrou no quarto, vestiu a cueca e subiu de volta na cama, apoiando-se sobre mim de quatro, me prendendo suavemente sob os cobertores.

— Você está com frio ou está se escondendo?

— Frio.

Ele soltou um rosnado, entrou sob as cobertas comigo e ficou de lado, apoiando-se no cotovelo para olhar para mim. Ele estava sorrindo como um idiota, mas — para meu horror — senti lágrimas queimarem meus olhos. Fiquei com tanto medo do momento em que ele sairia do quarto. Hesitação afastou a certeza de que essa tinha sido a coisa certa a fazer.

— Tate — ele disse com os olhos passando pelo meu rosto. Ele estava preocupado agora.

Coloquei a mão em sua barriga nua.

— Oi?

Ele fechou os olhos e se inclinou, colocando a cabeça entre meus seios.

— Você está chorando — ele sussurrou.

— É só muita coisa para absorver — admiti. — Mas coisas boas, juro.

— Não quero que você fique estranha por causa disso.

Lutando para me recompor, prometi a ele:

— Não vou ficar.

Ele balançou a cabeça e beijou meu seio, mordendo-o suavemente.

— É algo importante — ele disse assim que me soltou. — Sexo. Eu sei por que fiz, sou louco por você. Mas por que você fez?

— Minha razão não pode ser a mesma?

— Pode. — Ele riu contra a minha pele.

NÃO NOS VIMOS MAIS DEPOIS QUE ELE ME beijou antes de sair do quarto às três e meia. Refiz a cama e liguei o chuveiro com a mão dormente, entrei no banho e olhei para os ladrilhos por vinte minutos, alternando entre emoção e pânico.

Ele vai deixar de me respeitar agora?

Ele já dormiu com uma centena de outras garotas?

Usamos camisinha, mas como vou saber se não estourou?

A vovó vai ficar sabendo o que a gente fez? Vai perceber pela minha cara?

Por fim, vovó parecia indiferente. Ela me contou alegre todas as fofocas de Libby durante o jantar no Da Mario e então vimos o musical *Hairspray* no teatro Shaftesbury. Às onze, caímos como pedras na cama. Eu teria mandado uma mensagem para Sam dizendo que não poderia ir ao jardim, que a vovó insistiu para que eu fosse para a cama cedo... mas ele não tinha celular.

Mal dormi naquela noite. Cada vez que eu me virava, meu corpo dolorido se lembrava, e então eu abria os olhos, olhava para o teto escuro e me perguntava se Sam estava acordado ao final do corredor, se estava feliz ou arrependido, ou sentindo outra coisa — alguma outra emoção que costuma surgir depois do sexo e para a qual eu nem tinha um nome.

No café da manhã, meu estômago parecia estar cheio de pássaros cantando, mas quando voltei do bufê com apenas um pedaço de torrada, vovó me mandou buscar proteínas, frutas, *algo substancial, Tate, temos um dia importante hoje.*

No mesmo instante, senti Sam parar atrás de mim quando eu estava decidindo o que conseguiria engolir da mesa de frios, e minha pele explodiu em um calafrio.

— Ei — ele disse, baixinho, estendendo a mão e passando dois dedos pelo meu braço.

Arrisquei um olhar para ele por cima do ombro e meu pulso acelerou. Ele estava amarrotado, com o cabelo despenteado e os olhos ainda cansados.

— Ei.

— Tudo bem?

Fiz uma careta para as bandejas de carne. Minha confusão mental era visível no meu rosto?

— Sim, estou ótima. Por quê?

— Você não foi ao jardim.

Ah. Concordei com a cabeça, saindo da fila. Sam pegou um prato e me seguiu.

— Voltamos tarde da peça e a vovó não me deixou sair — expliquei. Sorri para ele. Meu rosto estava quente. *Nós transamos.* Ele também está se lembrando disso? — Você saberia disso se tivesse um celular.

Sam riu.

— Para que preciso de um celular?

— Para não ficar sentado no jardim esperando por mim.

Ele colocou dois ovos fritos no prato.

— Valeu a pena.

— Por quê? — perguntei, rindo. — Alguém mais apareceu?

Ele deu uma batidinha no meu ombro.

— Sério, você está bem?

— Estou bem.

— Não... machucou?

Ah. Se eu achei que meu rosto estava quente antes, agora, ao absorver o que ele quis dizer, estava com febre.

— Um pouco, mas... — Olhei para ele. Seus olhos verde-musgo estavam me analisando com tanta intensidade que seus lábios se separaram. Ímã da verdade. Usei suas próprias palavras: — Valeu a pena.

Seu olhar caiu para minha boca.

— Essa é uma ótima resposta.

— Acho que fiquei preocupada que você fosse ficar estranho hoje.

Ele largou o pegador de bacon e olhou para mim, confuso.

— Estranho como?

— Só...

— O que eu quis dizer é que — ele interrompeu, com uma urgência silenciosa, olhando por cima do meu ombro para ter certeza de que não estávamos sendo observados —, como aconteceu rápido, não queria que você se arrependesse depois.

— Não me arrependo.

— Eu *não* estou estranho — ele insistiu, colocando a mão de um modo solene no peito.

Segurei uma risada com o gesto sério.

— Bom, eu também não estou estranha.

Com um sorriso sedutor, Sam estendeu a mão e puxou uma longa mecha do meu cabelo.

— Ótimo.

Também estendi a mão e passei o polegar em sua cicatriz em forma de vírgula.

— Ótimo.

sete

Vovó e Luther pareciam bichos-preguiça comendo. Em todas as refeições, cada pedaço era cuidadosamente cortado, picado, mastigado, engolido. Havia pausas para goles de água ou vinho e havia conversas demais. Em contraste, Sam e eu jogávamos a comida goela abaixo e então ficávamos ali, esperando, olhando, enquanto Luther e vovó tagarelavam, alheios ao nosso tédio de derreter o cérebro. As refeições, ainda mais o almoço, estavam se tornando uma chatice, e nem Sam nem eu tínhamos paciência para ficar sentados por duas horas no meio do dia.

Além disso, vovó sempre pedia café depois, mas aí ela tinha que ficar esperando que esfriasse até a temperatura ambiente antes de poder bebê-lo. Na hora do almoço, apenas vinte e quatro horas depois de termos transado — era a única coisa em que eu conseguia pensar —, olhei para Sam, que, assim que vovó ergueu a mão para chamar a atenção do garçom e pedir um café, já estava olhando para mim com uma cara de *me tire daqui, por favor*.

Finalmente, falei:

— Vovó, a gente pode sair e dar uma volta?

Ela fez seu pedido e então olhou para mim, preocupada.

— Dar uma volta?

— Quer dizer — emendei —, apenas ficar sentada do lado de fora e observar as pessoas. — Estremeci, me desculpando. — Está calor aqui e estou bem entediada.

Essa atitude era adolescente o suficiente para merecer um sermão mais tarde, mas se ela nos deixasse sair para o ar fresco, teria valido a pena. Com um pequeno movimento de seu pulso, fomos dispensados.

Não esperamos confirmação: Sam e eu já estávamos de pé, fugindo do restaurante escuro e monótono antes que ela ou Luther pudessem mudar de ideia.

Havia uma quadra de bocha no jardim nos fundos do restaurante e algumas mesinhas com tabuleiros de xadrez. A quadra de bocha estava ocupada, mas Sam apontou para uma mesa de xadrez e eu o segui, esperando que minhas habilidades enferrujadas ressurgissem logo.

Me sentei diante das peças brancas e ele se sentou na frente das pretas, se inclinando sobre o tabuleiro. Com uma pequena inclinação de queixo, Sam sorriu para mim.

— Você começa.

Movi o peão do meu rei dois espaços e abri a boca para falar, mas parei quando ouvi a voz de Luther do outro lado da janela. Toda aquela agitação lá dentro sobre nosso tédio e só conseguimos nos distanciar um metro.

Sam riu baixinho, deu de ombros, e ele era tão adorável que eu queria me esticar sobre a mesa e colocar minha boca na dele. O dia anterior ainda ecoava fresco em meus pensamentos e em toda a minha pele.

Acho que ele também pôde ver a lembrança em meus olhos, porque sua atenção se desviou para meus lábios e ele sussurrou:

— A gente pode dar uns amassos nos arbustos.

Minha resposta de que dar uns amassos seria muito mais divertido do que xadrez, mas também com muito mais chance de punição por poder causar a morte da vovó, foi interrompida quando a voz dela chegou até nós.

— Na verdade, não. Meu marido morreu quando eu tinha trinta e cinco anos.

À minha frente, o sorriso sedutor de Sam pareceu se dissolver.

— Por um lado — vovó disse —, eu tinha uma filha de seis anos para criar sozinha. Por outro, ninguém mais gritava comigo por não manter a casa limpa o suficiente. — Eu a ouvi fazer uma pausa e a imaginei levantando a xícara e inalando o café antes de decidir que ainda estava muito quente e voltar a colocá-lo na mesa. — Tenho o restaurante, é o suficiente para nós. Então, não, nunca quis me casar de novo.

Meu peito ficou apertado e os pensamentos pareceram desacelerar. Vovó nunca gostou de falar sobre nada do passado além do fim de semana anterior. Dizia que não adiantava viver no passado. Eu sempre soube que mamãe foi criada sem o pai, assim como eu, mas não devo ter assimilado isso até aquele momento em que vovó não parecia nem um pouco incomodada com o fato.

— Minha Roberta era assim — Luther disse a ela. — Não queria se casar de novo. Mesmo com um filho pequeno, ela era teimosa, queria fazer tudo sozinha. Eu tive que insistir. Disse que ninguém estava dizendo que ela precisava de um homem, mas se ela quisesse um, eu estava lá.

Olhei para Sam do outro lado da mesa e percebi que ele estava ouvindo com tanta atenção quanto eu, e isso me fez pensar o quanto ele sabia sobre o passado deles. Desconfiava que Luther estava com quase setenta anos. Se ele e Roberta haviam se conhecido anos antes de Sam nascer, não deveria ter sido fácil para um homem negro e uma mulher branca ficarem juntos em uma cidade pequena.

Vovó ficou quieta, e eu me questionei se essa mesma pergunta foi feita baixinho demais para ouvirmos, ou talvez apenas comunicada através de seus olhos, porque Luther acrescentou:

— Passamos por muita coisa naqueles primeiros dias. Muitas pessoas não gostavam de que eu andasse pela cidade com ela.

— Imagino.

— Ela não dava a mínima. — Luther voltou a rir. — Mesmo quando colocaram fogo no celeiro.

Eles o quê? Sam não pareceu nem um pouco surpreso ao ouvir isso, apenas ergueu as sobrancelhas e acenou para mim como se dissesse *que coisa, né?*

— Você criou a mãe da Tate sozinha? — Luther perguntou, voltando a conversa para nós.

Sam me observou, e foi um pouco como estar presa em areia movediça. Eu queria fugir, mas não conseguia. Nunca tinha ouvido vovó falar sobre isso antes.

— Nós nos saímos bem, nós duas. Emma era uma boa menina — vovó disse a ele, usando o novo nome de mamãe. Emma agora, não Emmeline. — Mas ela se casou muito jovem. Conheceu um rapaz quando tinha apenas dezoito anos e as coisas evoluíram rápido demais.

Os olhos de Sam saltaram da janela para os meus, e eu soube que nós dois estávamos nos perguntando o que vovó iria de fato divulgar para Luther.

Do outro lado da janela, o velho concordava com um "aham" compreensivo.

— Eu me preocupo quando isso acontecer. Sam vai morrer de paixão, rápido demais — ele disse, baixinho. — Ele demonstra os sentimentos com muita facilidade. Sempre foi assim.

Sam ficou vermelho como um tomate e pegou sua peça na mesa, fazendo o mesmo movimento que eu com o peão do rei.

— A gente poderia transformar isso aqui em xadrez *strip*, sabe? — ele disse de um jeito desajeitado e alto demais.

Eu me inclinei para a frente.

— Se podemos ouvi-los, eles também podem ouvir *a gente*.

Ele empalideceu, sussurrando:

— Você acha que eles me ouviram falar sobre dar uns amassos?

— Ou tramar como me deixar nua? — perguntei, sufocando uma risada.

A voz de vovó voltou, e nossas perguntas foram respondidas na indiferença de seu tom.

— Ele é um menino doce, mas forte. Ele vai ficar bem.

— Espero que sim. — Uma pausa e em seguida: — Se você não se importa que eu pergunte, o pai da Tate é presente?

— Ah, o ex-marido da Emma? Ele era horrível — vovó disse. — Traía o tempo todo. Nem se preocupava em passar um tempo em casa com suas meninas.

Uma faca abriu aos poucos caminho em meu peito, e Sam se levantou de repente com um olhar de urgente simpatia, gesticulando para que eu o seguisse para longe da mesa. Mas não consegui. A minha vida inteira, vovó tinha sido um cofre de pedra quando se tratava de meu pai. Fora isso, ela apenas respondia a todas as perguntas com: "Você está melhor aqui". Senti como se houvesse alguma informação que eu pudesse captar ao escutar escondida, algo que explicaria por que meu pai nunca veio atrás de mim ou por que mamãe nunca o deixou vir.

— Emma é passiva — vovó continuou. — Uma pessoa doce, talvez doce até demais. Mas o marido? Minha nossa. Suponho que seja difícil ver como a pessoa é de verdade quando você está apaixonada assim, mas nunca conheci um homem mais egoísta. Tudo era uma questão de aparência.

Luther concordou com um baixo e compreensivo *hummm-hummm* vindo do fundo de sua garganta.

— Ele tem algum contato com a Tate?

— Não. — Ela fez uma pausa, talvez finalmente bebendo seu café. — Ele deu poucas indicações de que queria ter algum contato.

Foi como uma punhalada profunda em meu peito; como uma facada em meus pensamentos. Tinha lembranças carinhosas com meu pai: em seus braços na calçada, deitados na cama com as cabeças encostadas, lendo livros, mergulhando na praia. Queria acreditar que ele havia desistido de mim para minha própria proteção, que o tinha feito por amor. Ele pode não ter lutado por mim, pode ter se esquecido de me buscar no aeroporto... mas o que vovó disse combinava muito bem com a sensação desagradável que tive de Sam naquela noite em que ele me contou o que sabia: que mamãe pode ter me dado uma impressão melhor de meu pai do que ele merecia.

Por fim, eu me levantei, percebendo que não havia nada naquela conversa que eu queria ouvir. Não queria que minhas memórias fossem lavadas, com mamãe pintada como frouxa e meu pai como um desertor, que não me queria de jeito nenhum.

Sam correu atrás de mim.

— Tate.

Passei pela quadra de bocha e entrei na estreita área com árvores logo atrás do restaurante.

— Tate. — Ele me alcançou, dando um passo à direita. — Ei.

Parei em um banco e me sentei, apoiando os cotovelos nos joelhos.

— Tudo bem?

Soltei uma risada curta e seca.

— A questão é que ela não fala sobre o meu pai comigo. Mas ela está falando sobre isso com o Luther?

— Talvez por que ela ache que não vai acontecer nada falando com ele sobre isso — ele disse, com cautela.

— Você ouviu o que ela disse. Ela é tão contrária a ele. Entendo ela ter raiva por causa do que ele fez com a mamãe, mas eu sou a filha dele. Sabe? — Olhei para ele. — Eu nunca nem tive escolha. Se você pudesse ter um relacionamento com seu pai, você não tentaria?

Sam balançou a cabeça.

— Não. Mas a situação é diferente e, mesmo que não fosse, você e eu não precisamos reagir da mesma maneira. — Ele pegou minha mão, virando-a para desenhar na minha palma. — Meu pai me mandou embora. Sua mãe levou você embora. Pode parecer uma pequena diferença, mas não é. É enorme.

— Eu sei.

Olhei para ele e a visão dele perto o suficiente para beijá-lo fez o desejo se misturar de uma maneira estranha com tristeza. Ele se curvou, deslizando a boca sobre a minha. Não estávamos muito longe do restaurante, mas a sensação de estar com ele foi um conforto tão imediato que não me importei se alguém pudesse nos ver. Me inclinei para mais, para colocar as mãos em seus cabelos, para segurá-lo contra mim.

Quando ele enfim se afastou, seus olhos tinham a mesma carga do dia anterior quando ele estava apoiado sobre mim, perguntando se eu tinha certeza.

— Quero levar você para a minha cidade comigo — ele disse, baixinho.

— Eu iria.

Ele se inclinou para outro beijo.

— Vou fazer um acordo com você — ele disse. — Quando eu vier para a Califórnia para te visitar em breve, se você quiser ir para Los Angeles para se encontrar com o seu pai, eu levo você.

Eu NÃO TINHA IMAGINADO QUE HAVIA ALGUMA maneira de Sam e eu podermos ficar juntos novamente, mas naquela noite, depois que a repetição das palavras de vovó tinha se tornado monótona e persistente em meus pensamentos, eu o encontrei no jardim à meia-noite e nos beijamos com vontade até que nossas bocas ficassem em carne viva. Não sei se ele sabia que eu precisava de distração tanto quanto precisava dele, mas ele não me fez falar sobre o assunto de novo. Em vez disso, deslizou a mão para dentro da minha calça e olhou para mim enquanto me tocava, quase delirando de desejo, e soltou um gemido de alívio quando fiz a mesma coisa com ele.

Eu nem sabia o que realmente estava acontecendo entre nós, como parecia crescer tão rápido ou como poderia continuar. Parecia inevitável e tolo entregar meu coração assim, me apaixonar tanto por alguém que eu poderia nunca mais ver de novo. Logo empurrei o pensamento para fora da cabeça assim que ele surgiu.

Quando falava com mamãe todas as manhãs, deixava escapar algumas informações sobre como as coisas estavam progredindo com Sam. Mas não importava o quanto ela parecia se deliciar com minhas férias românticas, eu ainda não me atrevia a contar que tinha perdido a virgindade com ele ou que toda vez que o via, minha cabeça começava a cantar uma minúscula, linda e assustadora palavra de quatro letras.

Na noite seguinte no jardim, suas mãos estavam no meu rosto, mas eu as queria na minha pele. Suas mãos estavam no meu peito, mas eu o queria em cima de mim. Seu corpo estava em cima do meu no escuro, mas eu queria que ele se movesse para dentro de mim. Eu queria possuí-lo e ser possuída por ele de uma forma que me fizesse sentir quase selvagem.

Quando coloquei a mão em sua calça, ele ficou imóvel e, com uma voz indecisa, falou no meu ouvido:

— A gente deveria parar.

— Não quero parar.

— Eu também não quero, mas também não quero ser *preso*.

— Só... vamos ser rápidos.

Por fim, fizemos, freneticamente, atrás de uma fileira de árvores. E depois, enquanto eu estava observando as nossas estrelas, ele olhou para mim, dizendo:

— É tão louco pensar que as coisas que eu achava que viviam apenas na minha imaginação podem ser reais. — Ele estendeu a mão, traçando minha boca com a ponta do dedo. — Mas quando toco em você é como se todas as fantasias que eu já tive se tornassem realidade.

Fechei os olhos, sentindo, pela primeira vez no dia, uma sensação de realidade se fechando sobre nós.

— Você não pode dizer essas coisas.

Sam se apoiou em um cotovelo. Seu cabelo estava bagunçado por causa das minhas mãos e sua boca estava inchada.

— Por que não?

— Porque isso vai tornar tudo muito mais difícil na hora de ir embora.

Ele não disse nada. Apenas olhou para mim, meio feliz, meio outra coisa que não consegui identificar.

— Quando se lembrar disso tudo — comecei, já ouvindo a irracionalidade na minha fala —, você acha que vai se lembrar disso só como sexo com uma garota em Londres?

Sam riu, me dando um simples "não". Ele me beijou de novo.

— Eu poderia ter *só sexo com uma garota em Londres* se fosse isso o que eu queria. Já disse que vou te ver. Gosto de estar com você também quando estamos vestidos. Isso é parte do que quero dizer quando falei sobre a fantasia.

Me afastando, olhei para ele, sem saber direito por que isso me deixou ainda mais triste. Não importava o que meu coração apaixonado dissesse, poderia mesmo haver esperança para nós a longo prazo? Outras mulheres poderiam acabar tendo esse cara cuidadoso e atento, e eu já odiava cada uma delas. Não importava que Sonoma fosse maior do que Guerneville, não haveria ninguém como Sam lá.

Quando nos levantamos, minhas pernas pareciam de borracha. Eu estava tão exausta física e emocionalmente que poderia ter dormido em pé se fosse necessário. Dentro do elevador, Sam me abraçou.

— Seu pai sabe que você está indo para a faculdade?

— Não, acho que não — eu disse. — Quer dizer, não sei o quanto a mamãe realmente fala com ele, mas tenho a sensação de que ela não conta nada para ele.

— Então você não tem mesmo contato com ele? — Sam perguntou.

Estendi a mão e pressionei a ponta do dedo em sua cicatriz em forma de vírgula.

— Ele me manda coisas no Natal. Costuma ser algo tecnológico. Ele não deve escrever nada ou vovó deve pegar qualquer bilhete que ele tenha escrito, porque sempre há apenas uma etiqueta com sua letra que diz: "Para Tate, de Ian".

— Mas nada de dinheiro? Ele é bilionário e... — Ele fez uma pausa, e os cantos de sua boca se curvaram em um pequeno e triste sorriso. Não era preciso ser a pessoa mais observadora do mundo para perceber como vovó calculava tudo até o último centavo. Ian Butler pode ser um bilionário, mas nós não éramos.

— Nada de dinheiro. Quer dizer, talvez, mas não parece. Mas estamos bem.

— Michael, um cara ridiculamente rico de Wall Street, não mandaria dinheiro para Luther e Roberta para ajudar a me criar — Sam disse. — Esqueça os presentes. Às vezes eu me pergunto se ele lembra que tem outro filho.

Achei que essa última parte fosse um exagero, mas não dava para ter certeza.

— A Roberta ainda mantém contato com ele?

— Ela manda cartões para ele no Natal. — Sam semicerrou os olhos, pensando. — Acho que talvez eles conversem algumas vezes por ano. Mas sei que ele nunca liga. Se eles se falam, é porque ela liga para ele.

— Ele parece um lixo. É estranho que eu esteja imaginando o Christian Bale interpretando o Patrick Bateman, de *Psicopata Americano*?

— Na verdade, isso é tão preciso que chega a ser perturbador.

— E não te chateia que ele seja assim... tão péssimo? — perguntei.

— De verdade? Não. O Luther e a Roberta são os melhores pais que eu poderia ter tido.

Caramba, ele era tão sensato. E que vidas diferentes nós tínhamos vivido. Eu, querida, mas mantida sob um controle muito neurótico. Sam, com toda a liberdade que ele poderia ter — e mais um pouco — e também criado com muito amor.

As portas do elevador se abriram e nos separamos. Sam costumava ir para um lado do corredor e eu para o outro e acenávamos da porta antes de entrarmos em silêncio. Mas, naquela noite, ele me acompanhou até o meu quarto.

— Não gostei do que você disse — ele sussurrou, detendo minha mão antes que eu pudesse abrir a porta. — Mais cedo. Sobre ser só sexo para mim. Você acha que eu sou assim?

— Não, não acho. — Olhei para ele, observando sua expressão tensa e controlada. — É só que essa situação é maravilhosa e terrível. Eu gosto mais de você em uma semana e meia do que já gostei do Jesse em três anos. E isso vai acabar. É... uma merda.

Ele recuou, alarmado.

— Por que vai *acabar*?

— Porque...

Ele se curvou, cortando minhas palavras com sua boca, o beijo mais doce que interrompeu meus pensamentos. Afastando-se, ele colocou as mãos no meu rosto e me olhou bem nos olhos.

— Porque *nada* — ele disse. — Ok?

Um pouco sem fôlego, eu disse:

— Ok.

Sam me beijou mais uma vez e então hesitou. Suas bochechas coraram um pouco antes de admitir:

— Acho que estou me apaixonando por você. É loucura?

Morder os lábios foi o único jeito de segurar meu grito de êxtase. Finalmente, consegui dizer:

— Não. Não é loucura. Porque eu também estou.

oito

EU NÃO CONSEGUIRIA NEM OLHAR PARA ELE NO café da manhã quando ele e Luther chegassem à nossa mesa de costume, porque sabia que iria abrir um sorriso gigante e estúpido, e vovó não só perceberia que eu estava apaixonada por esse cara, mas provavelmente que tínhamos transado e pensávamos apenas nisso sempre que ficávamos juntos.

Acho que estou me apaixonando por você.

— Cadê o Luther? — vovó perguntou.

Com essa pergunta, olhei para cima. Sam costumava pegar seu prato depois de um rápido oi e ia direto para o bufê. Mas naquela manhã, ele parecia abatido. Ele puxou uma cadeira e desabou nela.

— Ainda está na cama.

Sam encontrou meu olhar, e seus olhos, em geral sorridentes, estavam estranhamente opacos. Ele se encolheu, abriu a boca para falar, mas pareceu mudar de ideia e desviou o olhar para a janela, observando o jardim. Eu o vi levantar a mão, roer a unha do polegar, e todos ficamos em silêncio por uns bons dez segundos, sem saber o que dizer.

Meus pulmões, coração e estômago pareceram desmoronar. Vovó e eu trocamos olhares ansiosos.

A preocupação gravou outra ruga na testa dela.

— Você está bem, querido?

Ele piscou e respirou fundo, como se tivesse esquecido onde estava.

— Sim. Estou bem. Com fome.

Sem dizer mais nada, ele se levantou e caminhou em direção ao bufê.

Vovó o observou, mas eu me concentrei no meu prato quase vazio. Seu humor poderia muito bem ter algo a ver com Luther, mas ele esteve preocupado com Luther durante toda a viagem e nunca havia sido frio comigo por causa disso.

A única coisa que mudou desde o dia anterior foi que ele disse que estava apaixonado por mim.

— Bem, ele não parece ele mesmo. — Ela pegou o garfo. — Mas o Luther tem estado triste ultimamente. Fico imaginando se isso não deixou o Sam mal-humorado.

Sam voltou com seu prato carregado de costume e começou a enfiar comida na boca.

— Sam — eu disse, baixinho, assim que vovó se levantou para pegar frutas.

Ele olhou para mim, mastigando, sem falar, com as sobrancelhas levantadas.

— Você tem certeza de que está bem?

Mantivemos contato visual por dez segundos desconcertantes antes de ele engolir e olhar para baixo para espetar outra garfada de ovos.

— Na verdade, não.

Ele não voltou a olhar para mim. Terminamos o café da manhã juntos e o silêncio só foi quebrado pelo raspar dos talheres na porcelana.

NÃO CONSEGUI FALAR COM ELE NO ELEVADOR na volta aos quartos, porque vovó estava junto. E quando bati na porta dele, enquanto vovó estava no banheiro, ninguém respondeu.

Ele e Luther não estavam em lugar nenhum quando ficamos prontas para sair.

Sam não estava no jardim depois do jantar.

Não veio para o café da manhã no dia seguinte.

— Será que eles foram embora mais cedo? — vovó questionou, olhando, distraída, pela janela. Também deve ter sido estranho para ela que eles tenham desaparecido tão de repente.

— Sam me disse que acha que o Luther está doente — contei a ela.

— Eu também acho.

E com isso, fiquei sem fome. Tudo tinha o mesmo gosto: sem graça e pegajoso.

— Querida — ela disse, gentilmente —, sei que você gostava dele. Sinto muito.

Gostava.

Eu gostava de chocolate. Gostava da minha bota vermelha. Gostava de estar na água em dias de sol. Eu não *gostava* do Sam.

Mesmo assim, concordei com a cabeça, enquanto tentava engolir um pedaço de toranja.

Depois do café da manhã, no telefone com mamãe, eu sabia que soava apática. Ela estava acostumada comigo sendo mais falante e quando foi confrontada com minhas respostas monossilábicas, ficou preocupada — perguntou sobre vovó, sobre Sam, sobre mim. Dei os fatos mais básicos: que Sam e Luther tinham ido embora, e não, não achava que manteríamos contato. Que vovó e eu iríamos visitar a Catedral de São Paulo naquele dia.

Uma onda de náusea me sacudiu quando me lembrei do que ele tinha dito sobre ir me visitar na Califórnia, viajar comigo para Los Angeles e me apoiar quando eu me encontrasse com meu pai. Não que isso não pudesse acontecer sem Sam, mas ele foi a primeira pessoa na minha vida a me encorajar a tentar. Ele me deu uma coragem e uma sensação de força que eu não tinha sentido antes. Eu não sabia como encontrá-lo. Ele também nem sequer tinha meu número.

Desliguei a ligação e coloquei o celular na bolsa.

Anestesiada, segui vovó pelo corredor até o elevador. Deixei a apatia tomar conta. Era como dobrar um pedaço de papel e enfiá-lo sob uma pilha de livros, deixando o peso de alguma outra história tomar conta de qualquer coisa interessante que havia sido escrita ali.

— Pronta para explorar? — vovó disse, entusiasmada demais.

Pude notar que ela estava tentando colocar um sorriso no rosto para me mostrar como superar a decepção.

Sorri para ela, sentindo os lábios se espalharem no meu rosto, sabendo que estava mais para uma careta.

— Tudo bem, querida — ela disse, com uma risada gentil. — Vamos.

Ela andou na frente, com os ombros alinhados, queixo para cima, passando pelas portas até a calçada. Como eu estava olhando para o chão, não vi quando ela parou de repente. Dei de cara nas costas dela, fazendo com que ela tropeçasse.

Uma explosão de câmeras registrou nossa trombada embaraçosa. Eu iria ver aquelas fotos por muitas semanas ainda. Um coro de vozes gritou meu nome — *eles sabiam meu nome*. Vovó se virou, pegou minha mão e me puxou de volta para dentro do hotel. Levei um bom tempo — bem mais do que ela — para entender o que estava acontecendo.

nove

ENCONTRADA

Tate Butler dá as caras em Londres

A famosa filha de Ian Butler e Emmeline Houriet vem à tona e conta sua história de uma vida de reclusão, segredos e medo.

A única filha de Ian Butler, a lenda das telas, desapareceu completamente dos olhos do público quando tinha apenas oito anos, encorajando teorias de conspiração que o atormentariam e fascinariam os fãs por anos. Mas nesta semana, em Londres, Tate Butler vem à tona e revela os detalhes de sua vida em reclusão.

Antes um marido e pai babão, que muitas vezes foi fotografado no tapete vermelho com a filha sorridente e de olhos arregalados nos braços, Ian foi alvo de um escândalo após um caso com a estrela Lena Still. Sua esposa e filha sumiram de Los Angeles, deixando o público sem pista de seu paradeiro. Na verdade, por quase uma década, o mundo se perguntou o que havia acontecido com a menina do sorriso de um milhão de dólares e, além disso, o que tinha acontecido com sua mãe, a estrela em ascensão, Emmeline Houriet.

A verdade sobre o que aconteceu desde então vem da própria filha, Tate Butler, agora com dezoito anos. Um amigo próximo de Tate disse ao jornal que ela, após terminar o ensino médio, estará cursando faculdade neste outono, obcecada com a ideia de seguir os passos do pai, ela "está pronta para deixar seu passado secreto para trás".

Tate foi levada por Emmeline para uma pequena cidade ao norte de San Francisco, onde assumiu o nome de Tate Jones. Emmeline, que conseguiu permanecer fora do radar como Emma Jones, vive uma vida tranquila na pequena cidade turística de Guerneville, na Califórnia. Embora as batalhas pela custódia ocorressem nos bastidores, por fim Emmeline ganhou a custódia total de Tate e conseguiu mantê-la longe de Ian e dos holofotes.

A primeira viagem de Tate para fora do país foi para Londres, e foi então que ela contou tudo a uma pessoa de confiança.

"Não tenho a impressão de que ele tenha sido um bom pai", disse a fonte. "Apesar de seu lado da história, Ian não fez muitas tentativas para manter contato com Tate. Ela tem sido incrivelmente protegida. Ninguém, exceto talvez três ou quatro pessoas, sabe quem ela é. Era prioridade para sua mãe e [sua avó] Jude manter Tate fora dos holofotes, e elas fizeram isso. Mas ela é adulta agora. É hora de ela começar a viver sua vida livremente."

dez

Eu estava histérica ao telefone, parecia um caldeirão borbulhante de pânico. Depois que mamãe admitiu que havia fotógrafos do lado de fora da nossa casa em Guerneville, ela mal conseguiu falar.

— Desculpa, mãe, desculpa.

— Filha, ouça — ela disse —, isso iria acontecer em algum...

— Mas eu contei *tudo* para ele. Eu contei sobre você para ele — me engasguei — e sobre o meu pai. O que o meu pai vai dizer? Ele vai processar a gente?

Mamãe riu.

— Não seja boba.

Não seja boba.

Ela parecia tão confiante. Tão despreocupada.

Enquanto isso, vovó andava de um lado para outro ao telefone com a companhia aérea, tentando reorganizar nossos voos. Uma vez que isso foi resolvido, ela ligou para o antigo agente da mamãe para coordenar que alguém nos encontrasse no aeroporto e nos levasse para casa sem incidentes.

Eu estava apenas segurando o telefone no ouvido sem ouvir as palavras que mamãe falava através da linha. Sons suaves de conforto, dizendo que ela me amava, que tudo ficaria bem.

Mas não estava tudo bem. Eu sabia que tinha causado uma confusão enorme.

E uma vozinha bem no fundo da minha mente ficava sussurrando: *Agora ele vai se lembrar de que tem uma filha.*

Um homem nos encontrou no aeroporto. Ele abriu a porta quando nosso carro estacionou. Antes que eu pudesse ter um vislumbre de seu rosto, a porta se fechou e ele conduziu vovó por uma multidão de fotógrafos rodeados por guardas da segurança do aeroporto. E então ele voltou, estendendo a mão para mim.

Ele sorriu.

— Ei, Tate. Eu sou o Marco.

Ele tinha quase trinta anos: bonito, traços bem-marcados, cabelo preto, olhos azuis — e de alguma maneira, conseguiu transmitir calma em vez de pânico, como se tivesse feito esse tipo de coisa mil vezes antes. Peguei sua mão; estava quente. Sua pele era macia, mas pude sentir a força dos tendões e dos ossos quando ele me puxou para fora do carro.

Para minha surpresa, Marco não me passou para uma equipe de seguranças. Ele mesmo me conduziu sob a chuva cegante de flashes, me escondendo sob seu próprio casaco. O aeroporto queria menos ainda ter que lidar com essa loucura, então nos deixaram passar por uma área de segurança privada e ficamos em uma sala segura enquanto esperávamos para embarcar.

Vovó saiu dizendo que precisava ligar para a mamãe e que precisava pegar água. Para mim, pareceu que ela precisava ficar longe de mim e de minhas péssimas decisões por um tempo. Meus olhos estavam inchados, tão inchados que parecia que eu podia ver minhas próprias pálpebras. Meu nariz estava dolorido de tanto ser enxugado em um lenço após o outro, meus lábios estavam rachados. Eu não tinha escovado o cabelo.

Olhei para esse estranho, elegante e contido, e sua expressão era exatamente a mesma de quando havia uma centena de fotógrafos em nosso caminho: boca com um leve sorriso, olhar firme.

— Tudo bem? — ele perguntou.

— Você só pode estar brincando. — Passei a mão trêmula no cabelo. — Estou ótima. E você?

Ele soltou uma gargalhada, mas não consegui entender a piada surreal. Senti lágrimas descerem pela garganta.

— Eu não queria que nada disso tivesse acontecido — eu disse a ele, com a voz rouca.

— Claro que não.

Ele fez um gesto com a mão, como se minha intenção fosse a menor de suas preocupações, e um sorriso iluminou seu rosto. Ele era bonito demais para ser muito masculino. Parecia um elfo. Eu me lembro de ter visto *O Senhor dos Anéis* com Charlie e rido por horas quando ela havia brincado que Legolas era a mulher mais bonita do filme. Marco era assim.

— Ian apareceu em quatro capas de revistas importantes este mês — ele disse. — Então, encontrar você é a maior história nos dois lados do oceano. Não há como evitar esse circo.

— Não quero ser grossa... mas quem é você? — Não sei se já tínhamos passado dessa etapa, mas eu precisava saber.

— Desculpe. — Ele colocou a mão no peito em um pedido de desculpas. — Claro. Meu nome é Marco Offredi. Sou gerente de relações públicas. Fui contratado pelo seu fundo fiduciário para lidar com todas as preocupações relacionadas à publicidade pelo tempo que você precisar.

— Meu... fundo fiduciário? Contratou você?

Ele riu.

— Tecnicamente, o fundo paga o meu salário, mas o seu pai me chamou.

Fechei um olho, olhando para ele com o outro. Meus pensamentos giravam na cabeça.

— Estou tão confusa. Não falo com o meu pai há dez anos. Não sabia que eu *tinha* um fundo.

Se isso surpreendeu Marco, ele escondeu.

— O que eu sei é que todo o dinheiro que seu pai devia de pensão alimentícia foi guardado. — Ele estendeu as mãos e o gesto abriu meu mundo inteiro. — O fundo cobre qualquer coisa que você possa precisar depois que sair de casa.

Minha cabeça começou a girar devagar. Eu era um carrossel ganhando velocidade.

— Quem é o responsável pelo fundo?

— Você, a partir do seu aniversário de dezoito anos.

— Mas — balbuciei, fazendo força para as perguntas certas se formarem em minha boca — quem estava encarregado disso antes de mim?

— Seus pais.

Minha visão começou a escurecer nas laterais, e Marco ficou desfocado.

— Os dois?

— Ian e Emmeline. — Ele se inclinou, me encarando com seus olhos claros. — Quando a notícia estourou, Emmeline ligou para Ian, e Ian ligou para mim.

— Eu nem sabia que eles ainda se falavam.

— Eles não se falam — ele disse. — Não além da correspondência legal e ocasional.

Mas agora eles se falavam.

— Não há nada de sinistro acontecendo — Marco me assegurou, talvez sentindo meu pânico. — Seus pais não se dão bem, mas a prioridade aqui é você. Não estou aqui pelo Ian ou pela Emmeline. Estou aqui pela Tate Jones, Tate Butler, qualquer Tate que você queira ser. Trabalho para você.

Toda essa situação era uma mistura caótica de entusiasmo e susto. Por baixo da culpa e da devastação que sentia, havia uma curiosidade à espreita, uma estranha sensação de poder.

Marco pareceu ver essa reação em mim. Ele pegou seu laptop em uma pasta de couro perto de seus pés e me deu um pacotinho de castanhas.

— Quer me contar tudo?

— Na verdade, não — admiti, conseguindo abrir meu primeiro sorriso em muito tempo.

— Não estou aqui para julgar. Conheço a história de sua mãe e seu pai, mas não sei nada sobre você depois que deixou Los Angeles. Por que não me fala um pouco sobre você, para quem estou trabalhando?

Olhei ansiosa para a porta. Nenhum sinal da vovó ainda.

Quando olhei de volta para Marco, ele não desviou o olhar. Ele piscou, sorrindo com a mesma gentileza. Havia algo em sua postura. Ele exalava persistência e lealdade, e isso me fez querer sentar ao lado dele e chorar por uma hora. Eu queria confiar nele, mas confiei em Sam e olha só onde isso tinha me levado. E se minha bússola interna estivesse quebrada?

— Contei tudo para a pessoa errada — disse a ele. — Foi assim que acabamos aqui.

— Tenho certeza de que isso torna difícil dizer tudo de novo. Você pode me contar sobre ele? — Quando fiquei quieta, ele acrescentou: — Isso vai me ajudar a saber como administrar tudo da melhor maneira para você.

— Eu pensei que ele se sentia da mesma maneira que eu — eu disse, baixinho. — Nós... é.

Meu rosto se contraiu, e a expressão dele mudou da calma gentil para uma empatia genuína.

— Ele partiu seu coração.

Então, botei tudo para fora. Cada detalhe. Contei a ele sobre o jardim, sobre ter encontrado Sam todas as noites. Contei a ele todas as coisas que confidenciei e sobre nosso dia de liberdade no pedalinho. Admiti que havia dormido com ele naquele dia e em quase todos os dias depois. Disse que Sam parecia ser a primeira pessoa que me conhecia como eu mesma — a Tate que eu sentia que nunca me permitiram ser.

— O que você quer fazer? — ele perguntou assim que terminei.

— O que quer que a mamãe tenha planejado. — Dei de ombros, me sentindo mal. Era verdade e mentira. Queria fazer qualquer coisa que tornasse tudo mais fácil para ela e vovó, mas havia algo a mais brilhando ali, piscando para mim a distância. — Não tenho certeza do que ela e meu pai vão querer que eu faça quando estivermos em casa.

— Não estou aqui por eles. Estou perguntando para *você*, Tate — ele disse. Marco apoiou o queixo na mão. — O que *você* quer fazer agora?

Balançando a cabeça, perguntei a ele:

— O que você quer dizer?

— Você quer viver no sol? — ele perguntou, em voz baixa. — Ou você quer voltar para as sombras?

onze

SETEMBRO
Atualmente

Apenas quando estou em frente à entrada da sede do Twitter é que percebo que só tuitei na minha conta duas vezes em dez anos. Mesmo assim, tenho mais de quatro milhões de seguidores e devo fazer uma *live* em dez minutos. Já consigo ver uma multidão do lado de dentro e não tenho ideia de como vou fazer isso sem estragar tudo.

— Então, se eu começar o tuíte com o nome de alguém no Twitter — digo, levantando os olhos do celular —, todos que me seguem podem ver?

Marco está recostado na janela do passageiro, dizendo ao motorista onde e quando nos encontrar. Ele se endireita, olha para o meu celular e faz um gesto com a mão.

— Não se preocupe com isso. Tenho todas as respostas prontas para você. Basta usar a *hashtag* e vai dar tudo certo.

Pego a pasta que ele me entrega, leio as perguntas e as respostas e olho para ele com gratidão.

— O que seria de mim sem você?

— Você estaria jogada no canto da sua casa bagunçada, comendo salgadinho feito louca. — Ele verifica a hora. — Cinco perguntas e pronto. Não seja tagarela. Precisamos pegar a estrada ao meio-dia.

Faço continência obedientemente e o sigo escada acima.

— Aqui vamos nós — ele diz, baixinho. E então se vira para mim, perguntando sério: — Você está pronta?

Ele faz essa pergunta toda vez que assino um contrato, toda vez que uma parte desta colaboração avança. Mas agora há uma dualidade aí: ele está perguntando se estou *mesmo* pronta para a maratona de divulgação que está prestes a começar — meu sétimo longa-metragem, mas o primeiro com meu pai —, e isso me congela no lugar.

— Espero que sim.

Fico boquiaberta, o coração batendo forte, como se talvez eu tivesse cometido um grande erro. Acontece um pouquinho toda vez que começo algo novo: a sensação de que, na verdade, sou uma fraude, de que não sei o que estou fazendo, de que de alguma forma comecei a atuar por acaso, e não porque mereci.

A sensação costuma passar rápido. Desta vez, porém, ela está me rodeando desde que concordei oficialmente em assumir o papel de Ellen Meyer: fazendeira, ativista dos direitos civis e fodástica. Parte disso se deve à pressão de estar no papel principal, com meu pai extremamente famoso apenas em um papel coadjuvante. E parte disso vem de saber que ficaremos juntos em uma localidade rural por um mês e meio e não tenho ideia se isso vai nos aproximar.

E ainda por cima — fora a pressão de atuar com meu pai —, é a primeira vez que faço algo do tipo. *Milkweed* tem um roteiro sutil: a história de uma mulher obstinada que teve o coração partido, que encontra o amor de sua vida e ajuda a moldar sua pequena comunidade, enquanto passa pela dor de perder um dos pais para a demência. É brilhante, mas tem o personagem como foco principal, e exigirá habilidades de atuação que nem faço ideia se tenho, sob a orientação de uma das melhores diretoras do mundo.

— E se eu *não* estiver pronta? — pergunto, mordendo o lábio.

— A resposta correta era sim — Marco diz, batendo no meu queixo para que eu pare de morder o lábio. — Você está pronta.

Sua confiança em minha capacidade sempre foi sólida, mas sei que isso aqui também é parte de uma bravata: a pressão para que meu pai e eu fizéssemos um filme juntos foi aos poucos se transformando em um frenesi histérico. Não é mais uma manchete: *Quando vão fazer?* Tornou-se: *Por que não fazem?* É certo que, à medida que a carreira de meu pai desacelerou e a minha acelerou, parece que é o momento pai e filha perfeito para nós. O roteiro é incrível, o momento é bom, e eu nem dependeria do fato de meu pai ser uma celebridade para estar no filme: se eu desistisse agora, seria um pesadelo para Marco.

— Você *está* pronta, Tater Tot. — Um sorriso doce e uma piscadela atenuam as palavras seguintes de Marco: — Não torne a minha vida um inferno.

Ele abre a porta de vidro e sinaliza para que eu passe à sua frente. Flashes de câmeras são disparados, aplausos de boas-vindas crescem e, embora meu cérebro ainda esteja paralisado, meu corpo muda sutilmente de "eu" para Tate Butler: meus olhos se arregalam e um sorriso fácil se espalha pelo meu rosto. Fico um pouco mais ereta, ando um pouco mais relaxada.

Um semicírculo apertado de pessoas espera dentro do saguão reluzente, e um homem atarracado e careca com uma barba grisalha dá um passo à frente com a mão estendida.

— Oi, Tate, oi, Marco. Sou o Lou. — Lou Jackman, de acordo com as anotações que li depressa no carro. Vice-presidente do Twitter e chefe de engajamento. — É fantástico conhecê-la.

— Obrigada por ter nos convidado — falo, dando um aperto de mão.

— Está brincando? — Ele ri. — Sempre que quiser. Agradecemos por você ter aberto espaço na sua agenda.

— Vamos guardar a gratidão até que você me veja tuitar — brinco.

Flashes disparam em uma constelação atrás dele.

— Acho que você subestima o número de pessoas ansiosas por isso.

Erguendo o queixo, Lou chama minha atenção para uma sala onde há uma mesa com dois laptops lado a lado, duas cadeiras pretas chamativas e um pequeno vaso de flores. Uma tigela de jujubas me diz que alguém fez a lição de casa sobre a fama de formiguinha de Ian Butler. Uma série de câmeras em tripés estão colocadas em frente à mesa, esperando para detectar cada um dos meus erros de digitação. Que maravilha.

Meu pai já está aqui, seu charme foi colocado de quarentena em uma sala verde até que eu chegasse, e então o conduziram pelo corredor para me cumprimentar. Ele acena com seu sorriso Ian Butler de enrugar os olhos, que é sua marca registrada, enquanto nos aproximamos.

Meu estômago se contrai. Eu o vi apenas quatro dias atrás no escritório da agência em Los Angeles, mas quando ele me abraça, milhares de flashes disparam, capturando meu sorriso, como se estivéssemos nos reencontrando depois de uma década.

A narrativa é que somos tão próximos quanto qualquer pai e filha poderiam ser. A narrativa é que passamos feriados, aniversários e férias juntos. A verdade é que ele aparece para uma rápida taça de vinho no Natal, sua assistente Althea recruta a ajuda de mamãe para escolher algo luxuoso e semipersonalizado para mim no meu aniversário, e nunca tiramos um dia sequer de férias juntos. Claramente, a narrativa é uma bobagem.

Ele se vira para a sala de imprensa e para os funcionários do Twitter, levanta os braços, como se esta fosse a melhor recepção que ele já teve, e lança um sorriso para eles, marca registrada de Ian Butler, tão magnífico que algumas pessoas chegam a falar: "Ah, meu Deus". Mesmo com os homens mais estoicos na sala, sinto a emoção vibrante e coletiva de estar tão perto de uma celebridade de sua magnitude.

E eu entendo — ele é um ícone. Eu *ainda* sinto uma adrenalina momentânea quando o vejo. Não parece importar que ele não seja mais o Ian Butler de quinze anos atrás — ele tem cinquenta e seis anos agora, está no auge dos longos melhores anos (para homens) em Hollywood —, ele ainda é a personificação do carisma.

Do outro lado da sala, Marco está me observando com atenção, e sei que nossos pensamentos estão alinhados: é isso. Estou prestes a entrar na órbita de Ian Butler por cinquenta dias seguidos. Sei que ambos estamos avaliando se vou lidar bem com isso. Posso estar cercada por relacionamentos saudáveis — com minha mãe, meus melhores amigos, até mesmo com vovó —, mas cinco minutos com meu pai me tornam uma bagunça insegura e desajeitada.

Olhar para o rosto dele ainda parece um truque da imaginação. Fora o formato das minhas orelhas, que puxei da mamãe, pareço demais com ele: o cabelo castanho, os olhos cor de mel, a boca carnuda. Nós até temos a mesma marca de nascença, embora a dele seja no topo da bochecha direita e a minha seja um pouco mais embaixo. Seu rosto deveria parecer tão familiar — eu o vejo no espelho todas as manhãs —, mas ainda fico muito desorientada ao dar uma boa olhada nele. Mesmo catorze anos depois de nosso reencontro caótico, tenho certeza de que ainda vejo seu rosto com mais frequência na capa de uma revista do que pessoalmente.

Nos sentamos à mesa. Há uma enorme tela na parede às nossas costas. Com um laptop na frente de cada um de nós, olhamos com expectativa para Lou. Atrás dele, Marco observa meu pai e eu com um leve sorriso. O assessor de imprensa que existe em Marco quer me lembrar de manter um sorriso natural para as câmeras. O amigo que há em Marco quer me dar um abraço e me dizer: *Não precisa ficar tão nervosa. Você não tem que provar nada para ele.*

Meu pai bate o cotovelo no meu e o acaricia com delicadeza, paternal, dizendo baixinho:

— Desculpa, querida.

Outro disparo de flashes captura o momento.

— As perguntas que vocês vão responder são da conta do Twitter — Lou explica. — Então, elas serão do @Twitter. Estas são as perguntas que enviamos na semana passada.

Atrás dele, Marco faz um gesto para eu puxar minhas respostas da pasta.

— Vocês também devem receber algumas perguntas de outros usuários na *hashtag* #pergunteaosButlers, e mesmo que não seja obrigatório, vocês podem responder a qualquer uma dessas que desejarem. Pedimos apenas que vocês tentem se lembrar de incluir a *hashtag* em suas respostas.

— Lou me dá uma piscadela brincalhona. — Tudo bem?

Concordamos com a cabeça, relativamente despreocupados, porque é um pedido bastante simples. Não é como a entrevista chorosa de reencontro que meu pai e eu fizemos com Barbara Walters apenas uma semana depois que havia voltado de Londres. Não é como a sessão de fotos para a *Vanity Fair* que fizemos há seis anos, em que foi necessário termos contato físico quase constante por mais de sete horas. E com certeza não se compara à exaustão da única vez que andei no tapete vermelho com mamãe de um lado e meu pai do outro. A única razão pela qual mamãe tinha concordado em ir foi porque era a minha primeira indicação ao Emmy e a especulação se meus pais eram inimigos ferrenhos estava atingindo um nível extenuante e febril. Até os turistas em Guerneville paravam mamãe na cafeteria para perguntar sobre isso. Como ela me disse naquela noite, enquanto estávamos nos arrumando: "Para sermos inimigos ferrenhos, eu teria que me importar".

Marco e mamãe: minhas duas constantes, calmas e estoicas.

Vovó, por outro lado, não pergunta nada sobre isso. Quando volto para Guerneville, posso muito bem estar voltando de uma estação espacial ou de uma mina de carvão.

Eu me ajeito na frente do computador, esperando o primeiro tuíte aparecer. Ao meu lado, meu pai se mexe.

— Como foi seu voo, filha?

Flash. Flash. *Aqui, Tate!* Flash.

— Foi bom — respondo. Sempre atuando, ele faz um gesto com a cabeça e casualmente volta a navegar no Twitter, mas o silêncio que se segue é pesado e carregado. Marco mexe os braços e puxa a orelha — seu sinal de que preciso relaxar. Olho para meu pai e abro um sorriso bobo. — Foi apenas uma hora, mas acabei dormindo e tenho quase certeza de que babei durante todo o voo.

Ele cai na gargalhada, e a imprensa cai na dele. Meu coração é como um passarinho ansioso no peito.

Você não tem que provar nada para ele.

— Lá vamos nós — Lou diz e um tuíte aparece.

> @Twitter: Esse é o primeiro projeto de vocês juntos.
> Qual aspecto do processo deixa vocês mais ansiosos?
> #pergunteaosButlers

Abaixando-se, meu pai logo começa a digitar. Ele é tão bom nisso. Ele tem feito todos os tipos de turnês com a imprensa por tanto tempo que nem mesmo questiona se vai parecer natural. Tudo o que ele diz é adorado. Sem consultar anotações, ele digita com entusiasmo. De fininho, torcendo para que a imprensa não perceba que não estou escrevendo por instinto, espio a resposta que Marco criou. Digito e verifico se há erros antes de enviar. Meu tuíte aparece apenas um segundo antes do de meu pai.

> @TateButler: Milkweed é o projeto que foi feito para nós. Pode parecer bobo, mas mal posso esperar para estar no set com meu pai.

> @IanButler: Trabalhar com minha filha é o item mais importante que resta na minha lista de desejos. Vai ser uma alegria! Tate é a melhor atriz de sua geração e um verdadeiro presente para mim como pai. #pergunteaosButlers

Meu coração é uma fera com garras que se estendem para envolver o elogio. Eu o engulo.

— Tate — Lou diz com gentileza —, se você puder usar a *hashtag*...

Ah, merda.

— Desculpa, desculpa.

Ao meu lado, meu pai sorri para mim.

— E eu achei que eu fosse ter dificuldades com a tecnologia.

Jogo a cabeça para trás e rio. Ha, ha, ha. Por dentro, estou mortificada.

Quando sou só eu — Tate Butler, a atriz —, não me sinto intimidada com os flashes das câmeras, entrevistas pessoais ou o calor dos fãs. Não sou mais a garota de olhos arregalados e queixo trêmulo sentada no sofá entre papai e mamãe, dando respostas bem ensaiadas na frente de uma equipe de filmagem. Mas quando estou perto do meu pai, a totalidade de quem ele é parece me ofuscar. Eu me sinto um pouco como um computador com defeito.

A segunda pergunta surge e me pego prendendo a respiração, embora saiba que não será uma pergunta pessoal. Apenas pede um breve resumo do filme. E a pergunta seguinte, quais filmes ou programas nós vimos ultimamente e gostamos. Mais duas perguntas fáceis como essas e terminamos.

Digito as respostas de Marco, adiciono a *hashtag* e tento manter a frequência cardíaca a mais estável e lenta possível. Não são as perguntas oficiais do Twitter que me incomodam — elas são padrão — são as outras, aquelas que parecem ver através de mim.

> Por que você faria um filme com este mulherengo de merda? #pergunteaosButlers

> Quero ter filhos com Ian e nem me importo que ele tem idade para ser meu avô. #pergunteaosButlers

> Espera, pensei que eles se odiavam. #pergunteaosButlers

> Se Tate o odeia tanto, ela pode dar o fora. #pergunteaosButlers

> Isso é um teatro. Eles parecem desconhecidos. #pergunteaosButlers

> IAN BUTLER QUERO TER FILHOS COM VOCÊ! #pergunteaosButlers

O *feed* rola sem parar na tela enorme acima de nossas cabeças, e posso ver a imprensa reagindo a cada um deles — apontando para alguns, rindo e concordando com outros. Meu pai permanece alheio, vendo apenas o que quer ver e digitando alegremente suas respostas perfeitas e improvisadas. Ele está acostumado a viver dentro do calor do sol, com a pressão da opinião pública. Catorze anos depois, ainda estou descobrindo como aproveitar as coisas boas e me livrar das ruins.

Quando a *live* termina, Marco está na frente, logo se desculpando e explicando que precisamos ir embora. Mas meu pai nos atrasa, conseguindo me lançar um olhar que comunica: *este é o seu trabalho, dê a eles o que eles querem.* O que eles querem é que nos abracemos, que ele me dê um beijo na bochecha, e — pouco antes de Marco me puxar para fora de lá —, meu pai me pega pela cintura, me gira e eu rio de alegria.

Finalmente, empurramos as portas para sair no calor sufocante de setembro. Está tão quente que há ondas de calor no concreto.

— Ok, vamos nos apressar — Marco murmura e acena, enquanto nosso carro para na frente do prédio. Vamos direto para a fazenda no norte da Califórnia, onde começaremos a filmar em dois dias. Sei que Marco não quer que a imprensa saiba que não vamos dividir um carro com meu pai.

Mas assim que alcanço a porta do carro, meu pai nos impede.

— Docinho — ele grita. Seu sorriso é capturado por um fotógrafo a apenas alguns metros de distância. Mas então sua voz fica baixa o suficiente para que só eu possa ouvir. — Tudo bem, filha?

— Sim — digo e faço um gesto para que Marco suba na minha frente.

— Só animada e ansiosa, acho.

— Certo, bom. Só queria ver se estava tudo bem. — Ele sorri calorosamente para mim, mas percebo que há alguma outra coisa. — Você não estava na sua alegria habitual lá dentro.

Meu estômago se revira.

— Não estava?

— Um pouco estranha, acho. — Ele coloca a mão no meu rosto, os olhos arregalados e tão cheios de preocupação que até eu podia acreditar que era real. — Certifique-se de descansar na próxima vez que tivermos que fazer alguma coisa juntos com a imprensa. Sempre queremos terminar com a energia lá em cima.

A repreensão parece um pequeno empurrão e eu aceno rápido com a cabeça.

— Com certeza.

— Basta lembrar — ele diz, e sua mão desliza da minha bochecha para que ele possa puxar o lóbulo da minha orelha — que as pessoas querem ver a gente se *divertindo* juntos.

Com uma piscadela, ele caminha até o outro carro, onde Althea espera com a porta aberta.

Alguns fotógrafos permanecem por perto, tirando fotos da partida dele. Eu me esforço para parecer indiferente e abro um sorriso alegre ao entrar no carro.

Assim que me sento, Marco nem pisca.

— Você não estava *estranha*.

— Não sei, talvez eu estivesse.

— Não. — Ele se vira para mim e o carro avança, nos afastando do meio-fio. — Se você estivesse estranha, eu diria para você se recompor. Não estou dizendo isso, porque não preciso. — Ele levanta a mão, estendendo um dedo. — Preste atenção, Tate, porque o que estou prestes a dizer é algo que você terá que repetir para si mesma mil vezes no próximo mês e meio. Você está ouvindo?

Sorrio com seu tom pronto para a batalha.

— Sim.

— Seu pai está inseguro. Ele não tem mais o nome que costumava ter. Isso faz eu sentir um aperto estranho, sutil e protetor no peito.

— Eu sei.

— Você está a caminho de se tornar uma grande estrela em ascensão — ele continua. — *Você* é a protagonista do filme. Ele tem o papel de *coadjuvante*.

— Eu sei.

— Mas ele ainda é Ian Butler e vai se certificar de que você se coloque no seu lugar.

Engulo em seco, odiando que ele esteja certo. É outro ponto de contraste entre meus pais. Mamãe me levanta. Meu pai me levanta para que ele tenha um palco mais alto para subir.

— Algumas pessoas chegam ao topo por seus próprios méritos, e algumas pessoas chegam lá pisando em cabeças. — Marco lê minha mente. Ele segura minhas mãos. — Não deixe que ele pise em você.

Respiro fundo e solto o ar devagar.

— Ok. Não vou deixar.

A VIAGEM ATÉ O LOCAL DE FILMAGEM DURA três horas, e tanto eu quanto Marco desmaiamos na primeira hora. Quando acordo, ele está folheando uma pilha de fotos.

— O que é isso?

— Capas da *Vogue*. Temos direito à aprovação no contrato.

Dou uma espiada nelas. Na primeira, meu cabelo é uma auréola selvagem de um ruivo cintilante. Brincos de cristal balançam das minhas orelhas aos ombros e a maquiagem é uma mancha agressiva e preta nas pálpebras. A parte mais legal da foto (e graças a Deus, porque demorou quase quatro horas): meus ombros, braços e rosto estão pontilhados com milhares de minúsculos cristais.

— Uau — murmuro, apontando. — Gostei desta.

— Eu também. Você parece a Furiosa de *Mad Max*, só que glamorosa.

Damos um "toca aqui" e ele desliza a foto para o fundo da pilha. Na segunda foto, meu cabelo e maquiagem estão no estilo do papel que impulsionou minha carreira — a astuta e complicada vampira Violet Bisset de *Evil Darlings*, a série de TV sexy, exagerada e totalmente viciante que foi exibida por seis temporadas consecutivas. Suponho que seja para mostrar o lado *adulta* de Violet/Tate: estou de costas para a câmera, ajoelhada no sofá, olhando por cima do ombro para o fotógrafo. E estou nua. Meus seios estão pressionados contra o sofá, mas a bunda está quase toda exposta. E é uma bunda grande — eu me esforço para isso —, mas...

— Gosto desta — admito —, mas não tenho certeza se quero esta foto na *capa* da *Vogue*.

— Concordo. Acho que seria ótimo incluí-la na reportagem. — Marco desliza a foto para trás.

A última foto provoca uma coceira na minha pele e não tenho certeza do porquê. Me lembro da produção e gostei na época, mas agora...

Sou uma Audrey Hepburn dos tempos modernos: cabelo liso, franja totalmente recortada, pérolas, olhos arregalados. A marca de nascença perto do meu lábio, reconhecida como minha marca registrada, é um círculo dramático e perfeito, um flerte ousado e bombástico em forte contraste com a boca rosa e suave. A inocência do meu olhar e a boca redonda de surpresa me causam desconforto.

Marco pega a foto de minha mão, e a analisa.

— Eu adoro esta. Você parece inocente, jovem. — Ele olha para mim, lendo minha expressão. — Ela me lembra de quando eu te conheci.

O aperto se intensifica no meu estômago. É disso que não gosto na foto?

Eu quase nunca me permito pensar no que nos uniu, mas a sensação de calma que senti naquele primeiro dia em Londres quando ele me puxou do carro preto para o caos e me conduziu para a sala silenciosa — a garantia de que tudo estava sob controle e que Marco estava lá por mim e só por mim — nunca mudou. Ele tinha quase trinta anos na época, bonito com o mesmo cabelo escuro e traços bem-marcados, mas agora ele é mais sábio e experiente. Meio que crescemos juntos.

Gosto muito mais do meu rosto, corpo e mente do que naquela época. Esta imagem me faz voltar no tempo. Me faz perceber que amadureci, que tive que me esforçar para isso.

Ele pisca para mim, avaliando minha reação.

— Tudo bem se eu enviar esta? Posso ver que te deixa desconfortável, mas, Tate, é linda pra caralho, estou sem palavras, de verdade.

De forma objetiva, *é* uma bela foto. Devolvo para ele, optando por deixar passar. Os instintos de Marco são afiados. Ele nunca me daria um conselho ruim.

— Ou esta ou a primeira. Nada de Tate nua na capa — digo.

— Feito. — Marco levanta minha mão e beija meus dedos. — Agora vamos para o local de filmagem acabar com isso. — Ele sorri para mim. — Sinto cheiro de mudança. Sinto cheiro de algo decisivo, querida. Sinto cheiro da temporada de premiações.

— Sinto cheiro de pressão. — Dou risada.

doze

Os pneus esmagam o cascalho, e eu acordo com alguém dizendo que chegamos à Fazenda Ruby. Estou nervosa e animada, e sinto o peso notório de mil toneladas no peito, mas, ainda assim, algo apertado dentro de mim vai se afrouxando com a tranquilidade verdejante bem à nossa frente.

Passamos pelos portões, acenamos para um guarda que anota a placa e, presumo, marca em sua lista que Tate Butler chegou.

Estou oficialmente no local das filmagens.

Marco e eu viemos aqui há algumas semanas para fazer o teste de cabelo e maquiagem e para escolher meu chalé durante as filmagens. Mesmo tendo crescido perto do rio Russian, posso dizer que nada se compara à paz deste lugar. São 240 hectares de tranquilidade. No momento em que fiquei em frente a um espelho com uma peruca linda e o vestido que a estilista, Naomi, escolheu para mim, eu me *senti* Ellen Meyer. Nunca havia me visto tão poderosa, tão animada para começar uma filmagem, sentindo a adrenalina diante das possibilidades.

No papel, Ellen é formidável. Na minha vida cotidiana, queria ter um décimo de sua força e autocontrole. Mas naquela fantasia, no chalé da fazenda, eu vi o fogo dela nos meus próprios olhos. Me deu vontade de voltar aqui e já começar a trabalhar.

Nosso carro desacelera em frente à Casa Comunitária, que é uma longa estrutura de madeira ao lado do enorme celeiro. Por enquanto, essa casa parece ter se tornado o centro social e de alimentação, onde faremos a maior parte de nossas refeições; e o celeiro parece ser onde o produtor de cena colocou todos os adereços e peças do cenário. Pego minhas pastas e estou prestes a abrir a porta do carro quando ela aparentemente se abre sozinha, revelando o rosto irresistível e sorridente de Devon Malek, o segundo assistente de direção.

— Tate! — Ele estende a mão para me ajudar a sair do carro e me dá um abraço caloroso. Seus olhos castanhos e brilhantes, as covinhas e a boca sedutora fazem meu estômago embrulhar de emoção. — Como foi a viagem?

— Tranquila. Dormi a viagem toda.

Respiro fundo, tanto quanto meus pulmões conseguem. O ar em Los Angeles não é como o daqui; nem na costa nem nas montanhas.

Marco sai, aperta a mão de Devon e se espreguiça, longo e esguio, enquanto olhamos em volta para o trabalho que o departamento de arte fez até agora.

— Parece que as coisas estão quase prontas — Marco diz.

— Estamos prontos para começar a rodar a primeira semana — Devon nos conta. — Depois disso, as coisas estão pelo menos parcialmente em construção, então estamos indo bem.

Enquanto ele fala, sinto meu pulso batendo no peito.

A Casa Comunitária fica bem em frente a um enorme campo verde, onde uma réplica da casa de fazenda de Ellen, com uma varanda enorme, foi meticulosamente construída, inclusive com as tábuas de madeira desgastadas. É de tirar o fôlego — melhor do que eu havia imaginado.

Ao longe, posso ver que eles estão começando a construir uma réplica do celeiro — estará pronto em algumas semanas... e vamos vê-lo queimar por inteiro.

Ao nosso redor, muita coisa está acontecendo. Parece que centenas de câmeras estão sendo montadas; pelo menos umas cinco pessoas estão posicionando vários guindastes. Estruturas de iluminação, andaimes e cenários temporários estão sendo construídos por vários membros da equipe. É uma produção enorme — em uma escala que nunca tinha experimentado antes. Tenho vontade de me curvar e colocar a cabeça entre os joelhos para recuperar o fôlego. A pressão é quase debilitante, mas também é deliciosa.

Marco coloca a mão nas minhas costas e nós seguimos Devon e sua prancheta por um caminho de terra macia em direção aos chalés. Ele conversa sobre o tempo estar maravilhoso, a equipe ter se acomodado nas barracas do outro lado da colina, a transformação do chalé Bright Star no interior da casa de fazenda de Ellen e Richard.

— Tem certeza de que está tudo bem para você ficar aqui? — Devon pergunta e sorri para mim, porque sabe que é uma pergunta absurda. A

Fazenda Ruby é espetacular. Na maioria das vezes, fico hospedada em um hotel, às vezes em um apartamento. Nunca consigo viver em uma bolha comunitária como esta e adoro que estejamos todos juntos neste ambiente rústico, tranquilo e longe de tudo. É como um acampamento de verão. Uma olhada no meu celular me diz que nem tenho sinal. Que bênção.

Vejo Marco pegar seu celular e franzir a testa para a tela. O primeiro assistente de direção e o produtor executivo sempre têm bom sinal de Wi--Fi, então sei o que ele vai perguntar antes mesmo de a pergunta surgir.

— Onde estão os trailers da Liz e do Todd?

Devon inclina a cabeça para a esquerda, indicando o topo da colina à nossa frente.

— Bem ali, com Gwen e Deb.

Marco olha para mim, avaliando minha reação ao nome. Sempre morri de vontade de trabalhar com Gwen Tippett desde que entrei na indústria aos dezoito anos. Gwen está na estratosfera de Spielberg e Scorsese, ou seja, uma diretora com quem atores às vezes passam uma carreira inteira esperando trabalhar junto. Mas, como acontece em Hollywood, Gwen precisou de sete indicações de Melhor Diretor antes de ganhar no ano passado por seu filme *Blackbird*, sobre um filho que leva a mãe que está morrendo em uma viagem pelos Estados Unidos. Todos com quem falei sobre *Milkweed* perguntaram se este será o filme que dará a Gwen o segundo Oscar consecutivo.

— Nick está lá — Devon nos diz, apontando para o chalé do meu colega. — Eu estou depois daquelas árvores. Nosso roteirista está naquele chalé ali. — Ele aponta. — Seu pai está na descida da colina à direita, em Clover. — Devon olha para mim e faz uma cara como se estivesse se desculpando. — Eu queria perguntar: você quer que o chamemos de seu pai? Ou você prefere Ian?

— Pai está bom. — Sorrio através do desconforto que a pergunta provoca. Será que as fofocas chegaram até aqui? A equipe sabe que há uma tensão entre nós? Se sim, teremos que consertar isso logo. A última coisa de que preciso ao desempenhar o papel da minha vida são miniagressões de meu pai sobre como preciso parecer que o amo mais.

Devon para na frente do meu chalé e faz um gesto para que eu entre.

— É claro que a maioria das suas coisas está no armário, mas eles trouxeram algumas peças que ainda precisam ser verificadas. — Ele olha para o relógio. — Você tem cerca de quinze minutos antes do teste final de cabelo e maquiagem. — Devon aponta para uma fileira de trailers no caminho por onde viemos e então sorri para Marco. — Você vai ficar esta noite?

Marco balança a cabeça.

— Volto para Los Angeles após a leitura, mas posso retornar a qualquer momento, se você precisar de mim para alguma coisa.

— Ficaremos bem. — Abrindo um sorriso para mim, Devon diz: — Vamos começar às seis na Casa Comunitária. Tudo bem?

O aperto no meu estômago volta. Já participei de dezenas de mesas de leitura na vida, mas nenhuma será como esta: com os chefes do estúdio presentes no primeiro dia de filmagem e todos morrendo de vontade de dar uma olhada em Ian e Tate Butler fazendo uma leitura juntos pela primeira vez. Uma parte será filmada para marketing e material bônus de DVD, o que significa que a sala provavelmente estará lotada. É, sem pressão.

Com um sorriso vacilante, eu aceno. Marco beija minha bochecha e segue Devon para reunir as informações restantes de que ele precisa antes de voltar para casa, em Los Angeles.

Tenho sonhado com o cheiro da Fazenda Ruby — o cheiro fresco da grama, a doçura das macieiras, o céu radiante emoldurado por sequoias de um lado e pelo rio sinuoso do outro. Então a última coisa que quero fazer é ficar sentada em um trailer, mas felizmente também não há coisa mais alegre em um *set* do que cabelo e maquiagem.

Largo a bolsa na cama bem perto da porta, saio e ando morro acima para o cabelo e a maquiagem com a incomparável Charlie.

A MÚSICA JÁ ESTÁ NAS ALTURAS. POSSO OUVIR A dez metros de distância. Hoje parece Beyoncé. Amanhã pode ser algum cantor francês que Charlie tenha descoberto e queira que todos ouçam. Ou talvez hip-hop da Malásia. Seja o que for, Charlie acertará: será fantástico. Cabelo e maquiagem são sempre a primeira parada de um ator, e Charlie aprendeu desde cedo que seu espaço dá o tom para o dia inteiro. Sou grata por minha carreira me permitir contratualmente solicitar meu próprio time de cabelo e maquiagem nas filmagens. Como chefe de maquiagem, Charlie transformou o glamour e a felicidade em ciência.

Abro a porta e ela se vira, se jogando em meus braços com um grito estridente. Minha amiga mais próxima, minha amiga mais antiga: quando encontro minha turma, tento mantê-los por perto. Quando ela se afasta para me inspecionar, eu me sinto sem graça em comparação: ela está usando *leggings* de couro, salto agulha e uma regata com uma série de rasgos estrategicamente colocados. Seu cabelo preto e espesso está preso em um rabo de cavalo alto e sua maquiagem é tão elaborada que eu não poderia fazê-la nem se ela me desse todas as suas ferramentas e um dia inteiro.

— Uau! Oi. — Belisco seu quadril. — Você está *ótima*.

— Você também vai ficar. Senta.

Ela me leva para a cadeira em frente ao espelho e Trey, o primeiro assistente de maquiagem, vem para beijar minha bochecha e me oferecer água. Algumas semanas atrás, decidimos por uma paleta suave para minha maquiagem, com muitos tons de rosa e marrons suaves. Uma série de fotos está colada no espelho — fotos minhas de todos os ângulos e em uma variedade de roupas do início dos anos 1960 com as perucas e a maquiagem correspondentes. Elas serão a referência de Charlie durante a filmagem.

Ao lado delas há uma série de fotos do meu colega Nick Tyler caracterizado. Trey fará a maquiagem de Nick, e posso ver a animação em sua postura, na maneira como ele mexe com as ferramentas no balcão ao lado de Charlie, arrumando-as, reorganizando-as.

— Ouvi dizer que você ficou por conta do Nick. — Enfatizo o nome e pisco para ele.

— Não vou sobreviver a essa filmagem — ele diz. — *Não vou.*

— Ele parece ser bem legal. — E é verdade. Além de Nick Tyler ser gostoso ao ponto de causar distração, ele também foi amável durante nossos testes de filmagem juntos e tem uma boa reputação no *set*.

— Sério? — Trey pergunta.

— Sério. A gente se encontrou algumas vezes, mas não somos amigos.

Até agora meus filmes têm sido principalmente paranormais ao estilo "herói escolhido", comédias de amigas e comédias românticas. Nick fez filmes de esporte e alguns maiores de ação. Gwen e os chefes de estúdio da Paramount estão realmente assumindo um grande risco com a gente nesse filme cheio de nuances.

A ansiedade reacende em meu peito.

— Talvez vocês se conheçam melhor agora. — Trey se encosta no balcão e fica de frente para mim, enquanto Charlie limpa meu rosto.

— Romance no *set* — ela fala, cantarolando. — Meu Deus! Dá uma olhada para este lugar. O que vai rolar de gente se escondendo e dando uns amassos entre as árvores...

Por mais que casos entre pessoas do elenco e equipe sejam tecnicamente malvistos, ainda acontecem. Só que de maneira mais sorrateira do que na época do meu pai.

— Esta fazenda parece mesmo um acampamento de verão — admito. — Tenho certeza de que haverá muitas visitas nos chalés. Está na hora de fazer nossas apostas.

— Tate e Devon Malek — Charlie vai logo dizendo.

Fico boquiaberta.

— Você consegue *ler* a minha mente?

— Sei que você tem uma queda por aquelas covinhas obscenas e aqueles olhos sedutores. Pode esquecer, eu conheço as suas fraquezas.

Inclino o queixo para ela limpá-lo.

— Me sinto exposta.

— Você precisa começar a agir — Charlie diz. — Estou cansada de saber que os tabloides estão mentindo sobre todos esses homens com os quais você supostamente tem casos.

Trey experimenta alguns tons de batom no braço.

— Meu voto seria na Charlie e o escritor.

— O roteirista? — pergunto.

Charlie faz que sim com a cabeça e começa a misturar base na minha pele.

— Ah, é? — pergunto. Ela acena com a cabeça novamente. — Um tipo bonito e criativo?

Ela olha para Trey por cima da minha cabeça, apertando os olhos.

— Eu não diria exatamente *bonito*. Eu diria lindo, barbudo, parece que ele poderia jogar alguém em uma cama muito bem. — Ela olha para mim e percebe minha expressão cética. — Não estou brincando, Tate, ele me fez sentir coisas. Pensa no Tom Hardy, só que mais alto, e aposto que ele é ainda mais habilidoso com as mãos. — Ela faz uma pausa de efeito e diz:

— Quero dizer, ele escreveu um roteiro sobre uma fazendeira apaixonada.

— É por isso que você está usando *leggings* de couro no seu primeiro dia no *set*?

— Não confirmo nem nego.

Franzo a testa.

— Acho que presumi que o escritor seria o de sempre: nerd e careca ou elegante e sensível. Preciso rever meus conceitos.

Trey puxa a cadeira ao meu lado.

— A gente pode falar sobre mim agora?

Dou risada.

— Sim, Trey.

— Temos *certeza* de que o Nick Tyler é hétero?

— Tenho certeza de que ele cai em cima da mulherada — Charlie diz.
— Um pouco mulherengo. A propósito, ele é o segundo na minha lista de aposta de com quem a Tate vai transar no *set*.

— Você parece terrivelmente certa de que vou transar quando sabe muito bem que estou numa seca pior do que no deserto.

Charlie sorri.

— Estou tendo vibrações da natureza, da fazendeira selvagem. É inevitável. Há algo no ar neste lugar.

Ela olha para mim, e o ângulo exato de seu rosto e sua expressão me fazem voltar ao tempo de quando éramos crianças correndo juntas pelo leito do riacho, nosso cabelo embaraçado, a ponta dos dedos manchada de amora.

— Lembra daquele verão? — ela pergunta.

Não preciso que ela diga mais nada. Era 2004, um verão sufocante em Guerneville, o calor deformava o asfalto, o rio era de um verde claro e cintilante e o cheiro persistente de churrasco durava dia e noite. Jesse, meu namoradinho de infância, e eu não conseguíamos manter nossas mãos longe um do outro, e Charlie mal conseguia manter as mãos longe de todos os turistas.

— O verão sexy — eu digo. Nossa, parece que foi em outra vida.

Ela estala os dedos.

— Vai ser outro daquele.

— Mas já é setembro — Trey comenta.

— Tudo bem, será o setembro sexy — ela diz, dispensando com a mão.

Franzindo a testa, Trey diz:

— Ok. Isso soa mais como um latte de abóbora com especiarias e menos com aquele rala e rola suado no feno, mas funciona. Aposto na Tate e no Devon, na Tate e no Nick ou na Charlie e no Hemingway.

— Ou no Trey e o tímido e adorável cara da câmera que te surpreende uma noite com um beijo na Casa Comunitária — sugiro, e seus olhos se iluminam.

Ele ri.

— Uau! Ou talvez um puxão atrevido para trás do trailer para uns amassos?

— Por que não ambos?

A porta do trailer se abre, e Nick Tyler se abaixa para passar pela porta com aquele sorriso de fazer a mulherada tirar as calcinhas. Vejo Trey hesitante através do reflexo no espelho.

— Sua orelha está quente? — Charlie pergunta a ele. — A gente estava falando de você.

— Ah, é? — Sua voz é grave e com sotaque sulista. — O que vocês estavam falando?

— Imaginando com quem você vai ficar no *set* — ela diz.

Nick joga a cabeça para trás e solta a risada que ouvi nos cinemas. Um barulho de satisfação, que vem do fundo da barriga e faz as mulheres de todo o mundo se transformarem em fãs risonhas.

— Achei que a gente já não fazia esse tipo de coisa.

— Nunca se sabe — Trey diz.

Nick olha para nós.

— Então este é o trailer da bagunça?

Charlie se curva para corrigir meu corretivo.

— Sempre. — Ela estende a mão livre. — Sou a Charlie. Esse é o Trey.

— Prazer em conhecê-la, Charlie. Trey.

A risada de Nick desaparece, mas o eco dela desata o nó em meu estômago.

— Ei, Nick.

— Ei, Tate.

Eu viro o rosto para ele, e ele fica surpreso. Charlie camuflou minhas falhas com eficácia, mas não acrescentou nenhuma cor. Pareço um daqueles *precogs* de *Minority Report: A Nova Lei*.

— Caramba, mulher. — Ele sorri, inclinando-se para beijar minha bochecha. — É estranho ver você assim sem cor.

— Estou criando a minha tela — Charlie diz.

Nick me encara por um segundo e depois sorri de novo, como se gostasse do que vê.

Talvez Charlie estivesse no caminho certo, afinal.

— Devon me disse para vir — diz Nick e então olha para Trey.

Trey se controla bravamente e faz um gesto para que Nick o siga até a outra estação, convida-o a sentar e coloca uma capa sobre seus ombros para proteger sua camisa.

— Vi o seu pai — Nick diz para mim e logo acrescenta: — Espera. Devo chamá-lo de seu pai ou de Ian?

Charlie ri, mas eu me viro, com um sorriso confuso.

— Sério? Por que todo mundo está me perguntando isso?

— Talvez seja porque vocês estão atuando há um tempão e nunca fizeram um filme juntos — ele diz.

— Talvez só não fosse a hora certa.

Nick faz "aham" e sorri para mim. Não o vejo desde que fizemos um teste de química com Gwen e os chefes do estúdio, e tivemos que ler um dos momentos que antecedem uma cena de amor com um beijo no final. Eles nos obrigaram a repetir a cena umas sete vezes e, para deixar claro, eu não estava reclamando.

Nick é uma estrela em ascensão. Ganhou um prêmio de Melhor Ator no ano passado e Melhor Herói da MTV. Ele não é apenas bonito, ele tem aquele algo especial que dificulta desviar o olhar. Seus olhos são vastos e hipnóticos, escuros e brilhantes, e têm um toque constante de malícia. Sua pele é marrom-castanho e fica luminosa sob as luzes brilhantes de maquiagem de Charlie. Seu cabelo, que era rente à cabeça, cresceu um pouco para o papel. E sendo estrela de filmes de super-heróis da DC, ele é musculoso. Seu último longa-metragem de Lar Gand tem "sucesso de bilheteria do verão" escrito em todos os cartazes.

Há algo no sorriso de enrugar os olhos de Nick que me lembra um pouco do meu ex-namorado e ex-colega de elenco em *Evil Darlings*, Chris. Mas Nick tem uma calma que Chris nunca teve. Chris e eu só ficamos juntos por cerca de sete meses, mas concordamos em continuar um falso relacionamento por mais três anos, porque os espectadores mais entusiasmados eram tão fanáticos por Violet e Lucas estarem juntos na vida real que o relacionamento fora das telas virou foco de divulgação.

Porém, ao contrário de Chris, Nick tem aquele tipo de foco intenso, a tendência de manter contato visual prolongado e um sorriso que cresce aos poucos. Toda vez que me encara, sinto que ele está cuidadosamente lendo meus pensamentos direto do meu cérebro.

— Vocês dois têm uma química *ótima* — Charlie comenta, olhando para nós enquanto trabalha. — Vai ficar ótimo na tela.

Sinto o calor subir para as bochechas.

— A Gwen também disse isso — Nick diz a ela, finalmente quebrando o contato visual. — E acho que agora é a hora certa para dizer para você: nunca fiz uma cena de amor antes.

— Nem mesmo em Lar Gand? — pergunto.

— Que nada, foi só um beijo.

Mordo o lábio e sorrio para ele. Como ele sabe, existem duas cenas de amor em *Milkweed* e ambas são bem intensas.

— Vai dar tudo certo.

— Você já fez alguma cena assim? — ele pergunta. — Eu deveria ter perguntado isso para você naquele dia da leitura.

— Algumas. Porém, nenhuma assim. É estranho, mas não precisa ser ruim.

— Talvez possa até ser bom — Charlie diz, baixo o suficiente para que só eu possa ouvir.

— Ok — Nick diz. — Então, se este é o trailer da bagunça, quem vai me contar os podres da equipe? Só trabalhei com a Deb Cohen antes. Os outros são novidade para mim.

Também nunca havia trabalhado com a maioria do elenco, mas ouvi muitas histórias de meu pai ao longo dos anos para ter uma noção geral de suas excentricidades.

— A Liz é a primeira assistente de direção e ela é incrível. Legal e organizada. Fui avisada para não usar a opção soneca, porque o Devon virá nos acordar pessoalmente. O secretário de produção decidiu que essa filmagem é a melhor hora para parar de fumar, então, sério, evite-o a todo custo. E, pelo que ouvi, a Gwen pode ser intensa e um pouco perfeccionista.

— É, também ouvi isso — Nick diz.

— Mas, que seja, é a Gwen Tippett.

— Pois é.

— Sinceramente, acho que essa é uma equipe bastante sólida — digo a ele.

— Então, somos apenas nós, jovens promissores tentando convencer o Ian Butler — ele diz com um brilho de esperteza no olhar. — Estou certo?

Eu rio, derretendo um pouco. Tenho um aliado.

— Tipo isso.

Um alarme dispara no celular de Charlie e dou uma espiada — precisamos ir até a Casa Comunitária para a leitura. O relaxamento que encontrei no trailer logo se transforma em tensão.

— Espera. — Charlie me detém, terminando minha sombra. — Acho que está bom. Mas peça para os produtores verificarem. O pessoal do figurino pode querer mais suave.

Assinto com a cabeça, então nos olhamos, e ela abre um sorriso suave que não oferece a qualquer um.

— Não fique nervosa — ela diz, baixinho, e me ajuda a levantar. — Você vai ser incrível.

Nick e eu deixamos o trailer ao som de uma música — e de Charlie e Trey rindo histericamente sobre algo dito depois que saímos — ficando cada vez mais baixa atrás de nós. Logo somos engolidos pela tranquilidade da fazenda. Em contraste com o trailer de maquiagem, o espaço externo é tão silencioso que é um pouco como pisar em um estúdio vazio com aquele silêncio ecoante.

— Você conhece a Charlie desde que eram pequenas? — ele pergunta.

— Desde os oito anos de idade.

Ele sorri para o trailer por sobre o ombro.

— Ela é uma figura.

Dou risada, concordando. Mas Charlie é mais do que uma figura. Ela é uma faísca, um foguete, um punhado de pólvora. Marco é minha calma, mamãe é minha casa, vovó é minha consciência, mas Charlie é meu céu aberto, minha dança livre, minha comoção ao olhar para as estrelas.

— Ali está o seu pai — Nick diz, em voz baixa.

Ele acreditou em mim quando disse que não há problema em chamá-lo de "seu pai", mas está um pouco inseguro sobre eu precisar ou não de um aviso cauteloso.

Acompanho seu olhar em direção à Casa Comunitária. Mesmo a distância, é fácil reconhecer meu pai — é a postura dele, do tipo arrogante. Ele está de jeans, uma jaqueta de couro surrada, óculos escuros e está usando seu brilhante e onipresente sorriso. Diante de outro homem, ele escuta com a atenção que faz com que a pessoa se sinta a única coisa importante no planeta. Tenho um pouco de inveja de que esse seja o único sinal de intimidade que recebo dele — sua atenção, seu foco total —, mas na verdade é algo que aprendeu a fazer para parecer sincero. Ele oferece isso a qualquer um.

Ele me vê por cima do ombro do homem e se alegra, acenando.

— Aí está a minha garota.

O outro homem se vira. Não o conheço, então meu sorriso é daquele tipo de brilho instintivo que aprendi e me faz parecer amigável, afasta qualquer preocupação em potencial de uma diva. Ele é enorme. *Ah, o escritor*, meu cérebro relembra Charlie no trailer. Barbudo, carrancudo, olhos verdes, com uma cicatriz em...

O choque é como uma mão gelada em meu ombro. Meu cérebro, e peito, e veias ficam completamente paralisados. Nick tromba em mim e agarra meus braços. Se ele não tivesse me pegado, eu teria caído, de cara no chão sujo, como uma tábua.

— Tate. — A voz grossa de Nick soa surpresa. — Opa. Você está bem?

As palavras de meu pai flutuam na minha direção, abafadas e confusas.

— Tate! Aqui em cima! — Ele acena, frenético, e seu sorriso é exagerado. Sua cabeça é grande demais, sua boca larga demais.

Pisco olhando para meus pés. Meu coração bate como um martelo, minhas costelas parecem pregos. Estou tentando entender, para descobrir se eu sabia, se alguém tinha me contado e eu esqueci. Perdi essa informação importante em algum lugar no meio do caminho? Como ele poderia estar aqui? O caminho serpenteia na minha frente, mas fico olhando para ele e tento focalizar, incapaz de olhar para o homem ao lado do meu pai.

Seu rosto imediatamente registrou quem eu era, mas sua expressão não revelou nenhum choque. Ele olhava, severo, para o caminho e para mim, então abaixou a cabeça e exalou um longo suspiro resignado.

Ele sabia. Claro que sabia. A questão é: eu sabia?

Incapaz de dizer uma palavra, eu me viro e começo a andar com dificuldade em sentido contrário.

Lembro-me de ter ficado bêbada com Charlie uma noite, tão bêbada que mal conseguia andar. Pelo menos, foi o que ela me contou. Na época, senti como se tivesse percorrido o corredor com um andar sedutor. Mas na manhã seguinte, enquanto eu cuidava de uma ressaca debilitante e cambaleante, Charlie me disse que eu ricocheteei até o quarto dela, parando duas vezes para recuperar o equilíbrio contra a parede antes de entrar em seu quarto e desmaiar logo depois de entrar.

Essa lembrança volta com um gosto amargo. Eu me pergunto como estou andando agora. Parece que estou andando, mas talvez eu esteja rastejando, tropeçando, ricocheteando no caminho. As pedras que conduzem ao meu chalé surgem e alguns dispositivos de segurança internos me dizem para eu me virar. Como se um joystick tivesse me empurrado para a esquerda, eu giro, tropeço em um paralelepípedo e me seguro no primeiro degrau.

Ouço uma voz, vozes.

— O que está acontecendo? O que você disse para ela? — É meu pai acusando Nick de alguma coisa. A voz de Nick implora inocência, ele próprio está confuso.

E então ouço uma voz mais baixa:

— Pode deixar que eu cuido disso.

É a voz de Sam Brandis, correndo pelo caminho, aparecendo do nada, catorze anos atrasado.

treze

Acho que fecho a porta, mas não a escuto bater. Ouço apenas alguns passos cuidadosos subindo os três degraus atrás de mim.

— Tate? — Ele está na porta agora, mas não entra. E nessa minha fuga esquisita, acho sua hesitação excessiva.

Ele me viu em *Evil Darlings*? No espelho, quando me vi com o figurino pela primeira vez, eu não parecia a Tate de dezenove anos. Parecia a eterna e selvagem Violet: implacável, manipuladora, como se pudesse matar alguém com meus dentes em seu pescoço. Nas cenas de ataque, imaginava que estava atacando Sam.

Mas isso foi há muito tempo. Catorze anos? Minha vida passa por mim: amantes, cenários, a onda de rostos do elenco e da equipe técnica. Em algum momento, parei de sentir que Londres havia acontecido de verdade. Foi apenas um sonho terrível que tive.

— Tate, posso entrar?

— Não. — Minha voz soa distante, até mesmo para meus próprios ouvidos.

Ele não vai embora, apenas se afasta da porta. O calor parece encher o chalé, como se ele estivesse ali, enorme, quente, vivo, bem na minha frente.

— Tate — eu o ouço dizer, baixinho. — Vamos ter que lidar com isso.

Desabo no sofá, e as molas rangem. Eu me recosto e conto o número de vigas expostas acima de mim. Sete. Este chalé é velho, tão velho, e rústico, e amado. Eu me pergunto, distraída, quantas brigas amargas ele já presenciou.

— O que está acontecendo? — pergunto ao teto. De repente, minha cabeça está latejando. — Sério, o que está *acontecendo*?

Sam parece entender a pergunta como permissão para se juntar à conversa e entra devagar, mantendo uma distância segura depois de fechar a porta.

Coloco a mão na boca e me seguro para não rir. Rir não é a reação certa agora. Meu pai está em algum lugar lá fora, esperando que eu vá fazer meu trabalho e se perguntando o que diabos aconteceu. Nick também. Sam Brandis está aqui, entre todos os lugares, por algum motivo? Estou me agarrando à lógica, mas ela está me escapando.

Sam se aproxima, ajoelha-se a alguns metros de distância e olha para mim. Não estou preparada para a sensação de encontrar seus olhos verde-musgo; sinto uma dor aguda em algum órgão vital, fica difícil respirar. Olho de volta para o teto.

Não sei nem por onde começar em uma situação como essa.

— O que você está fazendo aqui? E como? — Franzo a testa. — Espera. Você está aqui com o meu pai?

Ele solta essa única risada incrédula e então pisca, como se não tivesse certeza de que me ouviu direito.

— Tate, *Milkweed* é meu. Eu escrevi o filme.

Aperto os olhos. Mas...

— O escritor é S. B. Hill.

— Sam Brandis — ele diz, baixinho. — Hill era o sobrenome do Luther. Eu o assumi legalmente antes de ele morrer.

Luther. Eu o conhecia. Ainda me lembro de sua risada e de seus olhos castanhos, luminosos e brincalhões. Uma pequena parte consciente de mim sente uma pontada com a ideia de sua morte. Mas uma voz mais alta e instável se sobressai: *eles usaram você, Tate. Eles provavelmente voltaram a Lake District com uma porrada de dinheiro no bolso.*

— E eu deveria saber disso? — pergunto a ele. — Que você estaria aqui? Sinto que não deveria ter sido uma surpresa para mim.

— É compreensível — ele diz, baixinho. — Você é tão ocupada. Você tem tanto...

— Pare — interrompi. — Não seja condescendente.

— Não estou sendo — ele diz depressa. No mesmo instante. Seus olhos estão tão arregalados, como se ele também não pudesse acreditar que isso está acontecendo. — Tate. Eu sou tão...

— Quem *é* você de verdade? — pergunto. — Pensei que você fosse um fazendeiro.

— E sou. — Ele abre a boca e morde o lábio, balançando a cabeça, como se estivesse admirado. — Mas você sabia que eu também escrevia. Ainda escrevo.

— Ok, vamos ser honestos, Sam. Se vamos fazer isso, pelo menos seja honesto: pelo visto, eu não sabia *nada* sobre você.

Ele parece querer discordar, mas pisca, parecendo procurar as palavras.

— Bom, eu escrevo. Sempre escrevi, mas *Milkweed* é diferente. É...

— Não. Pare.

Eu me inclino para a frente e fico encurvada. De repente, me sinto arrasada: não apenas por ele estar aqui, mas por ele ser uma marreta, e meu amor por esse projeto ser um precioso teto de vidro. Amo tanto *Milkweed* que não quero que ele diga uma única coisa que estrague tudo.

— Eu não ligo. Não ligo. Esse era o filme que me testaria de verdade. Talvez até me coloque na lista de premiações. Esta é a minha chance de algo melhor. Não tente me falar sobre você, ou sobre esta situação, ou por quê.

Sinto que vou chorar. Respiro fundo, reprimindo a emoção, até não sentir mais nada. Eu me preencho com ar, nada mais. Já faz um tempo desde que fiz isso — desde que senti tanto e precisei me conter —, mas o instinto volta com facilidade.

Sam se mexe no sofá e apoia o braço no joelho. Ele está usando uma camiseta bege aberta no pescoço. Jeans verde-oliva. Botas. Arrisco uma espiada em seu rosto novamente. A cicatriz em forma de vírgula está escondida sob a barba. Ele não parou de olhar de mim.

— Tentei te contar — ele diz. — E sabia que seria difícil. Então disse aos chefes do estúdio que talvez pudéssemos seguir uma direção diferente para o elenco.

— Você está falando sério? — pergunto, grata pela raiva surgir do vazio e me estabilizar. — Você disse para eles que não me queria como Ellen?

Ele exala e olha para o chão por um instante.

— Eu disse que nos conhecemos quando éramos mais jovens e não tinha certeza se você gostaria de assumir o papel. Pelo contrato, tive aprovação do elenco. Mas eles se mantiveram firmes, e isso me deixa feliz. Acho que você vai ficar ótima no papel, Tate. De verdade. Não se tratava da minha preferência, mas da sua.

— Como posso ter uma preferência se nem sabia que havia uma escolha?

Ele franze a testa.

— Eu te enviei quatro e-mails.

Mentiroso.

— Não recebi nada.

— Juro. Tentei entrar em contato com você.

É impossível. E é extremamente frustrante. Fui pega tão de surpresa, mas não tenho o luxo de resolver isso com um pouco de silêncio e uma taça de vinho. No minuto em que sair deste chalé, tenho que estar *bem*, tenho que estar pronta. Tenho que trabalhar.

Volto a olhar para ele, e ele arrisca um sorriso triste. Seus olhos examinam minha expressão. Vejo arrependimento neles, mas também tantas outras coisas que não vou me dar ao trabalho de decifrar. É demais — demais. Ele ainda... Sam, com os olhos verde-escuros em que eu queria mergulhar, a boca que beijei até ficar vermelha e dolorida, o corpo que parecia uma fortaleza.

— Tate — ele começa, tenso, e eu balanço a cabeça. Rápido demais. O cômodo gira. — Nossa. Temos tanto a dizer um para o outro.

— Na verdade, não temos, não.

Você é um mentiroso e um ladrão. Você roubou a minha inocência reluzente, a minha crença de que meu primeiro amor seria puro, e real, e bom.

E ainda conseguiu escrever uma obra-prima como *Milkweed*, com uma heroína tão forte e maravilhosa que chorei nas duas primeiras vezes em que li o roteiro, desejando sozinha, na privacidade de casa, poder algum dia ser um pouco como Ellen. Ele criou o sensível e seguro de si Richard, e o imperfeito e leal William. Sam pode ser um monstro, mas cada parte desse lindo roteiro saiu de sua mente. Não sei como conciliar os dois.

Ele se levanta, desliza as mãos nos bolsos e abaixa a cabeça. Ele encara os pés com os ombros curvados. Eu tinha esquecido como ele é alto, quanto espaço ele ocupa. Fisicamente, mas na minha memória, no meu passado — e agora, neste cômodo, neste cenário, no meu dia presente, ele é tão *presente*.

Ele olha para o relógio.

— Tate.

— *Meu Deus*, pare de dizer o meu nome.

— São seis e meia.

Fecho os olhos — odiando os estranhos arrepios na pele quando ele fala. Mas assim que fecho as pálpebras, sei que poderia imediatamente sucumbir à escuridão do sono.

— Devo dizer para a Gwen que precisamos de mais algum tempo antes da leitura?

Olhos se abrem às pressas, e eu me levanto, irada.

— De jeito nenhum.

Ele suspira.

— Mas isso é demais. Pensei que você soubesse. Quero dizer, sério? Você vai fazer a leitura agora? Você parece que está prestes a cair.

E com a insinuação de que eu talvez fosse delicada ou de que precisasse de sua ajuda, sinto minha coluna se endireitando, meus músculos se reconectando, meu cérebro despertando. Estou fazendo isso há quase quinze anos. Desde que ele me usou e fugiu. Não sou a amadora aqui e não vou deixar Sam me ver desmoronar.

— É um choque — admito. — E não é um choque bom. Mas estou bem. Já lidei com problemas maiores do que ter um ex escroto no *set*.

É mentira, mas ele se contrai, então pelo menos consegui o que queria.

— Me dê cinco minutos. Diga para a Gwen que estou indo e você me atrasou.

Indico a porta com o queixo.

— E não somos amigos, Sam. Fique longe de mim.

catorze

Quando a porta se fecha, minha coragem parece me abandonar.

— Você está bem. Você está bem. Você está bem — repito as palavras, desejando que sejam verdadeiras. Há um zumbido em meus ouvidos, uma alfinetada que surge em um local empoeirado e escondido nas minhas costelas.

Foram apenas duas semanas da minha vida, há muito tempo, mas eu o amava. Lembro-me da sensação: foi a única vez que amei alguém. Talvez seja por isso que posso relembrar sempre de que preciso — embora já faça algum tempo que não me torturo dessa maneira. E era mais fácil, de certa forma, não ter nenhuma foto sobre a qual me debruçar. Mas vê-lo aqui, completamente sem aviso, depois de mais de uma década sem ver seu rosto, me deixa tonta.

Com as mãos trêmulas, atravesso o cômodo e procuro o celular na bolsa. O e-mail não carrega, mas a barra de sinal solitária pode ser suficiente para uma chamada.

A assistente de Marco, Terri, atende ao segundo toque.

— Tate! Achei que tivéssemos perdido você na fazenda! — ela diz.

A conexão é terrível e instável, mas é o que temos.

— Eu também — digo, tentando manter a voz calma. — Terri, você pode fazer algo rapidinho para mim? Pesquisa no meu e-mail qualquer coisa de um Sam Brandis.

Faz anos que não digo seu nome em voz alta.

— Claro! Só um momento. — O leve toque de teclas, e mal consigo respirar. Nem tenho mais certeza do que quero que ela encontre. — Tem quatro e-mails. — Fecho os olhos. É alívio? Raiva? — O assunto de todos eles é *Milkweed*.

— Ok — digo, baixinho, a voz cuidadosamente uniforme.

— Desculpa, Tate. A correspondência comercial chega direto para o Marco, ou para mim, mas acho que como essa pessoa não está nos seus contatos e você recebe cerca de um milhão de e-mails sobre *Milkweed* por dia, eles caíram na lixeira. Nossa, espero que não sejam importantes.

— Não. Não são. — Pressiono os dedos na têmpora e na dor que está surgindo ali. Sem dúvida será uma enxaqueca no final do dia. — E não precisa se desculpar. Era o que deveria ter acontecido. Terri... você poderia encaminhá-los para mim? Vou lê-los quando conseguir sinal.

— Com certeza. — Mais batidas de teclas, em seguida: — Ok, pronto. Mais alguma coisa?

— Acho que é só isso. Obrigada.

Encerro a ligação assim que ouço uma batida do outro lado do chalé.

— Tate?

Devon. Claro.

Outra respiração profunda e eu me levanto, colocando o celular no bolso de trás. Não é assim que eu queria começar.

Já passa das seis e meia. A leitura de mesa deveria ter começado há mais de meia hora.

— Estou pronta — digo, com um sorriso perfeito quando abro a porta. — Desculpa. Isso não vai se repetir.

SIGO DEVON POR UM LONGO CONJUNTO DE DEGRAUS de madeira na colina. Meu chalé fica em um lugar mais alto, com um deck na frente que oferece uma vista deslumbrante do vale e da entrada da fazenda.

Na parte inferior da escada, um motorista espera em um carrinho de golfe verde com os pneus cobertos de lama. Devon faz um gesto para que eu ocupe o banco da frente e sobe no banco de trás. O motorista parte em direção à Casa Comunitária.

— Chegamos bem na hora — ele diz, olhando para o relógio e anotando algo em sua prancheta sempre presente. Ele me entrega uma cópia encadernada do roteiro. — Você terá uma cópia esperando por você, caso queira um minuto para examiná-la. É claro que você já fez isso antes, mas todo mundo deve estar lá, provavelmente comendo, e a leitura deve levar cerca de duas horas. Dependendo de quanta conversa rolar.

— Tudo bem. Obrigada por me buscar.

Ele sorri para mim e, por mais exausta que eu esteja, reorganizo mentalmente as previsões de Charlie para as filmagens. Se Devon sorrir para *ela* assim, ela estará perdida.

— Você diz isso agora — diz ele com as covinhas aparecendo em cada bochecha. — Vamos ver se você ainda vai me agradecer quando eu bater na sua porta às quatro da manhã.

Há mais carrinhos de golfe enfileirados na frente da Casa Comunitária e a sala principal lá dentro está lotada. Felizmente, Devon estava certo: a maioria das pessoas está comendo ou conversando, então minha chegada tardia não atrai muita atenção. Mas é claro que meu pai percebe. E Marco. Continuo andando. Não posso evitar o olhar decepcionado de meu pai para sempre, mas posso pelo menos evitá-lo por mais cinco minutos. Marco me conhece melhor do que ninguém. Ele sabe que, para mim, no máximo cinco minutos de atraso são aceitáveis e ele vem em minha direção antes que eu possa impedi-lo.

Ele alcança meu braço e gentilmente me puxa para o lado.

— O que houve? — Ele olha mais de perto, claramente sentindo que é algo monumental, mesmo sabendo que não posso contar a ele agora. Seus olhos se estreitam. — Você está bem?

— Estou bem. — Nenhum de nós acredita nisso. Aperto sua mão para confortá-lo. — Mais tarde te explico.

Marco olha a nossa volta e me solta, relutante. Sento-me no lugar reservado para mim ao lado de Nick, imitando seu sorriso animado. Três mesas compridas foram colocadas formando um U no centro da sala. O elenco principal está na mesa do centro; o secundário, em outra; e a equipe, na terceira. Das que já participei, é a leitura de mesa com o maior número de pessoas presentes: há cadeiras enfileiradas nas paredes e cada centímetro do espaço está preenchido com alguém ansioso para ouvir a primeira leitura de Ian e Tate Butler.

Gwen se levanta, e a sala fica em silêncio. Ela agradece à equipe que tanto trabalhou para que chegássemos a esse ponto. Ela respira fundo e fala sobre o roteiro, como ela nunca leu nada parecido. Bato palmas junto com todo mundo quando ela termina, mas o som é como estática em meus ouvidos, como se as vozes estivessem vindo de baixo d'água.

Posso sentir o peso gentil dos olhos de Marco em mim, preocupados e constantemente querendo saber se estou bem. E embora eu não saiba onde Sam está, posso senti-lo também, assim como podia há tantos anos.

Fiquei com tanta raiva nos meses que se seguiram a Londres. Graças aos repórteres e à entrevista que fiz com meu pai, eu era um brinquedo novinho em folha e as ofertas de trabalho vieram aos montes. O público ficou fascinado. Contamos uma história: que meu pai e mamãe concordaram em me tirar de Los Angeles. Que ele sempre soube onde eu estava e era uma presença constante. E, o mais importante, Marco se certificou de sussurrar para as pessoas certas que a exposição no jornal foi planejada — ninguém nos traiu, *na verdade.*

Dei entrevistas para as revistas *People* e *Cosmo* e saiu uma reportagem de cinco páginas na revista *Elle*. Dois dias depois, recebi uma ligação de Dawn Ostroff da rede de TV CW. Em três semanas, assinei com meu empresário Alec e fui escalada como atriz principal em *Evil Darlings*.

Pode ter começado como um programa de TV exagerado, mas uma linha inteira de brinquedos, jogos de tabuleiro, uma linha de roupas e livros surgiram dele. Ele me abriu a porta para mais trabalhos na TV e, então, filmes, me ajudando a conseguir o papel dos meus sonhos.

No início, atuar foi uma fuga, me permitindo ser outra pessoa e fingir que tudo estava bem. Mas também era uma forma ativa de vingança — eu queria assombrar Sam. Adorava a ideia de ele me ver na televisão e saber que eu não era dele, que nunca mais seria dele. Eu fantasiava que ele me assistia e via que não tinha acabado comigo: eu era mais forte sem ele. Eu imaginava seu arrependimento, sua culpa, seu coração partido.

Por alguns segundos, a fantasia era tão boa quanto ficar chapada. Mas, então, o diretor finalizava a filmagem e a realidade desabava sobre mim.

Não demorou muito para eu perceber que *amava* atuar. Amava as sessões de fotos. Amava as viagens e a divulgação. Eu amava ser outra pessoa. E Sam era o único que sabia o quanto eu queria atuar.

Por ironia, minha fuga para vários papéis me ajudou a superá-lo, mas a distância de Sam também me deu tempo para agradecer de coração o que vovó havia me dado ao me levar a Londres. Ela me tirou da minha vidinha, fez meu mundo se expandir. Sem Londres, eu nunca teria me tornado atriz. Esta é a vida que eu queria, mas não aconteceu do jeito que eu imaginava.

Examino o roteiro e volto aos velhos hábitos, disfarçadamente enrolando um fio solto do meu suéter em volta do dedo e o puxando tão apertado que envia um choque de dor pelo meu corpo. É o suficiente para que eu me endireite na cadeira e parte da estática desaparece de meus ouvidos para que eu possa me concentrar na leitura.

Como o filme começa quando Ellen é adolescente, o elenco mais jovem começa a ler. Estou ótima para quem tem trinta e dois anos, mas nem mesmo a maquiagem de Charlie pode me fazer passar por dezesseis.

Acompanhamos por cerca de vinte páginas uma jovem Ellen Meyer e seu primeiro marido, Daniel Reed, começarem um caso secreto e se mudarem de cidade, onde Daniel começa a estudar e Ellen faz bicos para sustentá-los. Os dois jovens atores recitam suas falas com apenas alguns tropeços, e vemos a infidelidade de Daniel, e Ellen se mudando para a fazenda da família quando tinha apenas vinte e seis anos.

Folheamos as páginas, todo mundo leva alguns minutos para pegar um pouco de água e, quando voltamos, o silêncio na sala parece vibrar nos meus ossos.

EXT. FAZENDA DA FAMÍLIA MEYER, VARANDA DA FRENTE — DIA

Iowa, 1956. Colinas verdes e campos agrícolas cercam uma casa de fazenda de dois andares. RICHARD DONNELLY (28, um homem negro fisicamente imponente com olhos grandes e um sorriso nervoso), um vendedor bonito, mas sem sorte, bate na porta da frente. Seus sapatos estão gastos, mas seu terno está limpo e passado, e sob a aba do chapéu, seu cabelo é curto e bem cuidado.

Quando ninguém responde, ele olha para trás, para a paisagem — não há outra casa em quilômetros. Está calor. Ele está cansado e com fome. Ele ouve o grito de uma mulher seguido por um palavrão vindo dos fundos da casa. Ele pula da varanda e corre em direção a ela.

EXT. FAZENDA DA FAMÍLIA MEYER, VARANDA DE TRÁS — DIA

ELLEN MEYER (26), bonita, mas com um vestido e avental molhados, está em pé e com os braços dentro de uma máquina de lavar quebrada. Ela está cercada por cestos de roupa suja e um varal vazio. Uma caixa de ferramentas aberta está a seus pés.

ELLEN

Merda! Porc...

Richard se apressa ao redor da casa e para quando a vê.

RICHARD

Madame... Você está bem?

Ellen se vira. Ela coloca a mão pingando no quadril, curiosa, mas não intimidada.

ELLEN

Quem é você e o que está fazendo na minha fazenda?

RICHARD

Richard Donnelly. Estou aqui para ver se posso vender alguma ração para essas vacas.

Ele aponta para a frente da casa.

RICHARD (continua)

Ninguém atendeu a porta e ouvi alguém gritar.

Ela se volta para a máquina de lavar.

ELLEN

Bem, como você pode ver, Richard Donnelly, estou ocupada lutando contra essa máquina idiota. E não preciso de mais ração.

RICHARD

Sim, madame. Posso ajudá-la? Quero dizer, você…

Ela se vira para olhar para ele.

ELLEN

O quê? Sou uma mulher?

Ele tenta esconder um sorriso.

RICHARD

Na verdade, eu ia dizer que você está encharcada.

Ela olha para baixo e tenta não sorrir.

ELLEN

Estou bem. Já consertei essa coisa uma dúzia de vezes antes. Posso fazer isso de novo.

— Ok, até agora está... bom — Gwen diz, hesitante, e olhamos para ela. — Nick, gosto da vulnerabilidade, e você está realmente pegando o charme do Richard.

Ela se vira para mim, meu estômago embrulha e parece que a sala inteira está prendendo a respiração. Todos sabemos o que está por vir. Sei quando estou arrasando e no momento nunca fui tão artificial e tensa.

— Tate, quero que você tente capturar como a Ellen está *desarmada* aqui. Nos últimos anos, ela se tornou uma garota da cidade. Agora ela se encontra de volta à fazenda, tendo que cuidar de tudo, inclusive do pai. Ela é ferozmente independente. Ela é *feminista,* à frente de seu tempo. Aprendeu da maneira mais difícil que não precisa da ajuda de ninguém, ela não confia nos homens e, com certeza, não quer se encantar com Richard, mas reage antes que consiga se conter. Vamos sentir isso de verdade.

Meu rosto esquenta com a atenção da sala. Meu pai está sentado à minha esquerda e sua presença é como uma luz pulsante ao meu lado. A de Sam também, na outra ponta da mesa. Toda a minha energia está direcionada a não levantar a cabeça e olhar para ele.

Aceno com a cabeça e leio a cena de novo. Não melhora nada da segunda vez. Meu diálogo é forçado, apressado em alguns pontos e artificial em outros. Mas é apenas uma leitura de mesa... então Gwen deixa continuar.

Ellen se vira e começa a apertar um parafuso.

RICHARD
Meu pai era dono de uma oficina em Charlotte. Eu costumava trabalhar lá durante o verão. Essas máquinas evoluíram muito desde então, mas podem ser temperamentais. Eu não me importaria mesmo...

Ellen o ignora. Solta a chave inglesa e pressiona o botão de ligar. Ela espera até que a máquina ganhe vida, satisfeita ATÉ que começa a espirrar água por toda parte, encharcando os dois. Silêncio.

ELLEN
O que não parece estar sob controle para você?

— Tate, vamos tentar essa fala de novo. — Gwen posiciona os óculos no nariz para que possa me espiar por cima da armação. A ação faz com que eu me sinta com doze anos recebendo um sermão da vovó sobre como arrumar as mesas do café. — Ela se divorciou recentemente, está no quintal da sua casa de infância, seu pai tem demência e sua máquina de lavar quase explodiu em cima dela. Para ela, a situação é ridícula.

Alguém se mexe na outra extremidade da mesa de Gwen, e eu olho antes de conseguir me conter. Sam está sentado lá, com os olhos baixos e os braços cruzados no peito.

Minha boca está seca, mas temo que minhas mãos se mostrem trêmulas se eu pegar a água. Tentando ganhar tempo, na esperança de controlar a respiração, digo:

— Queremos que ela seja capaz de rir um pouco de si mesma.

Gwen acena com a cabeça, encorajando.

— Exatamente. Este é de fato um momento de *rir para não chorar*.

Ela não tem como saber disso, mas Gwen acaba de verbalizar a emoção que eu precisava ouvir. *É rir para não chorar.*

Eu claramente me identifico com isso.

ELLEN
O que não parece estar sob controle para você?

Eles riem do absurdo. Com um suspiro resignado, Ellen percebe que provavelmente uma ajuda não faria mal.

ELLEN (continua)
Você poderia me passar aquele alicate ali? E segurar isso?

Richard tira o chapéu, arregaça as mangas e então faz o que ela pede com prontidão.

ELLEN (continua)
Não sei por que ainda temos essa coisa. Deve ser mais rápido lavar tudo à mão mesmo.

Eles trabalham juntos em silêncio por um tempo.

ELLEN (continua)
Não me lembro de ter visto você por aí.

RICHARD

Não, madame. Acabei de chegar à cidade, ontem. Trabalho para a Rações Whitmore e estava só fazendo as minhas rondas. É por isso que estava à sua porta. Achei que seria tranquilo vir a pé, mas sua fazenda fica um pouco mais longe da cidade do que eu pensava.

ELLEN

Você veio da cidade a pé?

RICHARD

Sim, madame. Não me importo.

ELLEN

Você não precisa ficar me chamando de madame. Meu nome é Ellen Meyer.

Eles apertam as mãos molhadas sobre a máquina.

RICHARD

Prazer em conhecê-la, Ellen.

ELLEN

Prazer em conhecê-lo também, Richard.

Richard aponta para os campos atrás deles.

RICHARD

O lugar aqui é bem bonito.

ELLEN

Obrigada. Cresci aqui. Meu pai ainda acha que manda no lugar, mas… ele não manda mais.

O resto não é dito. Richard se move para ajustar uma mangueira e então dá um passo para trás.

RICHARD

Tente agora.

Cautelosa, ela liga a máquina. Funciona e a água começa a encher o cesto.

ELLEN

Você conseguiu.

RICHARD

Na verdade, você conseguiu. Eu só apertei a mangueira. Você encontraria o problema se eu não tivesse interrompido. Posso ver os outros reparos que você fez. Muito impressionante.

Ela enrubesce. Não está acostumada com o reconhecimento.

ELLEN

Obrigada. (batida)
Não posso mandar você para casa encharcado até os ossos. Por que você não pega uma toalha ali e eu te trago um almoço?

— Parabéns a todos. — Gwen se afasta da mesa, se levantando. — Vamos fazer um intervalo de vinte minutos.

Eu me levanto, me alongando e me esforçando para fazer uma cara de corajosa. Se mandarem, eu consigo enrubescer, e fiz um bom trabalho de Ellen ficando corada com a ideia de um Richard bonitão e encharcado em seu quintal, mas o calor nas bochechas persiste quando caio na real e percebo que acabei de estragar minha primeira — embora não oficial — atuação em *Milkweed*.

Eu não fui bem e todo mundo sabe disso. As falas pelas quais me apaixonei parecem se arrastar na minha boca. A química que surgiu durante o teste de tela com Nick está longe de ser encontrada. Este é o meu filme — meu papel dos sonhos — e estou deixando a cabeça atrapalhar.

Quando saio, o ar fresco parece imediatamente mais fácil de puxar fundo para os pulmões. Dentro da sala, à mesa, não conseguia recuperar o fôlego e minha fala foi prejudicada, as palavras saíram tensas e cortadas. Folhas amarelas rangem sob minhas botas quando vou para o lado vazio da varanda. Posso ver o lago daqui, as fileiras de milho que balançam com a brisa e um campo de abóboras esquentando ao sol poente. Passos soam nas tábuas atrás de mim e, ao me virar, vejo Marco parado ali.

— Que porra está acontecendo?

— Sam está aqui.

— Sam? Que Sam?

— O escritor, S.B. Hill. É Sam Brandis.

Ele leva um tempo para que tudo se conecte, e seus olhos se arregalam.

— De Londres? De quando a gente...?

— Ele escreveu o roteiro, e quando sugeriram o meu nome para o papel, ele tentou me enviar um e-mail avisando. É claro que os e-mails nunca chegaram. Ele está aqui. Está fodendo completamente com a minha cabeça.

Marco se curva, encontrando meus olhos.

— Eu ia para casa hoje à noite. Você quer que eu fique?

— Não, não, mas se você pudesse dar um chute no saco dele antes de ir seria fantástico.

Marco ri.

— E escuta essa — eu digo, olhando ao redor para ter certeza de que ninguém pode nos ouvir. — Mesmo com todas as milhões de perguntas que tenho e toda a merda que isso traz à tona, ele não tinha certeza se me queria para o papel.

— Ele *o quê*?

Aceno com a cabeça.

— Pois é, então ele ainda é um monstro. Bom saber.

Nossa, que lembrete poderoso de que não há espaço para autossabotagem nessa indústria. Outras pessoas ficarão mais do que felizes em fazer isso por você.

— Mantenha o foco e apenas faça o que tem que fazer — Marco diz. — Você nasceu para esse papel.

— Talvez, mas eu fui péssima lá dentro. — Coloco as mãos no rosto e sinto Marco pegá-las.

— Você foi pega de surpresa. Claro que não está no seu habitual. — Ele se vira e se encosta na grade. — Meu Deus. Qual a chance?

— O que faço agora? Tento sair dessa ou...?

— Este é o *seu* filme, Tate. Você não vai a lugar nenhum. Ele é o escritor, não o seu coadjuvante. Se você tiver dúvidas sobre o roteiro, converse com a Gwen ou o Todd. Você e o Sam não precisam interagir e ele pode ficar bem longe. Imagino que você disse isso para ele.

— Disse.

— Ótimo. Apenas dê um tempo a si mesma. Você não é a adolescente de que ele se lembra. Você não é a Tate Jones há anos. Você é a *Tate Butler* agora, e é melhor ele se cuidar ou vai ter que se ver comigo. Embora eu não seja nada comparado ao que espera por ele.

Olho para ele, confusa.

— O que você quer dizer com isso?

— A Charlie vai querer matá-lo, porra.

quinze

DE UM JEITO OU DE OUTRO FAZEMOS A LEITURA. Ao final, todos se levantam, apertam as mãos dos executivos do estúdio e dizem uns aos outros como todos estamos animados para começar amanhã. O entusiasmo de Gwen é grande demais para sua personalidade normalmente discreta. Ouço Marco com nossa produtora Deb e um dos chefes do estúdio, Jonathan Marino — que parece um boneco Ken usando uma touca marrom de natação —, dizendo:

— Leituras de mesa não são mesmo a parte favorita da Tate. Ela gosta de estar lá no *set*. Amanhã será incrível.

Tudo dentro de mim parece murcho: meu espírito, meu pulso, minha energia. Supus que meu pai viesse me encontrar logo depois, mas — pior ainda — ele apenas me lança um sorriso tenso antes de encontrar uma mulher sentada em um canto. Ele a ajuda a se levantar e a beija.

Pisco e olho mais de perto. Tenho certeza de que ela não tem mais de vinte e cinco anos. Meu pai está com quase sessenta, namorando uma mulher mais jovem que sua filha. É uma história tão cansativa. E agora terei que vê-la todos os dias no *set*.

Esgotada, sorrio, abraço e aperto mãos em meu caminho até Marco, que me conduz para fora da sala. Não dizemos nada quando saímos da Casa Comunitária e caminhamos pela trilha empoeirada em direção ao meu chalé. Enfim, o silêncio parece um peso de duas toneladas no meu peito.

— Foi terrível.

— Não foi tão ruim, querida.

Solto um gemido.

— Você me chamou de querida. Isso significa que foi horrível.

Marco ri e passa as mãos no cabelo, olhando para cima.

— Quem iria adivinhar uma coisa dessas? — Ele ri de novo, e sua descrença genuína, seu divertimento, é quase o suficiente para me fazer sorrir também. — Eu estava observando o Sam de tempos em tempos. É tão estranho vê-lo pessoalmente.

Eu me sinto uma idiota: claro que isso seria estranho para Marco também. Não haveria Tate-e-Marco se não houvesse um Sam Brandis primeiro.

— Ele é o que você imaginava?

— Ele... — Sua voz esmaece, e eu o vejo com dificuldade para encontrar as palavras, presumindo, com base em seu sorriso malicioso, que ele está tentando encontrar uma maneira de dizer como Sam é sexy sem realmente dizer isso. O tamanho de Sam, sua serenidade, seus olhos, sua aparência rústica — ele com certeza é cativante. — Me ajuda a entender, vamos colocar dessa forma.

Isso finalmente me faz cair na gargalhada.

— Olha — Marco diz, levando as mãos aos meus ombros —, toda essa situação é tão estranha. Francamente, está além da compreensão. Mas você, *nós*, temos que nos recompor. Você é a mesma pessoa que saiu daquele hotel em Londres direto para os holofotes e nunca deixou de sorrir. Você é a vampira imperfeita, manipuladora e de bom coração preferida do mundo. Você é a mulher que fez milhões de pessoas rirem como Tessa em *Rodeo Girls* e como Veronica em *Pearl Grey*. Você é amada. — Ele se agacha. — Com ou sem Sam, eu acredito mesmo que você vai arrasar. Na verdade, não tenho dúvidas. Ele é uma complicação, um aborrecimento. Você está muito acima disso.

Eu concordo com a cabeça.

— Continue falando.

Ele beija minha bochecha e me solta.

— Infelizmente, preciso pegar o meu voo. Você tem que estar no *set* amanhã às cinco da manhã. Primeiro é você e o Nick, quase exclusivamente. O que é bom — ele me lembra. — Você não tem histórico com o Nick. Isso vai te dar tempo para se adaptar. Você *tem* que mandar bem.

Posso não ter histórico com Nick, mas *mandar bem* ainda significa que tenho que deixar todo o resto de lado. Nada mais importa a não ser me transformar completamente em Ellen. E o que Ellen faria em uma situação como esta? Ela se daria um momento para ficar brava, para ficar triste, para ficar o que ela precisasse ficar, e então iria botar a mão na massa. Sem desculpas.

Seguro Marco com força, me perguntando se cometi um erro e deveria ter pedido a ele para ficar. Mas não — não preciso de babá.

Se transforme em Ellen.

Eu sei quem pode me ajudar a colocar a cabeça no lugar. Solto Marco e digo:

— Tenha uma boa viagem. — Faço uma pausa. — Você sabe onde posso encontrar um telefone fixo?

Com um sorriso, ele aponta de volta para a Casa Comunitária.

— No escritório, lá em cima.

Ele nem precisa perguntar para quem vou ligar.

MAMÃE ATENDE NO QUARTO TOQUE, DESNORTEADA, deixando o telefone cair antes mesmo de ouvir um *oi*. Eu a imagino na cozinha, usando o telefone fixo com um fio enorme que ela enrola na mão enquanto conversa, andando pela cozinha ampla e iluminada.

— Alô?

— Mamãe?

Ela solta um suspiro feliz.

— Tate! — Uma cadeira range no azulejo. Ela vai se sentar, mas sei que não vai durar muito.

— Ei, mamãe.

— Me conta tudo.

Antes mesmo de eu começar, ouço-a arrastando a cadeira e se levantando. Enquanto ela anda, guarda a louça, parece começar a cozinhar algo — mas depois sai para o jardim, puxando o longo fio atrás dela —, eu conto sobre a fazenda, sobre o chalé, sobre o trailer de maquiagem com Charlie, Nick e Trey.

E então conto tudo sobre o encontro com Sam.

Sobre como a fazenda, a princípio, parecia um verde infinito, mas agora parece uma pequena bolha verde.

É estranho que mamãe nunca tenha conhecido Sam, não faz ideia de como ele é. Estranho, porque a sensação de vê-lo novamente ainda pulsa em mim como um batimento cardíaco extra, e é difícil explicar por que fiquei desconcertada ao vê-lo com barba — porque, de alguma forma, sempre soube que ele deixaria a barba crescer.

Estranho, porque é difícil explicar como seus olhos parecem exatamente iguais, mas totalmente diferentes também. Agora há sabedoria neles, da qual não fiz parte. Tive casos insignificantes que duraram mais do que meu relacionamento com Sam, então por que estou com ciúmes de catorze anos? Aliás, por que estou com ciúmes?

— Porque ele foi o seu primeiro — mamãe diz, como se eu fosse uma idiota. — Não só o primeiro cara com quem você transou...

— *Mãe.*

— ... mas a primeira pessoa com quem você compartilhou quem você *é*. Ele foi a primeira pessoa para quem você confidenciou sobre o seu pai. Ele foi a primeira pessoa que soube que você queria ser atriz. E ele vendeu essa informação.

— Pode ser — murmuro, roendo a unha do polegar. Embora quando ela coloca dessa maneira... dá.

O silêncio se alonga entre nós, e sei que ela está esperando que eu fale mais, mas não tenho mais nada a dizer sobre isso.

— Você não mencionou o seu pai nenhuma vez — ela diz. — É intencional?

Na verdade, isso me faz rir. Vinte minutos sem me estressar por estar fazendo um filme com meu pai. Talvez a única bênção do reaparecimento de Sam seja que, de repente, meu pai é a menor das minhas preocupações.

— Ele tem uma namorada no *set* — conto. — Ainda não interagi muito com ele.

Mamãe exala devagar.

— Sinto muito, querida.

— Por que *você* sente muito?

— Porque sei o que você queria que isso fosse.

Sinto meu peito ficar muito apertado.

— O que eu queria que fosse?

É a sua vez de rir, mas não é zombaria.

— Tate.

Levo a mão aos lábios para voltar a roer a unha do polegar, deixando sua gentil pressão desatar meus pensamentos.

— Não quero colocar palavras na sua boca — ela diz gentilmente —, mas acho que você esperava que isso fosse uma reviravolta no seu relacionamento com o Ian.

Por um instante, deixo o devaneio voltar: me sentar com ele entre as tomadas, cabeças próximas, analisando as cenas, anotações, ideias. A fantasia parece desgastada, um livro que foi lido inúmeras vezes. Sei que mamãe está certa: eu queria mesmo que isso fosse uma reviravolta para nós. Eu queria ser sua companheira pelo menos uma vez. Queria sentir que finalmente ele era conhecido, acessível.

— Preciso superar isso — digo.

— Você só precisa proteger o seu coração.

Estou ciente de como as consequências do meu relacionamento com Sam em Londres mudaram não apenas minha perspectiva, mas a dela também. Ela costumava ser tão otimista; agora ela é a voz da cautela.

— O que preciso mesmo é arrasar amanhã — falo.

— Você vai arrasar. — Ouço a geladeira se abrindo e fechando. — Cada vez que você olhar para o seu pai, lembre-se, a melhor coisa que ele já fez foi você.

A CASA COMUNITÁRIA ESTÁ VAZIA QUANDO SAIO do escritório. Meus passos ecoam pela longa escada de madeira. Deixando o estresse da leitura para trás, consigo realmente apreciar o espaço desta vez. A sala principal parece uma caverna, com o belíssimo teto abobadado e o piso de madeira brilhando de tão polido. O espaço todo é rodeado por janelas e, ao fundo, há um palco que parece ter recebido ótimas bandas e shows, mas que agora é um local de armazenamento para equipamentos de áudio.

O silêncio me permite imaginar o espaço em um contexto diferente — quando a fazenda é alugada para uma reunião familiar e as pessoas dançam alegremente, ou quando está lotada de estranhos comendo após longas horas ajudando com a colheita da maçã no outono.

Vozes soam do lado de fora, na parte baixa da colina em uma pequena clareira. Vou até lá e descubro que uma tenda foi montada, com cordões de luzes, algumas mesas e um bar improvisado. Parece a cena de uma recepção de casamento, e percebo que eles transformaram o cenário do baile da cidade em um bar para o elenco e a equipe por enquanto. As abas laterais da tenda estão viradas para cima e o ar quente e seco circula pelo espaço. Os ventos sopram do leste, e o sol permanece baixo no céu, tornando o horizonte uma pintura rosa e púrpura.

Não vejo Gwen, Sam ou meu pai e sua namorada misteriosa, mas Devon está lá, sentado a uma mesa com Liz e Deb, cada um com uma garrafa de cerveja na mão.

— Ei, moça — Liz diz, levantando o queixo para mim. — Você está bem?

A pergunta cai como uma pedra. Porém, é justo ela querer saber se há algo acontecendo comigo que eles deveriam saber.

— Estou bem! — respondo, com um sorriso radiante. A piscada talvez tenha sido um exagero. — Muito impressionada com este lugar incrível.

— Né? — Deb aponta para o bar. — Eles prepararam alguns drinques ali. Vá pegar algo para você antes do jantar.

Eles parecem relaxados e felizes e voltam com facilidade à conversa quando eu saio. Liz inclina a cabeça para trás, gargalhando de algo que Devon acabou de dizer — o que me diz que qualquer receio que alguém possa ter sobre minha capacidade de canalizar Ellen não está ocupando cada um de seus momentos da mesma forma que meus receios estão ocupando os meus.

Por cima do ombro de Liz, vejo que Nick também está aqui, em uma mesa no canto oposto, lendo um livro. Ele olha para cima quando me avista, colocando o livro virado para baixo sobre a mesa.

— Aí está ela. — Ele pega sua cerveja e a leva à boca sorridente. — Estava me perguntando para onde você foi depois da leitura.

— Depois da leitura terrível — corrijo.

Ele ri.

— Eu não ia dizer isso.

— Fui ligar para a minha mãe. — Ao olhar para ele, acrescento: — Não se preocupe. Vou estar melhor amanhã.

Nick concorda com a cabeça e levanta o queixo para indicar alguém por cima do meu ombro.

— Sei que vai — ele diz, voltando sua atenção para mim. — Eu estava lá quando você o viu, sabe.

Uma risada surpresa explode de mim. Em todo o meu processamento pós-conversa com Sam, tinha esquecido que Nick — e meu pai — estavam lá quando tive aquele encontro. Devo ter parecido uma lunática.

— Você esqueceu que eu estava lá — ele adivinha.

Começo a responder, mas me assusto um pouco quando alguém coloca duas cervejas na mesa entre nós e depois desaparece.

— Então, quem é ele?

— Ele é o roteirista — digo, sem alterar a voz.

Nick sorri.

— Eu sei *disso*. Quero dizer, quem é ele para você?

Tomo um gole da cerveja e observo a boca de Nick, a maneira como ele desliza os dentes sobre o lábio. O brilho possessivo e sedutor em seus olhos me lembra: *você é minha nesta filmagem*. Se esse brilho é para nossos personagens ou para a vida real, não tenho certeza. Mas seja o que for, a química estala entre nós, e eu me agarro a ela, grata por não ter sido um acaso em Los Angeles, que o que quer que tenha acontecido durante a seleção de elenco ainda está aqui nesta enorme fazenda.

— Eu o conheci quando era mais jovem — admito, tentando ser honesta sem ser muito específica. — Não o via há muito tempo e isso me surpreendeu.

Suas sobrancelhas se erguem em um sinal de ceticismo, como se as palavras *isso me surpreendeu* fossem um eufemismo dramático.

— Vocês dois namoraram?

— Não foi bem um namoro. Tivemos um caso de férias uma vez.

— Sua reação foi maior do que ver um caso antigo.

Dou de ombros e digo:

— Você sabe como tudo parece mais intenso quando somos jovens.

Nick concorda, sorrindo. Ele toma um gole longo e lento e, em seguida, coloca a garrafa na mesa, apoiando os cotovelos para que possa se inclinar para perto e confidenciar:

— Sei que você estava estressada hoje. Mas não foi tão ruim quanto você pensa. O clima na sala estava estranho, com todo mundo lá só morrendo de vontade de ver você e o seu pai juntos. Não importava o que qualquer um fizesse lá em termos de atuação. Seria um circo de qualquer maneira.

— Obrigada por dizer isso — digo, baixinho.

Nick passa o dedo nas costas da minha mão. Não é um gesto sensual, é um gesto gentil para chamar a atenção, um gesto de redirecionamento.

— Acho que essa tensão é boa — ele diz. — Você e o Sam. Use isso. Ele é o seu Daniel, o garoto por quem você se apaixonou e que te machucou. — Ele olha por cima do meu ombro novamente.

Desta vez, eu me viro e percebo que não é alguém da equipe trazendo cerveja para nós; desta vez é Sam com Gwen e o executivo do estúdio, Jonathan, perto da mesa que serve como bar. Meu estômago se revira. Eu me volto para Nick, tentando não parecer abalada.

— Eu sou o seu Richard — Nick me lembra. — Você não quer se apaixonar de novo, você acha que não precisa disso. A última vez que alguém veio à sua fazenda, ele a persuadiu quando você tinha dezesseis anos, te levou para Minneapolis e depois revelou ser um mentiroso e um traidor. — Nick me observa, vendo coisas demais, eu acho. — Então é assim que vejo: quando eu chego, você já não quer saber de outro homem de novo. Estou certo?

— Sim — digo, sorrindo com calma. Apenas dois atores, falando sobre como posso usar meus sentimentos de raiva e vulnerabilidade para canalizar melhor minha personagem. É tudo parte do trabalho, no final das contas. — Talvez não seja uma coisa ruim que ele esteja aqui.

— Nada disso é ruim. Use esse ressentimento, resista a mim. — Ele pega sua cerveja de novo e pisca. — Eu vou te conquistar.

dezesseis

CHARLIE APARECE AO MEU LADO, PRONTA PARA um rápido retoque entre as tomadas. Enfiado entre seus dedos, os pincéis parecem formar uma estrela ninja... ou talvez seja o efeito de sua mandíbula contraída e seus olhos que gritam *fique quinze metros distante* todas as vezes que Sam está próximo.

O primeiro dia no *set* está indo... hã, bem. Não estou ótima, não estou terrível, mas não estou nem perto de onde queria estar. Estou tentando capturar a cautela de Ellen, sua força e também a maneira como ela não consegue resistir a Richard, não importa o quanto ela tente. É muito para equilibrar apenas através de pausas significativas, olhares demorados, da mudança de uma expressão. *Isso é atuar, Tate. Você está sendo muito bem paga para fazer isso*, eu me lembro.

Nós nos preparamos para uma tomada e o silêncio cai sobre o *set*. Na expectativa do silêncio, Nick pisca, estreitando os olhos para mim. Baixinho, ele resmunga:

— Você está pronta para ser completamente seduzida por mim?

Seguro uma risada e me concentro na intensidade de seus olhos. Ele tem tanto em jogo quanto eu. Nick poderia cair fora da sequência de papéis de ação. Os roteiros que nós dois começaríamos a receber, se *Milkweed* for tão bom quanto pode ser, estão a quilômetros de distância dos tipos de projetos que chegam ao meu e-mail todos os dias. Não que eu não ame filmes fofos, mas já sei que consigo fazer filmes de histórias paranormais e comédias. Já sei quem sou nesses papéis. Nunca tive que me esforçar tanto quanto agora. Eu lembro a mim mesma de que é para ser difícil mesmo. *Tudo bem* se é difícil.

Um cara se aproxima com a claquete, e Feng, nosso diretor de fotografia, ordena a batida. Quando ela bate perto do meu rosto, e depois do de Nick, estamos rodando a cena catorze, tomada sete.

EXT. FAZENDA DA FAMÍLIA MEYER, QUINTAL — DIA

Ellen sai do galinheiro, segurando meia dúzia de ovos em seu avental. Indo para a varanda, ela se surpreende ao ver Richard ali com o chapéu nas mãos.

ELLEN
Você quase me fez derrubar os ovos.

RICHARD
Isso teria sido uma pena.

Os dois ficam parados com o silêncio os engolindo. Ellen espera que ele vá direto ao ponto. Ele claramente se preparou para isso. Finalmente:

ELLEN
Você está aqui para me vender ração, Richard Donnelly?

RICHARD
Estou aqui para te convidar para jantar, Ellen Meyer.

Com uma risada curta, Ellen passa por ele e sobe os degraus da varanda. Ele a observa ir e sorri quando ela se vira para encará-lo.

ELLEN
É muito difícil vir aqui e só para perguntar isso, e agradeço a sua coragem e a sua energia, porque Deus sabe que é uma longa caminhada da cidade até aqui. Não é por causa da cor da sua pele ou da minha. Mas a última coisa que preciso na vida é de outro homem nela.

— Corta.

Gwen tira os fones de ouvido e caminha em nossa direção. Ela sobe os degraus até mim, enquanto Trey se aproxima de Nick para retocar o pó na ponta do nariz e na testa. Gwen fica de costas para a equipe e se concentra inteiramente em mim. Seus olhos são de um azul cristalino e seu cabelo passou de loiro platinado para branco, quase sem transição. Embora eu seja mais alta, ela é tão intimidante que posso sentir a palma das mãos suando.

A distância, vejo a sombra ameaçadora de Sam. Perto do painel de telas, vejo meu pai andando de um lado para o outro com os braços cruzados sobre o peito. Não sei por que ele está aqui, já que não está na lista de chamada hoje, mas só posso supor que ou ele está preocupado com meu desempenho ou tentando interpretar o papel do superpai envolvido. Pisco de volta para Gwen e sorrio.

— Oi.

— É muita coisa — ela diz. — Eu sei disso.

— Está tudo bem. Estou só tentando encontrar a voz da Ellen. — E tentando ignorar dois homens na plateia que me distraem muito.

Ela acena com a cabeça, semicerrando os olhos.

— É só o primeiro dia. Você tem tempo para chegar lá. — Pausa. — Se te serve de alguma coisa — ela diz, baixinho —, ele precisa disso mais do que você. Não é você que me preocupa.

Ela está falando sobre meu pai, mas me sinto encorajada.

— Eu precisava ouvir isso. — Por vontade própria, minha cabeça vira e meus olhos encontram Sam na multidão. Ele está nos observando, olhos estreitos, como se estivesse tentando ler nossos lábios.

Sem muito sentimentalismo, Gwen me dá um tapinha no ombro.

— Você está bem?

— Estou. — Fecho os olhos e respiro fundo, enquanto seus passos martelam as escadas. Sei que posso fazer isso e há muitas pessoas esperando que eu assuma a responsabilidade e dê o *meu* melhor.

Mas apenas uma dessas pessoas assombrou meu sono na noite passada. Olho para onde Sam está, perto das árvores, no limite do "quintal" de Ellen. Nossos olhos se encontram e um pedaço de mim volta no tempo, me agarrando à sua tranquilidade sólida como eu costumava fazer, sentindo aquela estranha consciência de que ele é meu farol, um porto seguro.

Mas então ele me dá um único aceno rápido. É com certeza um *não foda com tudo*, que dissolve qualquer ternura nostálgica e me deixa puta da vida. Minha adrenalina sobe e eu me viro, captando meu reflexo na janela da casa da fazenda.

A visão me deixa paralisada.

Para os atores, há algo que acontece quando estamos com o figurino que nos transporta para o coração do personagem que estamos interpretando. Eu com certeza senti essa mudança mais cedo, quando me vi com as roupas de Ellen, toda maquiada e com a peruca. Mas aqui, na varanda dos fundos da casa da fazenda, com o vento agitando o vestido e minha boca na expressão dura e determinada que imaginei que Ellen faria cem vezes por dia, me sinto possuída por outra pessoa.

Olha para ela, digo a mim mesma. *Não é você. É a Ellen. Seja ela.*

Foda-se meu pai e sua namorada de vinte e poucos anos. Foda-se Sam e sua opinião sobre minhas habilidades de atriz. E foda-se quem pensa que há alguma chance de eu não ser perfeita para este papel.

Uma energia clara e delirante surge em mim assim que Feng grita que estamos filmando. Olho para Nick e sei que ele está no clima também. Seus olhos reluzem enquanto encenamos; acertamos cada tom que precisávamos acertar e a química estala entre nós. Navegamos pela cena e fazemos isso mais uma vez para a tomada principal, antes de Gwen nos dar um intervalo de quinze minutos, e a equipe montar as câmeras para as tomadas mais fechadas.

Nick me dá um "toca aqui" antes de subir a colina até os banheiros, e eu vou para um lugar tranquilo à sombra de uma grande macieira, fugindo do sol do fim do verão no norte da Califórnia.

Charlie se aproxima, me dizendo para me sentar em um banco ali perto e, com cuidado, arruma a maquiagem ao redor dos meus olhos.

— Você está bem?

— Estou melhor agora. Essa última tomada foi boa, né?

— Essa última tomada foi do caralho — ela concorda. Olha por cima do ombro para onde Sam está com Gwen, curvado sobre o roteiro. Os dois estão concentrados na conversa.

Bato em seu braço para ela voltar sua atenção para mim. Charlie sempre me protege, mas sua mamãe ursa interior está em alerta máximo desde que soube sobre Sam.

— Seu rosto feroz é bem épico.

Ela rosna.

— Aquele garoto não tem ideia do que vai enfrentar se tentar voltar para as suas graças. Além de conseguir te deixar seis anos mais nova com o poder dos meus pincéis, também sei alguns movimentos de luta bem épicos.

— Sabe?

— Até onde Sam Brandis sabe, sim.

Dou risada.

— Vai ser difícil manter distância dele — admito. — Quero dizer, ainda mais com ele tendo uma relação tão transparente e criativa com a Gwen. Não vai dar para evitá-lo o tempo todo.

Ela puxa um pincel e um pouco de pó de seu avental e passa nas minhas bochechas.

— Quero dizer, mesmo se você pudesse, seria estranho, né?

Mordo o lábio ao considerar isso. Não é que fofoca me assuste. Mas a fofoca que foge do meu controle, sim. Desde minha criação ao relacionamento com Chris, à minha série de "namorados" escolhidos principalmente por assessores de imprensa, minha vida até agora tem sido resultado de rumores cuidadosamente cultivados. Sei que meu pai e Nick, talvez outros também, viram minha crise quando encontrei com Sam ontem. Então, tenho que ser estratégica e descobrir que narrativa vou inventar.

Quando olho para cima, Sam e Gwen já terminaram de conversar, e ele está a apenas uns dez metros do nosso abrigo sombreado. Ele olha para mim e depois se afasta com pressa.

— Ele está esperando. — Eu me dou conta.

— Para falar com você?

— Acho que sim.

— Você quer que eu fique aqui e retoque a sua maquiagem pelos próximos quinze minutos?

Eu rio, mas meu estômago se contrai de ansiedade.

— Não, tudo bem. Vamos precisar interagir em algum momento. Vamos ficar aqui por umas seis semanas.

Com um rápido beijo no ar perto da minha bochecha, Charlie volta para o *set*, atirando adagas em Sam. Ele vem na minha direção quase no mesmo instante. Seus olhos se fixam no meu rosto ao se aproximar, com uma expressão difícil de decifrar. No momento em que ele se senta ao meu lado no banco e coloca as mãos nos joelhos, meu coração salta para a garganta.

Sorrio para ele quando ele se senta, mas tenho certeza de que ele percebe o desdém que não consigo tirar dos olhos. Ele engole em seco, desviando o olhar do meu rosto e voltando-o para o *set*.

— É incrível ver você trabalhar. — Não digo nada e ele acrescenta: — É estranho para mim como foi bom. Você foi exatamente como ela.

Sei que não deveria, mas olho para ele. Ele está vestindo uma camisa azul de linho de botão, jeans surrados e as mesmas botas marrons de que tanto gosta. Quando olho para as suas mãos, deduzo que ele não passa *todo* seu tempo escrevendo roteiros, ele ainda tem a aparência calejada e rude de um fazendeiro.

— Eu fui exatamente como você imaginou a Ellen?

Ele me encara por alguns segundos, franzindo a testa, e depois afirma com a cabeça.

— Foi.

Não quero que ele veja como isso me deixa aliviada, então desvio a atenção para a colina onde Nick e Devon estão dançando feito idiotas, e Liz está rindo histericamente.

— Olha — Sam diz, trazendo minha atenção de volta para ele. — Sei que as coisas são complicadas entre nós...

— Não há complicação, Sam. Não há nós.

— Ok — ele reconhece. — O que estou tentando explicar é que não queria que você fizesse o papel sem saber que eu estava envolvido, mas quanto mais eu pensava em você como ela, como a Ellen, mais eu queria de verdade. Lamento que você tenha sido pega de surpresa ontem, mas eu queria que soubesse que também estou muito feliz por você ser ela. É... meio que perfeito.

Não sei o que fazer com isso ou como processar a sensação que desce pelos braços até a ponta dos dedos. É perigoso estar tão perto dele, e não porque eu o quero, ou quero que ele me queira, mas porque meu corpo não sabe mesmo como reagir a ele. Uma centena de sentimentos passam por mim a cada minuto. Estou com raiva? Indiferente? Feliz em vê-lo bem? Acho que o fato de que nunca consegui deixar de estar apaixonada por ele, que apenas tive que seguir em frente, tropeçando em algo novo e totalmente diferente, significa que meu cérebro e coração não conhecem o protocolo para isto aqui.

Mantenho a expressão neutra.

— Mas parecia que você não tinha certeza se eu poderia fazer isso — eu o lembro.

— Tenho absoluta certeza de que você pode — ele diz, baixinho. — E, olha, eu só estava me lembrando, apesar de tudo, de como a gente formava um bom time. Estou no seu time, Tate.

A maneira como nossos pensamentos entravam em sintonia reverbera em mim.

Mas...

— *Aquela* era a sua maneira de estar no meu time? Com um aceno de cabeça zangado?

— Não quis que parecesse zangado. — Ele solta um longo suspiro e parece murchar. — Isso é difícil para mim também, ok? Muito complicado mesmo. —Começo a rir e ele logo acrescenta: — Quer dizer, com certeza sei que é mais difícil para você...

A autopreservação vem à tona.

— Não é só ter você aqui que é estressante. Meu pai também está aqui.

Acho que dizer isso em voz alta foi um erro. Percebo pela maneira como Sam se vira e olha para mim.

— Pensei que vocês dois eram próximos.

Agora estou presa entre mentir e oferecer a ele algo real que não tenho certeza se estou disposta a compartilhar. Recordo da última noite quando Sam havia prometido vir comigo para Los Angeles para encontrar meu pai. Em vez disso, passei por toda essa farsa sozinha desde então.

Espera, me dou conta, *Sam acha que ele é o herói desta história*, reunindo pai e filha, me permitindo ter uma carreira dos sonhos. Partes disso são verdadeiras, partes não, mas de qualquer forma, ele não pode ser o mocinho desta história.

— Quero dizer — ele diz —, é assim que parece do lado de fora.

— É assim que deveria parecer. — Eu me levanto, bato a sujeira na parte de trás da saia e volto ao trabalho.

NA SEMANA SEGUINTE, FILMAMOS as cenas que finalmente levam ao momento em que Richard conquista Ellen — passamos pelo outono e pela chuva falsa e chegamos ao verão e ao sol brilhante criado por uma centena de luzes intensas, apontadas diretamente para a varanda. No momento em que Nick fica em posição, de frente para mim do outro lado do quintal, o relacionamento que, a princípio, era embrionário parece ter se transformado, e estou nervosa de um jeito eletrizante e impaciente ao ver Richard chegando com flores nas mãos.

```
EXT. FAZENDA DA FAMÍLIA MEYER, QUINTAL — NOVO DIA

Ellen levanta a cabeça e vê Richard rondando a casa,
segurando flores. Cautelosa, ela olha para o pai na
cadeira de balanço na varanda — sua expressão está
vazia — e volta a olhar o homem em seu gramado.

                     RICHARD
        Olá, Ellen.


                     ELLEN
        Minha resposta ainda é não.

Richard acena com a cabeça, tirando o chapéu.
```

RICHARD

Você se importaria se eu perguntasse de novo amanhã?

Ela morde o lábio para reprimir um sorriso. Com um sorriso discreto, Richard se vira para sair. Da varanda, seu pai olha para cima e parece estar presente.

WILLIAM

Você gosta dele.

ELLEN

Ele é uma boa pessoa.

WILLIAM

Uma boa pessoa? Vejo como você fica aqui fora, esperando que ele apareça todos os dias. Mas não achei que você se importasse tanto com o que a cidade pensa sobre com quem você vai jantar.

Ellen encara William. É a primeira coisa lúcida que seu pai diz em dias, e isso a pega de surpresa.

ELLEN

Não *me* importo com o que eles pensam.

WILLIAM

Então por que recusa um bom jantar com um homem bom?

ELLEN

O senhor acha que tenho tempo para um bom jantar *ou* um homem bom?

WILLIAM

Se quiser, você arruma tempo. Sei que você não quer outro Daniel, mas não quero que você se sinta sozinha.

Profundamente afetada com isso, Ellen vai até a varanda lateral e vê Richard no meio do caminho: chapéu, postura ereta, rosas nas mãos.

ELLEN
Eu não gosto de rosas!

Richard se vira e, com um sorriso, joga as flores no campo.

RICHARD
Quais rosas?

ELLEN
Não gosto de flores.

RICHARD
Sem problemas.

ELLEN
Mas gosto de carne. Acha que pode me encontrar um bom bife?

O sorriso radiante de Richard poderia iluminar uma noite escura. Ellen sorri e tenta se conter, se endireitando. Ela se volta para o pai.

ELLEN
Feliz agora?

WILLIAM
Só pega o suco, Judy. Já te disse que estava com sede.

Ellen o encara por mais um instante e então suspira. Os olhos do pai estão sem brilho. Ele está perdido na demência de novo.

Gwen corta a cena, logo fazemos a transição para as tomadas de primeiro plano e então terminamos o dia, deixando o elenco mais jovem assumir o comando para encerrar as filmagens no cenário da varanda da parte de trás da casa. Tonta de alívio, olho para meu pai, que se levanta da cadeira de balanço e caminha até mim com um sorriso. A sensação na minha barriga é efervescente. Por mais que odeie sua aprovação, sei que a desejo também.

Ele passa os braços em volta da minha cintura e me levanta. Sinto os olhos de toda a equipe em nós. Sinto que estou me tornando Ellen. Estou completamente apaixonada por Nick como Richard: obcecada por seu sorriso tímido, sua confiança discreta, bom coração e como ele fica de terno.

E meu pai foi brilhante: sereno, sábio, e então tempestuoso. Seu retrato do amado e perdido William trouxe à tona algo mais profundo em mim, uma percepção de que ele envelhecerá, de que ele pode esquecer isso — e me esquecer — algum dia. Eu o abraço com mais força, minha generosidade alimentada por adrenalina e alívio. Eu me pergunto quantas fotos foram tiradas desse momento pai-filha. Acho que é o primeiro abraço verdadeiro que trocamos, mas sei que ninguém mais o ouve quando ele diz:

— Você está quase lá, filha. Continue assim.

Meu sangue ferve e temo explodir se deixá-lo soltar outra fala passivo-agressiva, então me afasto e sorrio calorosamente, virando-me para sair da varanda. Ao descer a escada, sou pega de surpresa ao ver Sam ali, com os olhos vermelhos, conversando com Liz. Ele ergue a mão, rindo, e a passa no rosto.

Ele estava *chorando?*

Sendo sincera, é difícil de imaginar, mas se eu tentar enquadrá-lo em minha mente da maneira como vi outros escritores no *set* — profundamente emocionados ao ver seus trabalhos sendo reproduzidos —, talvez eu consiga ter uma ideia de como é essa experiência para ele. Uma pequena fratura se forma em meu muro "Odeio Sam".

Antes que eu possa processar isso, Charlie entra na minha frente, bloqueando minha visão. Estou ferrada.

— Por que estamos olhando para o Satanás?

— Eu não estava olhando.

— Estava. Você está sentindo coisas boas, Tate Jones?

— Eu não estava, é só... — Eu me inclino para o lado para espiar novamente. — Ele está chorando?

Ela nem se vira.

— Não damos a mínima se ele chora. Nem temos certeza se ele tem sentimentos, lembra?

— Lembro — digo, obediente, endireitando-me e sorrindo para ela.

— Temos escolhas muito melhores para decisões ruins na categoria de homens-brinquedo: Devon, Nick, e até o Jonathan ainda está aqui.

— Eca. — Torço o nariz. Jonathan Marino não só fez muitas cirurgias plásticas, mas também tem quase a idade de meu pai. Além disso, executivos de estúdio e atrizes são uma combinação dos infernos. — Não, o Jonathan não.

— Não, o *Sam* não — ela rebate e pega meu braço, me guiando para longe do *set*.

Assim que estamos longe da casa da fazenda, uma brisa nos atinge — uma gloriosa explosão de ar fresco com cheiro de maçã.

— Ainda são duas da tarde. Trey e eu vamos nadar no lago — ela diz. — Quer vir?

Uma tarde inteira aqui, livre? Normalmente, em locações de filmagem, eu voltaria ao meu apartamento local ou, quando estávamos filmando *Evil Darlings*, eu ia para casa. Mas aqui a locação se transforma de *set* para um campo assim que Gwen nos dispensa. A ideia me deixa inebriada.

— Podemos levar cerveja e decisões ruins? — pergunto.

Os olhos de Charlie brilham. Ela olha para trás.

— Nick! Lago! Vamos nadar!

O LAGO É PEQUENO, MAS PROFUNDO, E SUA bela superfície cristalina cor de safira reflete as árvores quase como uma imagem espelhada. Fica no meio de uma floresta, longe o suficiente da clareira da casa da fazenda para que não possamos ouvir nada do *set* e, mais importante, eles também não conseguem nos ouvir. Nós quatro caminhamos até a outra extremidade do lago, onde há uma pedra grande, lisa e inclinada com espaço para estendermos nossas toalhas e nos bronzearmos ao sol.

Nick e Trey usam bermudas baixas na cintura e eu invejo o óbvio conforto do corpo masculino sem camisa. Estou com um maiô preto simples e passo protetor solar como se fosse viajar para a superfície do sol. Charlie se deita ao meu lado em um biquíni minúsculo, sua pele dourada brilhando com óleo.

— Você está *tentando* pegar câncer? — pergunto.

Ela abre um olho apenas o suficiente para que eu a veja revirá-lo.

— Shh.

Atrás de nós, na parte alta da rocha, Nick desce correndo, dá um salto sobre nossos corpos deitados e pula na água como uma bala de canhão.

Quando ele sobe, ofegante, gritando que a água está gelada pra caramba, Trey levanta as duas mãos, dando uma pontuação de oito.

— Oito? — Nick protesta. — *Oito?* Pulei sobre duas pessoas!

— Dedução de pontos pela chegada na água. — Trey dá um gole em sua cerveja.

— Eu entrei tão limpo!

— Acho que um salto desses tem a ver com a quantidade de água que espirra — Charlie explica, sem abrir os olhos.

— Cara, que bobagem. — Nick sai da água com dificuldade e se deita de barriga para baixo com o corpo pingando na pedra quente. Ele solta um gemido longo e feliz. — Nossa, esta é a melhor pedra do planeta.

Todos nós soltamos um "aham" concordando.

— Foi bom — Nick murmura, e então olha para mim com os olhos semicerrados por causa do sol. — Hoje, quero dizer. Foi bom, Tate. Hoje foi bom. *Nós* fomos ótimos.

Coloco a mão sobre os olhos para olhar para ele.

— Fomos.

— Você pode imaginar? — ele diz, sorrindo. *Esperançoso.*

— Não começa — digo, como uma profunda advertência. Ficar eufórico antes mesmo de o filme ser filmado é um caminho perigoso.

Nick me dispensa com um aceno.

— Eu sei, eu sei.

Eu me apoio em um cotovelo.

— O que fez você querer esse papel?

Nick se apoia nos antebraços.

— Você quer uma resposta séria?

— Ora, sei que é um ótimo papel — digo. — Acho que estou perguntando o que te atraiu de verdade.

— Richard é um cara negro que salva uma mulher branca nos anos 1960, passa a concorrer à câmara municipal com ela e conquista uma comunidade inteira com a força de seu caráter sozinho. Não tinha como recusar.

— Você acha que o Richard salva a Ellen?

— Sem dúvida, acho.

É engraçado. Sempre pensei que o roteiro não era sobre eles serem salvos, mas sobre cada um deles encontrar sua cara-metade. Achei que fosse sobre a coragem de duas pessoas lutando contra a intolerância e o racismo e se tornando líderes em sua comunidade.

Mas acho que entendi o que ele quis dizer.

— Você quer dizer que ela teria ficado sozinha pelo resto da vida se ele não tivesse aparecido.

Nick concorda com a cabeça.

— Exatamente. Ellen estava pronta para envelhecer mesmo que ainda fosse tão jovem. Richard não deixou que isso acontecesse.

Por alguma razão, isso me acerta em cheio, um tiro direto. Quer Nick perceba ou não, ele acabou de encontrar meu calcanhar de aquiles: a sensação de que parei de ser jovem no segundo em que deixei Londres.

Alheio ao congelamento interno do meu cérebro, Nick continua:

— Então. Recapitulando. Já temos uma semana de filmagem. Tate estava certa sobre o Devon, o despertador ambulante, e nosso desagradável secretário de produção não fumante ocasional. Quem quer falar sobre a Tate e o escritor?

Charlie e eu dizemos "não" em uníssono.

Com uma risadinha, Nick parece deixar para lá. Inclino o rosto na direção do sol e sinto o calor penetrar fundo na pele.

— Podemos pausar o tempo neste exato momento?

Nick também vira o rosto para o céu.

— Achei que o seu pai poderia se juntar a nós.

Sei que ele está brincando para tentar saber os podres, mas estou relaxada e feliz demais para manter meu muro de proteção bem alto. Aponto, sem olhar.

— Ele está com a namorada no chalé.

— O nome dela é Marissa — Nick diz, sorrindo.

— Eu me lembro — minto. Nick ri.

— Posso ser sincero? — ele pergunta.

Suspeito que não vamos mudar de tópico e logo fico desconfiada.

— Você pode falar sobre o que quiser, mas não garanto que responderei enquanto estiver nesta bela pedra quentinha.

Nick ri.

— É justo. Achei que essa filmagem fosse ser o tempo todo Tate e Ian criando vínculo na frente de todo mundo.

— Você não é o único — digo. Farei o que puder para evitar que as pessoas insistam na história de Sam. Se algumas migalhas da história Butler conseguirem isso, que seja.

Charlie se vira para nos encarar e me lança um olhar *posso falar abertamente?* Aceno com a cabeça.

— Posso garantir que é por isso que ele trouxe a Marissa — ela diz.

A insinuação dói um pouco, principalmente porque ela deve estar certa. Nick tenta entender.

— Você quer dizer que ele não quer criar um vínculo?

Murmuro um "aham", sem ter certeza se essa é a interpretação correta.

— É mais como se ele não soubesse como. Marissa é uma boa muleta. Nick se deita de costas, olhando para o céu.

— Então você não o conhecia mesmo durante a sua infância?

— Morei com os meus pais até os oito anos — conto. — E aí não o vi mais até os dezoito.

— Foi quando a história vazou — Nick diz.

Olho para Charlie, que olha para mim ao mesmo tempo. Nick está perigosamente se aproximando de onde Sam entra em cena.

— Pois é, estava na hora — digo a ele, soando tranquila. — Eu estava pronta para começar a trabalhar, então um assessor de imprensa fantasma deu o furo para o jornal.

Até meu pai apoiaria essa história, porque ele ainda acha que é verdade: que eu queria me reconectar com ele e estava pronta para começar uma carreira de atriz, então mamãe e vovó contrataram alguém para vazar a história. Na verdade, a princípio, ele ficou furioso com mamãe por ela não ter revelado o plano à sua equipe.

— Sério mesmo? É um feito publicitário bastante sofisticado para uma jovem de dezoito anos... — Nick diz, cético. Eu me pergunto quais informações ele tem e como ele as está revirando em sua mente desde que chegamos aqui.

— É sério. — Charlie se deita de bruços, ajustando a toalha embaixo dela. — Você percebe que a Tate está contando coisas que ela poderia vender para a revista *People* por, tipo, uns cem mil. É melhor você ser confiável.

— O quê — Nick diz, sorrindo —, você quer um toma lá dá cá? Eu poderia falar sobre a Rihanna. Ou minha noite com a Selena Gomez.

— Não, tudo bem — digo, rindo.

— Inferno, sim, me conta todos os detalhes sórdidos — Charlie diz.

Ele faz algumas confidências, nos contando partes de coisas que eu sabia e partes que, com certeza, não sabia. Não sei se ele é tão aberto com todo mundo ou se é a intimidade que tenho com Charlie e Trey que faz Nick se sentir como se estivesse em família, mas ele nos dá um vislumbre real de quem é: um ator como eu, que quer conexão, mas tem dificuldade em saber como fazer isso sob os holofotes do palco do mundo. Está óbvio que nenhum de nós se sairia muito bem tendo um caso no *set*, não importa o quanto ele queira que sua reputação me faça pensar que ele conseguiria.

Nick olha para cima e aponta para o outro lado do lago, onde Gwen caminha ao longo da margem com Sam e Liz. Os três estão concentrados na conversa. Suponho que já tenham terminado as filmagens do dia. O sol já está baixando, ameaçando se esconder atrás da linha das árvores e trazendo o ar frio sobre nós como um cobertor.

Eu me levanto, e Nick provoca:

— Vou descobrir o que aconteceu com você e o escritor.

— Por que você acha que é tão interessante? — pergunto, mantendo o tom brincalhão. — Eu te disse que éramos apenas crianças.

— Eu vou ficar aqui com você por quanto tempo? Dois meses? — ele diz. — Quero entrar nessa sua cabeça. E essa história parece uma amostra real de você. Você é um enigma, e já deveria saber disso.

Charlie e Trey ficam parados, como se estivessem se esforçando para ficar invisíveis durante a conversa.

— Sou um enigma?

— Linda, mas meio indecifrável.

Hum. É exatamente assim que eu descreveria meu pai.

dezessete

Estão todos reunidos na Casa Comunitária para jantar. Hoje temos frango assado, vegetais cultivados na fazenda, salada, pão e torta de maçã de sobremesa. Me sento com meu pai e Marissa, Nick, Gwen, Liz e Deb. É divertido e bom criar vínculo com todos eles juntos, mas me pego olhando ansiosa, de vez em quando, para a mesa barulhenta ao lado da nossa, com Devon, as versões adolescentes de Ellen e Richard, alguns dos membros mais animados da equipe... e Sam.

Apesar do que minha cabeça me diz, meus olhos sentiram falta da visão dele. É tão louco como envelhecemos, mas sem mudar de todo; como ainda posso ver o jovem de vinte e um anos nele. Eu o imaginei tantas vezes nos primeiros anos depois de Londres, tentava me lembrar exatamente de como ele era, do jeito como falava. E então me esforcei para esquecê-lo por completo e, em geral, consegui. É difícil acreditar que não estou olhando para uma miragem.

Minha atenção é atraída de volta para a nossa mesa quando percebo que meu pai está contando uma história sobre mim.

— ... ela correu pelo deck e pulou direto no rio. Achei que ia ter um ataque cardíaco.

Todo mundo ri com conhecimento de causa — *crianças, né?* —, mas eu reviro os pensamentos para localizar a história que ele está contando. A única vez que me lembro de correr e pular de um deck no rio foi em Guerneville, onde ele nunca esteve.

— Pelo visto, ela e a Charlie faziam isso o tempo todo — ele diz, balançando a cabeça. — Mas elas nunca tinham feito isso antes nas minhas visitas anteriores. — Ele olha para mim e pisca. Meus dedos gelam. —

Ela devia saber que eu iria ficar louco se visse isso. Ela é uma criancinha fofa de rio.

Ele está empolgado contando uma história sobre algo que nunca aconteceu. Não é inesperado que teríamos que compartilhar histórias inventadas entre pai e filha — tivemos que fazer isso uma ou duas vezes para entrevistas —, mas sei que Nick está me observando de perto, se lembrando do que eu disse antes. E por mais complicados que sejam meus sentimentos em relação a meu pai, não quero que ele seja exposto publicamente como um mentiroso. Estou ciente de que todo mundo está me observando, esperando que eu entre na conversa com o meu lado da história.

Sorrio para ele por cima da taça de vinho.

— Ninguém nunca se machucou — digo.

— Pelo que *eu* sei — ele provoca. Nossos olhos se encontram, e os dele estão tão cheios de amor que parece que ele acredita na mentira tanto quanto todo mundo.

— Espera, então — Gwen diz —, você está falando da Charlie, do cabelo e da maquiagem? — Ela olha para mim. — Vocês são mesmo amigas há anos?

— Desde pequenas, sim — confirmo. — Ela é uma figura.

— Ah, Charlie — meu pai diz, rindo. — *Ela* era arteira.

Ele se recosta na cadeira e entretém a todos com histórias de alguma versão fictícia da minha melhor amiga, tão ousadas que parecem fiéis ao espírito de Charlie, mas são completamente inventadas. Esquiar montanha abaixo em esquis de papelão, escalar caixas d'água que nossa cidade nem tinha. Olho em volta — passando depressa pela forma larga de Sam a apenas alguns metros de distância — e vejo Charlie em uma mesa com Trey e outros membros da equipe técnica. Faço uma nota mental para contar a ela mais tarde sobre todas as confusões em que ela se meteu quando era criança. Meu pai só a conheceu quando ela já tinha uns vinte e poucos anos.

Arrisco uma olhada de relance em Sam e, quando me viro, ele está olhando para mim, sorrindo de algo que Devon acabou de dizer. Mas seu olhar é distante, como se, na verdade, ele estivesse se esforçando para ouvir o que está acontecendo na minha mesa. Quando nossos olhares se encontram, ele pisca e foca em seu prato, espetando um pedaço de frango.

Sintonizo de volta em meu pai, falando agora sobre como foi ser voluntário em minha sala de aula e fingir que ele não era Ian Butler. Meu Deus. Percebo que Nick está dividindo sua atenção entre mim e meu pai como se estivesse tentando imaginar em que versão da história acreditar. Será que ele me vê como a filha amarga de uma lenda de Hollywood, tentando fazê-lo parecer um pai caloteiro? Ou ele vê, através das mentiras de Ian e meu sorriso, o disfarce que estamos tentando manter?

— Ok, pai — digo, finalmente, dando uma risada leve. — Chega de envergonhar a criança.

Ele sorri e estica o braço nas costas da cadeira de Marissa.

— Você sabe que gosta.

Sem palavras. Não tenho palavras.

Liz balança a cabeça para nós.

— Vocês dois são tão fofos.

— A maçã não cai longe do pé — ele diz.

— Ninguém mais fala isso.

Após um longo silêncio, ele joga a cabeça para trás e solta uma risada estrondosa. A pressão do momento é aliviada e todos riem também.

O vinho flui e até Gwen começa a se soltar, contando histórias de outras filmagens: desastres, sucessos, lendas urbanas que acabam se revelando verdadeiras. Por um curto período, ela até consegue manter meu pai quieto e atento. Mas então é a vez dele de novo e ele liga seu charme. Percebo vagamente que as mesas ao nosso redor vão ficando em silêncio para ouvi-lo e meu pulso se acelera, preocupada com o que ele vai dizer e ciente de que Sam está perto, ouvindo tudo.

Com algumas taças de vinho no sangue, não consigo mais ter controle sobre meus pensamentos e a coceira está de volta, me fazendo querer saber se Sam pensava em mim. Se ele viu minha vida decolando e se arrependeu de ter me largado. Seus sentimentos eram reais? Ou desde aquela primeira noite já havia sido uma brincadeira para ganhar dinheiro?

Sintonizo de volta em meu pai, vendo através de sua máscara de autodepreciação, de humildade. Ele está contando uma de suas favoritas, e pelo menos desta vez é verdade: a primeira vez que ele me visitou no set de *Evil Darlings* e como eu tinha controle total do elenco e da equipe. A mensagem nas entrelinhas é sempre clara: *Minha filha tem o toque especial, ela puxou a mim.*

De canto do olho, vejo Sam de pé, verificando o celular e perguntando a Devon algo que o faz apontar na direção das escadas, para o mesmo escritório que usei para ligar para mamãe antes. Ele se endireita e atravessa a sala como um navio cortando as ondas.

Ele vai fazer uma ligação.

Antes que eu perceba, a curiosidade me move e estou de pé, fingindo que preciso ir ao banheiro e seguindo Sam pela sala.

Não tenho nem certeza do que espero que vá acontecer, que informação acho que vou conseguir. Mas preciso saber onde ele esteve todos esses anos, para quem liga depois de jantar.

Assim que sai do refeitório e passa pela entrada, ele sobe as escadas de dois em dois degraus. Ele é tão comprido; talvez esteja com pressa, talvez seja apenas seu passo. Isso significa que tenho que recuar, ficar nas sombras. Minhas mãos estão suando. Meu cérebro está me dizendo para terminar o jantar e parar de brincar de detetive.

Só quero saber quem é Sam Brandis.

Ele entra no escritório, pega o telefone, e eu o ouço discar; há o bipe eletrônico do telefone fixo. No escuro, eu me encosto na parede.

Se Sam é o homem que pode escrever o roteiro pelo qual me apaixonei, como ele também pode ser o homem que me jogou para o mundo em Londres? Como esse escritor sensível pode viver dentro do corpo de um homem tão frio e sem coração? Eu me sinto em desequilíbrio. Talvez um pouco perturbada.

— Desculpa ligar tão tarde — Sam diz, baixinho. — O sinal aqui é uma merda. Não, estou bem. Quais as novidades?

Silêncio.

— Então eles vão manter você durante a noite? — ele pergunta. — Está bem. — Outra pausa. — Ok, pelo menos são boas notícias. Merda, desculpa por não estar aí.

É sobre a mãe dele? Ou Roberta? Ainda estou tentando obter pistas com as palavras que acabei de ouvir quando ele diz baixinho, com a voz grave:

— Tudo bem, Katie. Dá um beijo nas meninas por mim. Diga a elas que eu as amo. — Silêncio. — Pode deixar. Vá dormir um pouco.

DEITADOS DE COSTAS NA GRAMA OLHANDO para o céu, Charlie, Nick, Trey e eu continuamos com a missão de terminar todas as garrafas de vinho que foram deixadas pela metade nas mesas depois que todos foram embora.

Avisei Charlie que ela costumava esquiar com caixas de papelão. Relembrei Nick que ele jurou guardar segredo agora que descobriu que meu pai é um mentiroso. Deixei Trey fazer uma trança no meu cabelo. E durante todo esse tempo me sinto como um balão sendo enchido, a pressão aumentando dentro de mim, mas na taça de vinho número quatro, não aguento mais e me entrego.

— Então acho que ele é casado — digo. — E com certeza tem filhos.

Charlie está tirando a casca de um galho que encontrou na grama, mas assim que digo essas palavras, ela o joga com agressividade nos arbustos.

— Filho da puta.

— Dá para acreditar? — pergunto, balbuciando e cortando umas duas sílabas. — Estou aqui, solteira, solitária, com todos os tipos de história e ele é casado, porra. E tem filhas.

Ela resmunga e passa a garrafa de vinho para mim. Desistimos do fingimento com os copos. Dou um gole e entrego a Trey, que está quase dormindo.

— Quem é casado? — Nick pergunta. Suas palavras são lentas, sua voz é grave e hipnótica.

Olho para sua boca por alguns segundos a mais e ele a curva em um sorriso.

— Sam Brandis — respondo.

— O seu primeiro amor. — Ele concorda com a cabeça por alguns segundos, bêbado.

— Por que você acha que ele é o meu primeiro amor?

— Porque eu vi como você reagiu a ele — ele me lembra. — Você pirou, porra.

— Não, eu só fiquei *surpresa*.

Ele faz um gesto com a mão pesada.

— Não, não, você também ficou com aquela expressão. — Ele aponta para o próprio rosto e faz uma expressão de choque que de forma alguma demonstra o bom ator que ele realmente é. Ele desiste, bêbado demais para se incomodar. — Aquela expressão que parece que você está tentando continuar respirando quando está perto dele. Acho que ele é o seu primeiro e *único* amor.

— Não quero mais falar sobre isso — digo. Eu me sinto tonta, como se tivesse bebido todas. E *bebi* todas. — Não quero falar sobre Sam nunca mais.

— Preciso levar esse aqui para a cama. — Charlie se levanta, puxando Trey. — Vejo você às cinco — ela me diz, e eu solto um gemido.

Puxo a manga do suéter de Nick para olhar seu relógio. Já passa da meia-noite e quase todos foram espertos o suficiente para irem dormir cedo. Apenas um pequeno grupo, parte da equipe de filmagem e técnicos de som, permanece em uma mesa no refeitório. Devon nos lembrou de nosso horário e nos deu um olhar do tipo *se comportem* antes de ir para seu chalé. Provavelmente deveríamos ter seguido seu conselho não verbal, mas beber vinho era muito mais atraente. Eu precisava de algo para apagar o fogo no meu sangue depois de ouvir Sam ao telefone com o que era claramente uma esposa.

Filhas. Como ele se tornou pai? Como ele pode ter conseguido passar por cima de tudo?

Tenho certeza de que sempre que pensa na minha vida, Sam acha que tudo acabou bem. Sou famosa. Tenho meu pai de volta. Tudo está ótimo. Exceto minha vida pessoal que está uma bagunça total e é culpa dele. Foi ele quem me ensinou o que era o amor, e como o amor fazia a gente se sentir, e depois me ensinou que o amor é uma mentira. Nunca consegui me recuperar disso.

— Não brinca — Nick diz. — Isso é uma merda.

Solto um gemido, balançando a cabeça para olhar para ele.

— Eu disse tudo isso em voz alta?

— Disse.

— Quais partes?

— Que ele te ensinou o que era o amor e que é uma mentira. — Ele sorri, malicioso. — Você também disse que queria dar uns amassos comigo debaixo desta árvore.

Solto uma arfada.

— Eu disse isso também?

Ele ri.

— Não, mas agora sei que é verdade.

— Você é encrenca — digo.

— Não sou. — Suas palavras são tão gentis que são quase autodepreciativas. Parece que ele está admitindo que está confuso também, que a distração é boa para todo mundo. Se eu estivesse menos bêbada, iria dar trela, desviaria a atenção do meu coração para o dele.

Mas estou bêbada.

A aproximação acontece como se estivéssemos caindo para a frente, bocas se encontrando de um jeito doce e confuso, e língua, e dentes. Isso mexe comigo, acordando aquele calor na barriga pela primeira vez em muito tempo. Não amei ninguém desde Sam, mas também não estou morta por dentro.

Mesmo assim, não parece certo. Só dura alguns beijos antes de eu virar o rosto. Nick beija meu pescoço, meu queixo, minha orelha. É tão desleixado, tão relaxado. Tenho a sensação de que estamos nos inclinando para o lado e, em seguida, tombamos.

— O que a gente está fazendo? — Nick ri em meu pescoço.

— Nossa, estamos bêbados demais para isso.

Ele me ajuda a levantar e eu limpo minha calça jeans, fazendo um esforço para permanecer estável.

— Você me beijou — digo.

— Eu acho que *você* me beijou. — Nick sorri para mim, perguntando de novo: — O que a gente está fazendo?

— Entrando no personagem?

— Eu já disse que estou nervoso com as cenas de sexo? — ele sussurra, bêbado.

E sei, assim que ele diz isso, que tenho outro amigo no *set*. Um novo amigo verdadeiro.

— Você vai ficar bem. — Aponto um dedo cambaleante para o meu peito. — Sou *profissional*.

Quando me endireito, vejo uma forma nas sombras passando silenciosamente por nós pela trilha. Não é difícil descobrir quem é: o andar de mais ninguém desperta em mim esse tipo de dor nostálgica.

Não sei de onde ele veio, o que viu ou o que ouviu. Sei que Nick e eu não nos beijamos por mais de alguns segundos...

Eu imediatamente passo para o próximo pensamento: *Não importa quanto tempo nos beijamos ou o que ele viu. O que Nick e eu fazemos não é da conta do Sam.*

Mas odeio que ele tenha visto isso. Já posso dizer que não significou nada romântico para Nick também, mas é uma confusão, e eu não gosto de ser confusa. Não quero que Sam me veja assim. Sei que a razão pela qual beijei Nick também é a razão pela qual não quero nomear aquele outro sentimento em mim, aquele que Sam pressiona como a um machucado. Mas é tarde demais. Meu ímã da verdade está de volta, e nunca antes nem nunca depois dele senti um desejo tão agudo, doloroso e delicioso.

Uma parte de mim ainda o quer.

E ele é casado.

dezoito

ESTOU AMANDO QUASE TUDO NESTA FILMAGEM — fora a presença de Sam e meu pai, claro. Adoro trabalhar com Nick. Estou apaixonada por Gwen. Devon, Liz, Deb — eles são todos mestres. E por mais que me tornar Ellen seja uma revelação completa, no final do dia também há algo catártico em voltar para o chalé, tirar o figurino, lavar as décadas do meu rosto e voltar a ser Tate.

Mas sem Netflix ou internet, sem cidade para passear ou bar de hotel para ir, a noite às vezes parece durar uma eternidade. Temos apenas algumas cenas noturnas — estamos quase nos aproximando da grande cena do incêndio do celeiro —, o que deixa a maior parte de nossas noites livres, então o pessoal do serviço de alimentação fica criativo, fazendo churrascos e fogueiras perto de alguns dos chalés.

Meu pai uma vez me disse que Hollywood era muito diferente nos anos 1970 e 1980, e ficar em um local de filmagem por muito tempo era como estar em uma versão adulta de um acampamento, classificada para maiores. As drogas prevaleciam, o sexo estava em todos os lugares, não havia celulares ou câmeras de celulares, nem internet, nem politicamente correto ou Big Brother observando cada movimento seu. Ele descreveu traficantes de drogas entrando no *set* e o elenco e a equipe fazendo fila, prontos para gastarem suas diárias, festas com bebedeiras que iam muito além do nascer do sol.

Muita coisa mudou desde então. Os filmes são mais caros, o que significa que os cronogramas são apertados e tudo é orçado, supervisionado e contabilizado. Ainda há sexo, mas as drogas tendem a ficar escondidas e as políticas de assédio sexual e discriminação significam que a maioria das pessoas está se comportando da melhor maneira possível. Mas ainda pode parecer um pouco selvagem e livre, ainda mais em um *set* como este, com todos nós praticamente isolados do resto do mundo e vendo as mesmas pessoas todos os dias.

Vestida de novo com jeans e um suéter, deixo o aconchego do chalé e começo a curta e energizante caminhada colina acima até a Casa Comunitária. A brisa sopra nas pontas do meu cabelo enquanto caminho, trazendo consigo o cheiro de carvão de churrasco e grama úmida. À frente, a tenda da cena do baile da cidade ainda está lá e brilha como uma estrela no céu escuro.

Não tenho certeza do que espero encontrar lá dentro. Sam ou não. Nick, meu pai — com ou sem namorada. Sam e eu costumamos ficar com nossos próprios círculos de pessoas. Ele passa o tempo com Gwen, Deb e Liz, embora eu note que todas as noites ele sai para ligar para a família. Eu costumo me reunir com Charlie, Nick e Trey no final do dia. Devon circula entre os grupos, sendo, em geral, adorável até por volta das nove, todas as noites, quando ele sabiamente decide ir para a cama — afinal, se ele me deixa dormir o máximo possível e está sempre na minha porta por volta das quatro e meia, ele deve se levantar bem cedo.

E então, há meu pai. Minha mãe estava certíssima: entrei neste projeto sabendo o que ele poderia fazer pela minha carreira, mas também esperava que algo mais surgisse. Mesmo agora, o tempo com ele é tão fugaz: um feriado aqui, um jantar ali. A única vez que passei o Natal com ele ficamos a véspera e o dia de Natal em hospitais, visitando crianças doentes. Foi... incrível, de verdade, e eu não poderia culpá-lo por falta de sentimentalismo paternal quando o observei ir de cama em cama com um presente e um sorriso para cada criança. E a maneira como ele olhava para elas, a maneira como ele ouvia o que tinham a dizer. Por aqueles poucos segundos, eles devem ter se sentido como se fossem a única pessoa no mundo.

E então nós apenas... nos separamos e seguimos nossos caminhos depois de um abraço rápido e apertado. Não houve comemoração atrasada para nós dois. Eu voltei para o entusiasmo gentil da mamãe e o estoico *eu te avisei* da vovó, e ele pegou um voo para Mallorca para passar uma semana com sua então namorada, que era pelo menos alguns anos mais velha do que eu.

Então, ao vê-lo esta noite, com Marissa de um lado e uma cadeira vazia do outro, sou atingida por uma onda de tristeza que eu não esperava. Ele realmente a trouxe como uma muleta entre nós.

As pessoas enchem seus pratos com frutas, saladas e carne direto da grelha. Demorei para me servir e evitar o que com certeza será uma conversa estranha — o primeiro contato com a nova namorada —, mas estou sem muito apetite. A jogada de filha amorosa seria procurá-lo, e com todos ao redor, é exatamente o que ele espera que eu faça.

Sabendo que terei que acordar cedo amanhã, pego uma garrafa de água com gás de um enorme tonel cheio de gelo e vou em direção a eles. Vejo Sam conversando com alguns membros da equipe perto do bar, mas eu me esforço para não ficar olhando.

Ocupado, ouvindo algo que Marissa está dizendo, meu pai não olha para mim quando me sento. Eu me sinto como um brinquedo velho em uma prateleira, esperando para ser querido novamente. Abro a garrafa e a coloco na boca, me perguntando se algum dia vou parar de me esforçar tanto e aceitar o vazio da indiferença.

Terminada a conversa entre eles, ele finalmente parece me notar ao seu lado.

— Aí está ela — ele diz. — Eu me perguntei se você já estava indo embora.

— Ei, pai, oi, Marissa. — Eu me inclino para a frente, dando um pequeno aceno.

Observo a maquiagem perfeita dela e quilômetros de cabelo despenteado. Ela é linda — todas elas são —, mas Marissa está de salto e jaqueta da Gucci em um churrasco no acampamento. Isso me faz pensar que talvez tenhamos mais em comum do que eu imaginava: filha ou namorada, sempre temos que estar *impecáveis* em torno de Ian Butler.

— Está gostando de estar no set?

— Está sendo *muito* incrível — ela diz, um pouco eufórica, um pouco sem fôlego, e trocando olhares entre nós. — Sério, ainda não consigo acreditar o quanto vocês dois são parecidos. Eu vi fotos, é claro, mas, nossa! Vocês devem ouvir isso o tempo todo.

— A maçã não cai longe da árvore, isso é certo — ele me diz, com os olhos brilhando com o reflexo do fogo.

Como um soco, registro que ele só tem um punhado dessas frases de efeito paternais. Sua ideia de ser um pai em público é atirar frases de efeito:

Filha de peixe, peixinho é!

A maçã não cai longe da árvore!

Tal pai, tal filha!

É deprimente, sério, mas acho que me ajuda a entender por que ele vê minha carreira como uma extensão da dele.

Volto a atenção para sua namorada que mal conheço. Para falar a verdade, o papel de coadjuvante significa que ele terá vários dias seguidos sem filmar, então sei que ele e Marissa deixaram o *set* e fizeram algumas viagens bate-e-volta pela costa da Califórnia, mas, ainda assim, já faz três semanas que estamos aqui e acho que não trocamos mais do que uma dúzia de palavras antes desta noite.

— Acho que nunca ouvi a história de como vocês dois se conheceram — digo.

— Na Universidade da Califórnia. Eu faço pós-graduação lá e ele foi palestrante em um evento no *campus*. — Seus olhos apaixonados se voltam para ele. — Ele me convidou para tomar um drinque... e aqui estamos. Isso foi seis meses atrás.

Seis meses e eu não sabia de nada.

— O que você está estudando?

— Estou estudando como os genes ligados à asma estão clínica e geneticamente associados à leucemia linfoblástica aguda. — Ela sorri. — Estou fazendo o mestrado em saúde pública.

Meu pai e eu ficamos em silêncio por alguns instantes. Enquanto eu estou sem palavras, porque um mestrado em saúde pública é uma mudança deliciosa do padrão modelo/atriz/influenciadora, ele está claramente calado por orgulho, como se tivesse um papel importante no grande cérebro de sua namorada.

Mas, de verdade, acertou em cheio ao dar em cima de uma estudante, pai.

É possível que meu julgamento não seja tão sutil quanto penso, porque ele se inclina para a frente, efetivamente ficando entre nós.

— Como você acha que as coisas estão indo? — ele pergunta. Sei que não há relação com meu drama pessoal, mas tenho quase certeza de que ele deu uma olhadinha na direção de Sam. Isso me faz imaginar qual seria a reação dele se soubesse da história toda. Ele me protegeria? Ou ficaria enojado por eu ter deixado alguém chegar tão perto de arruinar a nós dois? — Você está se sentindo bem com tudo, docinho?

— Sim. Totalmente. — Dou um gole na água com gás, afogando a voz que cresce em mim que detesta o apelido *docinho*. Não me lembro de ele me chamar assim quando eu era mais nova. — Os cenários não poderiam ser mais bonitos — digo. — A equipe e o elenco são incríveis. Levei um tempo para entrar na personagem da Ellen, mas agora eu a entendi.

Nossa, pareço tão artificial.

— Que bom.

Grilos cantam em um arbusto atrás dele, e ele lentamente balança a cadeira na terra macia. Ele concorda devagar com a cabeça daquele seu jeito patriarcal. Quando eu era pequena e exibia minha última coreografia de sapateado, meu pai se sentava na cadeira da sala, assistindo e balançando a cabeça com a mesma calma benevolente. Costumava ser uma lembrança boa, mas eu o vi agir dessa forma tantas vezes desde então que percebi que não é que ele esteja gostando da atuação da outra pessoa, e sim ele quer que ela saiba que está sendo observada por um especialista.

Olho ao redor, intencionalmente evitando Sam, na esperança de encontrar Charlie ou Devon para algum tipo de fuga. Gwen está conversando com o produtor executivo. Nick está mais ao fundo, em uma conversa animada com o ator que interpreta a versão mais jovem de seu personagem. A maioria das pessoas está rindo ou comendo, alguns estão olhando para seus celulares, depois de todo esse tempo, ainda se agarrando à esperança de encontrar sinal.

— Você sabe o que está fazendo. — Meu pai estende a mão para dar um tapinha gentil em minha perna. E se um tapinha na perna pode ser condescendente, este é. — É só...

Eu seguro um suspiro. Até Marissa parece saber onde isso vai dar, porque ela está ficando entretida em encontrar algo — qualquer coisa, pelo que parece — no fundo da bolsa antes de finalmente pedir licença para pegar o que quer que seja no chalé. Desertora.

— As palavras na página são apenas o começo — ele explica com uma calma paternalista. — Depende de você descobrir o resto. Este é o seu trabalho, Tate: mostrar ao público todas as pequenas peças que compõem a Ellen. Mostre quem ela é com uma expressão, uma risada, um gesto.

Afirmo com a cabeça, mordendo a língua. É um bom conselho... para alguém que está começando. Ele não percebe que eu já fiz sete filmes?

— Vou me lembrar disso. Obrigada.

— Você sabe que estou apenas cuidando de você. — Ele balança a cadeira em um silêncio firme. — Eu fico pensando se ajudaria se você falasse com o roteirista.

Meus olhos voam para os dele.

— Com o roteirista?

Ele dá de ombros e felizmente parece indiferente.

— Faça algumas perguntas — ele diz. — Consiga algumas ideias para a personagem. Isso pode ajudar a enxergar de onde Ellen vem.

Aperto os lábios para não dizer exatamente o que estou pensando. Se dissesse, acho que minha voz sairia como o rugido de um dragão. *Você quer dizer o cara que tirou a minha virgindade e me traiu anos atrás? A razão de você e eu termos uma relação, nem que seja como conhecidos. O cara que fez você parecer um caloteiro? Esse cara?* Eu li e reli *Milkweed* uma dúzia de vezes. Sei minhas falas e sinto que já conheço Ellen. Eu estava pronta. Eu estava *preparada*. O que me abalou no início foi encontrar Sam, mas me recuperei. Meu pai quer a vantagem. Ele não vai deixar passar esse deslize inicial.

Mas é claro que não posso dizer nada disso, não aqui.

Quase como uma deixa, minha salvação vem na forma de Charlie. Não é de surpreender, apesar de todas as histórias dele, que ele nunca tenha gostado dela. A encenação de "pai perfeito" não funciona com Charlie, e ele sabe disso. É por isso que ele se levanta quando a vê caminhando em nossa direção e logo oferece a ela seu lugar.

— Enfim, preciso ir dormir — ele diz e se inclina para dar um beijo na minha testa. — Boa noite, filha. Não fique até muito tarde. Amanhã é um grande dia.

Sorrimos enquanto o vemos desaparecer, e Charlie afunda na cadeira.

— Sou eu ou ele acabou de te tratar como uma criança de sete anos antes do primeiro dia de escola? Já temos algumas semanas de filmagem, né?

— É o jeito dele.

— Vi que você conseguiu falar com a namorada.

— Sim. Gostei dela. Ela parece inteligente.

Ela me olha por cima da garrafa de cerveja, surpresa porque nós duas sabemos que, para meu pai — um cara que, sem nenhuma consciência, costuma estar pelo menos dois passos à frente de qualquer mulher com quem sai —, estar com uma mulher inteligente e autorrealizada é uma grande coisa.

— Isso é novidade.

Observamos o fogo, cintilando a cada estalo e soltando faíscas no ar, hipnotizadas pela dança calma das chamas. Fora da tenda, o céu se estende, vasto e negro, coberto com estrelas, que parecem perto o suficiente para serem tocadas. Odeio lembrar quantas vezes na vida olhei para um céu assim e pensei em Sam apontando as constelações.

— Estou nervosa com amanhã — admito, baixinho. — É uma cena importante e ter os dois lá assistindo faz eu me sentir como uma criança ridícula de novo.

Charlie se estica para pegar minha mão, entrelaçando seus dedos nos meus.

— Mas você não é.

— Eu sei.

EXT. RESTAURANTE — DIA

Uma linda noite de verão. Richard e Ellen comem em uma mesa ao ar livre sob a sombra de uma grande árvore.

Pessoas nas mesas próximas olham de relance para eles. DOIS HOMENS se levantam e se aproximam. Richard mantém os olhos baixos. Ellen está com medo, mas os olha diretamente.

Ela sabe do que se trata.

> **ELLEN**
> Em que posso ajudar?

Os dois homens mantêm os olhos em Richard.

> **HOMEM 1**
> Senhora, esse homem está incomodando você?

> **ELLEN**
> Dei alguma indicação de que ele está?

Os homens olham para Richard novamente.

> **HOMEM 1**
> Não, senhora, mas…

> **ELLEN**
> Mas o quê? Estamos sentados aqui tentando comer nosso jantar e vocês estão nos interrompendo.

Richard pega a mão dela sobre a mesa e fala baixinho.

> **RICHARD**
> Ellen…

A mão do Homem 2 dispara, agarrando Richard pelo pulso para detê-lo.

HOMEM 2
Filho, é melhor você dar um jeito nessas mãos.

Richard congela.

HOMEM 1
Você mora na grande fazenda na estrada Sutter Lake, não é?

ELLEN
Não que seja da sua conta, mas sim. É a fazenda do meu pai.

HOMEM 1
Ele sabe que você está andando por aí com um deles?

Um momento tenso de silêncio. Richard manteve os olhos baixos, mas os ergue para Ellen do outro lado da mesa. O rosto de Richard está tenso, com raiva controlada.

ELLEN
Meu pai não opina sobre com quem eu ando. E se opinasse, com certeza me diria para ficar longe de idiotas ignorantes como vocês.

O homem 1 se move em direção a Ellen. Richard se levanta.

HOMEM 1
Alguém deveria te ensinar...

O GERENTE do restaurante se aproxima da mesa.

GERENTE
Algum problema aqui?

ELLEN
Esses homens estavam apenas comentando sobre o tempo, mas agora já terminaram.

O gerente olha para eles. Os dois homens vão embora. Sozinhos novamente, Richard olha para a mesa.

RICHARD

Gostaria que você não fizesse isso.

ELLEN

Fazer o quê? Tentar comer meu jantar em paz? Eu paguei quinze centavos por este hambúrguer que agora está frio.

Um olhar suave do outro lado da mesa.

RICHARD

Você sabe o que eu quero dizer.

ELLEN

Eu sei o que o você quer dizer. Sempre pensei que me rebaixavam por eu ser mulher, mas estou começando a ver como não é nada comparado a isso.

RICHARD

Não é seguro.

ELLEN

Esses idiotas correm por todo o condado nas noites de sexta-feira, derrubando vacas, pelo amor de Deus, e eles têm a coragem de pensar que têm algum tipo de superioridade genética por causa da cor de pele? (pausa) Não sou ingênua, Richard. Sei que posso me manifestar porque sou branca e fizeram você achar que não pode porque é negro. Por favor, não me peça para ficar quieta. Sei que você se preocupa. Para ser sincera, eu também me preocupo.

Richard mantém o olhar nela.

RICHARD

Alguém deveria se casar com você, Ellen Meyer.

ELLEN

Alguém já se casou comigo.

RICHARD

Talvez alguém deva fazer isso direito...

— Corta.

É como se todos no *set* soltassem o ar ao mesmo tempo.

Gwen se move para verificar a filmagem, e Nick sorri para mim do outro lado da mesa.

— Puta merda, isso foi bom.

Uma brisa sopra através das mesas de piquenique espalhadas e eu aceno em concordância, incapaz de afastar uma estranha sensação de *déjà-vu*. Esfrego os braços ao sentir arrepios na pele.

— É... foi.

O sorriso de Nick se endireita, e ele inclina a cabeça para me analisar.

— Tudo bem?

— Foi... intenso, só isso.

Ele concorda com a cabeça, e nós dois ficamos surpresos quando Gwen bate palmas atrás da parede de monitores.

— Isso parece bom! — ela grita para a equipe antes de se reunir com Sam e o supervisor do roteiro. Cada um faz uma anotação, Sam em seu laptop e o supervisor de roteiro em seu livro. Quando Gwen se vira para nós, eu me esforço para me concentrar nela, não em Sam.

— Nick e Tate, vocês estão ótimos. Isso é exatamente o que eu quero ver. Estamos perdendo luz, então vamos passar para as cenas de primeiro plano e começamos de novo em... — Ela checa o relógio. — Quinze minutos.

Devon segue os extras, e a equipe se dispersa. Nick se levanta e faz um gesto por cima do ombro.

— Vou pegar algo para comer. Você vem?

A oferta é tentadora — quase não comi nada hoje e, provavelmente, deveria comer algo —, mas não consigo evitar essa sensação estranha de que já ouvi a história de Ellen antes.

Recuso a comida e sigo em direção ao trailer de Charlie. Além de ser nosso pano de fundo, a maior parte da fazenda parece ser um negócio. Campos de hortas orgânicas e pequenos pomares, um prado extenso escondido no vale alimenta ovelhas e vacas...

Paro, repasso a cena que filmamos em minha mente.

Quem se importa com o que eles pensam. Esses idiotas correm por todo o condado nas noites de sexta-feira derrubando vacas, pelo amor de Deus...

Derrubando vacas. Sam tinha me contado enquanto falava sobre sua vida. *Beber cerveja no meio do nada. Corridas e brincadeiras estranhas nos campos de milho. Tentar construir um avião. É fácil ser louco numa fazenda.*

Está bem ali, a lembrança de tudo o que ele me disse. Sobre crescer na fazenda. Sobre Roberta.

E então eu me dou conta, um eco de catorze anos atrás.

Ela não dava a mínima, Luther disse. *Mesmo quando colocaram fogo no celeiro.*

Por um momento, os campos desaparecem. O canto dos pássaros e o tique-taque dos irrigadores a distância são substituídos pelo som abafado do tráfego e pelo toque do Big Ben. Como não percebi isso antes?

As roseiras se alinham em uma parede de pedra e não há nada além do céu estrelado no alto e da grama úmida nas minhas costas.

dezenove

Nem me preocupo em bater. Sam, sentado na mesinha em seu chalé, pula quando a porta se abre e bate atrás de mim.

— Tate?
— O que está acontecendo?

Ele se força a ficar de pé, confuso.

— O que está acontecendo com o quê?

Jogo uma cópia do roteiro sobre a mesa.

— O celeiro pega fogo? Isso aqui. *Milkweed*. Não é só uma história de amor aleatória, né? É sobre o Luther e a Roberta.

Ele franze a testa, esperando que eu continue, como se não estivesse nem um pouco surpreso. Ele ainda está esperando que eu chegue à parte em que explico por que estou brava.

Ele achava que eu sabia.

— Meu Deus. — Me sento em uma das cadeiras com a boca aberta. — Eu sou a Roberta.

Ele escorrega devagar para a cadeira.

— Ainda assim é só uma história de amor, Tate.

— Mas a ironia aqui é que eu sou a Roberta, apaixonada pelo Luther, o homem que ajudou você a me enganar em Londres.

— Enganar? — Ele se inclina para a frente, soando intenso agora. — Espera. Não. Isso não é verdade.

Arrasada, olho para ele.

— O que não é verdade? Que eu me apaixonei por um roteiro sobre o casal que te ajudou a me enganar?

Estou com trinta e dois anos agora. *Catorze anos* se passaram, mas não me sinto nem um dia mais sábia do que quando vovó e eu pedimos ao hotel para ligar para o quarto dos Brandis e ouvimos "eles deixaram o hotel ontem".

Com um suspiro, Sam passa a mão pelo cabelo e se recosta.

— Você não queria falar sobre isso quando chegamos aqui. Você não queria que eu contasse o que aconteceu.

— Então me conta *agora*.

Ele olha para o lado. Sua mandíbula está tensa, como se ele não soubesse por onde começar.

— Você se lembra de quando eu disse que achava que o Luther estava doente?

Com os braços cruzados de forma protetora, dou a ele apenas um breve aceno de cabeça.

— Bem, ele estava. Muito doente.

— É bom saber que uma parte não era mentira.

Ele se levanta e dá um passo à frente, mas parece pensar melhor e não se aproxima.

— Nada foi mentira.

— Bobagem.

— Eu sei que te machuquei, sei disso, e...

Eu me levanto e avanço para ficar bem de cara com ele.

— Você sabe que me *machucou*? É isso que você acha? Como uma perna quebrada ou algumas semanas tristes por causa de uma paixão de escola? Eu nunca tinha deixado ninguém se aproximar da maneira como deixei você. Você tirou a minha virgindade, Sam.

Seus olhos se suavizam e ele deve ver como estou prestes a chorar.

— Na última noite em que estivemos juntos... — ele começa, esfregando a testa.

Sinto meu lábio se torcer.

— A noite em que você disse que estava se apaixonando por mim.

Uma pequena pausa e em seguida ele diz:

— Isso.

— Um dia antes de você ligar para o jornal.

Nunca tive uma confirmação real disso, mas era a única explicação que fazia sentido. Ainda assim, seu silencioso "sim" faz meu chão cair.

— Roberta ligou por volta das três da manhã depois que deixei você no seu quarto. — Ele inspira fundo. — Pelo visto, Luther tinha mandado fazer um colar para ela, nada muito extravagante, mas mais do que eles podiam pagar. No dia em que foi entregue, do nada, naquele último dia em que a gente...

Meu estômago se contorce no momento em que ele fecha os olhos, fazendo uma pequena pausa antes de dizer *fizemos amor no jardim*.

— Ela teve uma suspeita do que estava acontecendo — ele diz, com a voz rouca. — Ela chamou o médico deles e descobriu que o prognóstico do Luther era uma merda. Me levar para a Inglaterra e dar um presente daqueles para a Roberta era sua forma de se despedir. Ele não queria... eles não tinham muito. Não o suficiente para um tratamento longo. Eles teriam perdido a fazenda, literalmente.

Richard é Luther. Ellen é Roberta. A verdade é tão óbvia que se encaixa com um clique silencioso e discreto. Penso no roteiro pelo qual me apaixonei. Penso sobre a força de Ellen e sua infinita devoção. Não fiquei convencida de que um amor como aquele estava esperando por mim, mas me deu esperança de que poderia existir. Depois de não sentir nada por anos, foi o suficiente.

— Então você me entregou para salvá-lo — digo, entorpecida.

Sam abre os olhos, e posso dizer por sua expressão que ele odeia a forma como descrevi o que aconteceu. Mas de qualquer maneira, ele dá outro "sim" silencioso.

— Você faria isso de novo? — pergunto. — Sabendo que isso me machucou, sabendo o quanto minha vida mudaria?

Sam inclina o rosto para o teto, e vejo quando ele pisca rápido, suas bochechas vão ficando vermelhas de emoção.

— Não sei como responder a isso.

— Você responde com um sim ou um não.

— Tivemos mais dez anos com ele. — Ele me olha diretamente nos olhos. Os dele estão vermelhos. — Então, sim. Eu faria tudo de novo.

Não sei como continuar com essa conversa. Eu me viro para sair, mas ele me impede com a mão em meu braço.

— Tate. Não saia agora.

— Temos que voltar para o *set*.

— Devon virá buscar a gente. Só... — Ele aponta para a cadeira de novo. — Por favor, sente-se.

Eu me sento na cadeira, ainda em estado de choque. Ficamos sentados em um silêncio tenso por um longo momento.

— Não menti sobre nada que senti em Londres — ele diz, e um espasmo doloroso revolve algo em mim. — Deixar você do jeito que eu deixei me destruiu de verdade, e tudo bem se você não acredita em mim. Mas eu amava o Luther e a Roberta demais. Eles me deram tudo.

— Ele faz uma pausa e quase posso sentir sua agitação. — Quero que você saiba disso.

A verdade é que eu sei disso. Está evidente em cada palavra de seu roteiro, em cada nuance do diálogo. Suas vozes transparecem de forma tão autêntica que só poderia ter sido escrito por alguém que os amava muito.

Isso torna muito difícil odiá-lo, mas a raiva não se dissolve tão rápido no meu sangue. O alívio por não ter sido planejado assim que contei meu segredo se expande, tomando mais espaço do que deveria. Fica difícil respirar, como se o ar em meus pulmões estivesse sob pressão.

— Há mais alguma coisa de que você precisa saber? — ele pergunta.

No caos dos meus pensamentos, as únicas perguntas que surgem com alguma clareza são aquelas que soam imaturas e egoístas. *Você alguma vez pensou em tentar me encontrar? Foi fácil para você simplesmente desaparecer?*

Mas também estou lutando contra o sentimento de ter sido uma idiota por não ter enxergado a verdade assim que soube que Sam havia escrito o roteiro. Mesmo sendo ambientado em outro estado, a história é claramente de Sam. Estou lutando contra o medo de ser apenas um trampolim para cada homem que já significou alguma coisa para mim. Me sinto pequena, e boba, e estrangulada ao perceber que quanto mais fico com raiva, mais mesquinha pareço.

— Só estou tentando descobrir como me sinto — admito.

— Entendo. — Ele aperta as mãos, prendendo-as entre os joelhos. — Achei que você já tinha adivinhado, sobre a Roberta e o Luther, quando me viu no *set*.

— Eu já deveria ter adivinhado.

— Talvez não — ele raciocina. — Você nunca conheceu a Roberta.

Desviamos a atenção quando ouvimos Nick gritando algo pela trilha. Tenho um carinho por Nick — especialmente por Nick como Richard — que está começando a parecer como eu me sentiria em relação a um velho amor, a alguém que quero manter para sempre em minha vida. Penso nos olhos de Nick quando ele está olhando para mim, como Ellen. Sua mão quando envolve a minha. Parece tão real, tão intenso. Foi essa a sensação de Sam ao crescer ao redor de Luther e Roberta? Testemunhando um amor assim o tempo todo?

Sei que meu amor por esse roteiro sempre foi intenso, mesmo para alguém que esteve procurando o papel perfeito durante toda a vida adulta, mas agora entendo que não se trata apenas de ser Ellen. É querer saber, com certeza, que esse tipo de amor existe.

Mas então me ocorre... onde está Sam neste filme?

— Você nunca vem morar com eles — digo. — Também não há um personagem que represente o seu pai quando a Ellen é mais jovem. O roteiro termina quando eles estão na casa dos sessenta anos, mas você não está nele.

— A história é sobre como eles se apaixonaram em um dos momentos mais tumultuados da história do nosso país. Eles não precisaram de mim ou do Michael para isso acontecer.

Eu o analiso, tento decifrar. Então ele dá de ombros, e seu sorriso é infantil.

— Não os tornava mais heroicos o fato de ela ser uma mãe solteira ou ter trazido uma criança de três anos quando seus filhos já tinham saído de casa.

Apesar de tudo, isso me faz rir.

— Licença artística, significa que você se cortou da história?

Ele concorda com a cabeça e seus ombros parecem relaxar ao me ver sorrir.

— Você consegue acreditar em mim? — ele pergunta, baixinho. — Que a pior coisa que já fiz foi pelo melhor motivo que já tive?

Suas palavras me atravessam como uma punhalada em um ponto sensível. Só por Sam Brandis já senti algo tão complicado — devoção, desejo, mágoa e inveja da esposa que consegue decifrar o homem que, se o que ele diz for verdade, sacrificaria o próprio coração para salvar alguém que ama. Só alguém como ele poderia ver amor verdadeiro tão claramente em sua frente e traduzi-lo em palavras.

Ela pode se aconchegar com esse homem e ser sua melhor amiga, sua amante.

Fico de pé, preciso de alguns minutos sozinha para clarear a mente antes que Devon venha me buscar. Na porta, eu volto. Ele está me observando partir com uma expressão tensa que não consigo interpretar.

— Na verdade — digo a ele, baixinho —, acho que *Milkweed* é a melhor coisa que você já fez. E se essa é a melhor coisa que você já fez, tudo bem que eu seja a pior.

vinte

A PORTA DE TELA DO MEU CHALÉ BATE ATRÁS de mim, e o som parece pairar na névoa da manhã. Esfriou tão rápido na fazenda. O verão partiu e nos abandonou no frio do outono do norte da Califórnia.

Nunca mais quero ir embora da Fazenda Ruby. É mais do que apenas um lugar tranquilo. É como um aquecimento para a alma, um certo calmante para a batida frenética que parece sempre correr através de mim. Minha casa em Los Angeles parece estéril e desabitada e não me acalma entre os trabalhos. Mas fico tão pouco lá que nunca senti que valia a pena o esforço para torná-la um lar. E então, quando *estou* lá, lamento não ter me esforçado para torná-la mais aconchegante. A ideia parece tão desgastante.

Todas as manhãs, acordo no meu chalé e tento fingir que é aqui onde moro agora. Coloquei as roupas na cômoda e no armário, abasteci a pequena cozinha com alguns itens de primeira necessidade. Saio para correr. Tenho flores na mesa e pedi à mamãe que me mandasse alguns cobertores de casa. Aqui posso fingir que o caos, a exaustão e o barulho de Los Angeles não só não são mais a minha casa, como também nem mesmo existem.

Os pássaros na árvore ao lado da porta soltam uma cacofonia de sons quando eu apareço, piando e farfalhando. Na parte baixa da colina, no pasto, as vacas mugem para serem ordenhadas e alimentadas. Mas não há som humano. Todo mundo está tirando o dia de folga para dormir. Espero não ser a única a ter acordado cedo, incapaz de desligar o cérebro.

Eu me alongo antes de descer a trilha para uma corrida. As folhas estalam sob meus tênis e o som deve fazer eco, porque Sam já está olhando para cima quando passo por seu chalé. Ele está sentado do lado de fora, claramente mais acostumado com o frio do que eu, pois está vestindo apenas um suéter grosso, jeans e meias.

— Tate. — Ele coloca um caderno sobre a mesinha e pega uma caneca de café fumegante. — Acordou cedo.

— Você também.

Ele examina minhas *leggings*, blusa de mangas compridas e luvas.

— Vai correr? — Quando afirmo com a cabeça, ele aponta para o diário abandonado. — Estava só anotando algumas coisas.

— Para outro roteiro? — Subo o pequeno morro, parando ao pé da escada que leva à sua varanda. É a primeira vez que nos falamos desde nossa discussão ontem, e a parte de mim que sempre terá dezoito anos e será apaixonada por ele quer subir os degraus e se aninhar em seu colo.

— Talvez — ele responde. — Ainda não sei. — Sam me observa enquanto toma um gole em sua caneca.

— Você está se incluindo nesse? Talvez seja sobre o coração que você partiu em Londres. — As palavras saem antes de eu ponderar se são ou não uma boa ideia.

Sam pisca algumas vezes antes de sorrir gentilmente.

— Não acho que essa história seja minha para contar. — Uma pausa embaraçosa. — Desta vez, pelo menos.

Nós nos encaramos em um silêncio tenso.

— Quer café? — ele finalmente pergunta. — O que eles preparam na Casa Comunitária é horrível.

Eu preciso mesmo continuar andando, mas ele não está errado.

— Quero.

— Venha aqui. — Ele se levanta e inclina o queixo para que eu o siga para dentro do chalé.

Subo as escadas com dificuldade e me sinto tão ansiosa e animada que fico com náuseas. Não é só a proximidade de Sam, agora é a proximidade do neto de Ellen, bem, de Roberta. Ele a *conhecia*. Ela o criou. Eu ruminei essa realidade a noite toda. Não fui jantar na Casa Comunitária e não fui à festa ao redor da fogueira que dava para ouvir ao longo do percurso até meu chalé. Eu me aninhei na cama e reli o roteiro com novos olhos. Sua formidável e corajosa avó. Seu avô terno, divertido e amoroso. É claro que ele faria qualquer coisa que pudesse para salvá-los.

Não olhei muito em volta ontem, mas não demoraria muito para examinar tudo aqui. O chalé de Sam é um grande cômodo, quase como um *loft*, com uma cama no canto mais afastado, uma pequena cozinha à esquerda da porta com mesa e cadeiras e uma pequena área de estar no meio. É aconchegante por causa da decoração de interior, e a lareira está acesa. Ando em direção a ela, estendendo as mãos para fazê-las se moverem novamente.

— Você é tão californiana — ele diz, rindo.

— Está frio!

— Deve estar uns doze graus lá fora — ele diz, abrindo um armário e pegando uma caneca.

— Exatamente.

Sam ri de novo enquanto põe água para ferver e coloca café em uma prensa francesa. Algo amenizou desde que ele me contou a verdade ontem. Parece que há muito mais ar aqui.

Mas com todo esse novo espaço, não estou mais me esforçando para ignorá-lo, o que por sua vez significa que *reparo* nele de novo. Enquanto ele prepara uma xícara de café para mim, começo a viajar um pouco no formato de suas costas largas sob o suéter, sua mão enorme alcançando a chaleira que apita, sua bunda no jeans desbotado e macio.

Esposa.

Não sou meu pai. Nunca traí ou fiquei com alguém que traiu. Pisco para voltar à realidade, ao fogo, deixando o laranja e o vermelho brilhantes queimarem minha retina e limpar minha mente. Não posso pensar nele dessa maneira.

Não foi por Sam que vim aqui hoje de qualquer maneira, eu me recordo.

Ele atravessa a sala, me entrega a caneca e gesticula para que eu me sente onde quiser na sala de estar. Quando escolho o sofá, ele faz o mesmo, sentando-se na extremidade oposta.

— Tudo bem? Depois de ontem? — Como sempre, Sam vai direto ao ponto.

— Quase. Ajuda… — digo e acrescento: — saber.

— Fiquei louco me perguntando o que você pensava todos esses anos.

— Pensei muito sobre isso nos primeiros anos — digo a ele. — E então o tempo passou e isso parou de influenciar todas as decisões que eu tomava. Parei de me preocupar com o que vovó pensaria, o que o meu pai pensaria, o que a mamãe pensaria. — Faço uma pausa e acrescento, baixinho: — O que o Sam pensaria. Os últimos sete anos foram bons de verdade, e todos meus.

Ele fica quieto e depois de respirar fundo, diz:

— Me desculpa, Tate.

Olho para o tapete.

— Na verdade, não quero mais falar sobre a gente. — Um olhar para ele me dá uma resposta que eu não esperava ver: decepção. — Mas talvez você possa me contar mais sobre a Roberta.

Eu me pergunto se isso o surpreende um pouco. Sua sobrancelha se contrai e ele estende a mão para coçá-la.

— Ah. Sim, será um prazer. — Ele faz uma pausa, esperando que eu pergunte mais, para ser mais específica, acho.

— Só quero ouvir histórias sobre ela — admito. — E sobre o Richard. Quero dizer, o Luther.

Sam sorri para mim.

— A Roberta era demais. Os dois eram.

Estico as pernas, aquecendo-as, e paro um pouco antes de encostar os pés em sua coxa grossa. Ele olha para baixo e sorri um pouco, esticando os braços no encosto do sofá.

— Estamos ficando à vontade?

— Estou descongelando.

Ele ri e seus olhos verde-musgo brilham com a compreensão do duplo sentido.

— Percebi.

Tomo um gole do café e digo:

— Não chegamos a vê-la como uma mãe. Quer dizer, entendo que você tenha simplificado um pouco a história, mas imagino que isso só a tornaria ainda mais incrível. Lidando com tudo isso. Por que você o tirou?

— Porque o meu pai acabou sendo um babaca. — Sam dá de ombros, cruzando o tornozelo sobre o joelho. — Só sei como ela era carinhosa comigo, mas não consigo imaginar que ela fosse assim com o Michael, e deu no que deu. Mesmo sabendo que ela era boa… uma boa mãe.

— Ele sabe que você escreveu isso?

— Provavelmente não. Não falo com ele há anos.

Faço uma careta brava e compreensiva e isso o faz rir.

— Estou bem. Melhor, confie em mim. Embora eu esteja em contato regular com a minha mãe. Por ironia, ela mora em Londres agora.

Solto uma risada aguda.

— Você a visita?

— Algumas vezes por ano.

Quero perguntar se isso traz à tona velhas lembranças, mas tenho certeza de que sou a única de nós dois que está fixada em nosso breve caso. Foi o momento único e mais marcante da minha vida. Sem dúvida, foi apenas um de muitos na dele. Preciso seguir em frente.

— Que tipo de livro a Roberta lia? — pergunto.

— Principalmente livros de história. Não ficção. Luther adorava os romances policiais, mas a Roberta os chamava de lixo. Ela lia esses livros gigantes e enfadonhos sobre Napoleão ou Catarina, a Grande.

Exalo um suspiro sonhador.

— Ela parece maravilhosa.

— Ela era. Não era perfeita, mas estava bem próximo de ser. É por isso que você é a melhor pessoa para interpretá-la.

É um elogio tão exagerado que me faz rir.

— Não tenho nada a ver com a Ellen. Nada mesmo.

— Você só pode estar brincando. A garota que eu conheci era tão corajosa e atrevida quanto ela.

Será que Sam tem alguma ideia do quanto esse elogio me aquece de fora para dentro? Sei que não é verdade. Talvez fosse no passado — gosto de pensar que fui corajosa e atrevida quando era mais jovem, mas sem dúvida sou dócil agora. Tenho um punhado de pessoas que torna minha vida mais fácil, e toda vez que preciso ser corajosa de verdade — permitindo que novas pessoas entrem na minha vida, por exemplo —, eu fujo.

Penso em tudo que poderia aprender com Roberta agora. Um só dia em sua companhia seria um grande presente. Foi um desperdício, de certa forma, ter encontrado Luther quando tinha dezoito anos, sem ter ideia de como conhecê-lo, de como fazer a ele as perguntas que liberariam todas as suas histórias. Sinto que perdi uma oportunidade de falar com alguém cuja vida foi difícil e maravilhosa em igual medida, e que tinha uma sabedoria que eu nem consigo imaginar. Mas pelo menos o conheci e ainda consigo me lembrar de sua risada, de seu olhar brincalhão, da maneira como ele fazia perguntas indiscretas sem nunca soar intrometido. Nunca tive a chance de conhecê-la.

— Por que ela não gostava de viajar? — pergunto a ele, relembrando partes de nossas conversas. — Parece... não corresponder à sua personalidade.

Ele concorda, dando um gole de café.

— Porque ela era tão destemida de outra maneira?

— Exatamente.

Sam deixa a caneca na mesa para coçar o queixo. É um movimento discreto, um gesto tão casual e mesmo assim envia uma onda de calor através de mim. Eu tinha esquecido como ele fica à vontade em seu corpo.

— Ela odiava aviões. Acho que devia ser a única coisa que a deixava com medo: a ideia de cruzar um oceano. Lembro quando o Luther e eu viajamos, como ela tentava parecer calma e equilibrada, mas estava com os nervos à flor da pele.

— Você acha que ela teria se divertido em Londres? — É incrível o que o contexto pode fazer, como se eu pudesse ver meu passado através dos olhos de outra pessoa. Eu tenho me agarrado a algo que é, na verdade, muito maior do que apenas eu.

O pensamento surge, inquietante: *se Sam tivesse me pedido, eu teria concordado em me expor para ajudar o Luther?* A verdade é que amei Sam o suficiente para dizer sim. Eu teria aceitado. E o fato de que ele nem sequer falou comigo sobre isso diminui a sensação de alívio que tive desde ontem.

Perdi metade de sua resposta e tenho que me sacudir mentalmente para entender o resto.

— ... alguns dias. Ela gostava de se manter ocupada. Não gostava de férias. — Ele para, e seu olhar percorre todo o meu rosto. — O quê? — ele pergunta, cauteloso.

Não tenho certeza da expressão que ele vê em mim.

— O que o quê?

— Suas bochechas estão vermelhas. — Ele faz uma nova pausa, estreitando os olhos e fazendo uma leitura perfeita de mim. — Você está envergonhada com alguma coisa ou com raiva de mim?

Sua tranquilidade com a honestidade, com o confronto gentil, faz minha irritação transbordar.

— Mudando de assunto: é que eu estava me perguntando por que você não me incluiu na decisão de divulgar a história para o jornal.

Agora vejo que *essa* pergunta o pega de surpresa. Ele respira fundo, se inclina para trás e levanta o rosto na direção do teto enquanto pensa.

— Você acha que teria concordado? — ele pergunta, finalmente.

— Acho que a chance era grande. Eu estava muito apaixonada por você.

Vejo como essa frase o atinge com força. O fato de eu ter dito *apaixonada*, não que o *amava*. Sam olha para mim.

— Eu não incluí você porque estava em pânico. — Ele se inclina para a frente, apoia os cotovelos nas coxas e olha para o tapete entre nossos pés. — Não era exatamente um plano bem traçado. Eu nem tinha certeza se ia funcionar.

— Me conta como aconteceu.

Ele esfrega a mão na barba e fecha os olhos com força.

— Como eu disse, entrei em pânico depois de falar com a Roberta. Ela disse para o Luther que a gente precisava voltar para casa naquele instante. Ele argumentou um pouco com ela, mas finalmente concordou. Assim que ele desceu para acertar a conta com o hotel, liguei para o jornal — ele diz, e sua voz é monótona, como se ele estivesse lendo instruções.

— Eu disse que tinha informações sobre a filha de Ian Butler. Disseram que um repórter me ligaria de volta. Pensei que demoraria um pouco, mas foram só uns dois minutos, embora fossem três da manhã. Falei que eles teriam que comprar a história. Eles pediram algumas informações preliminares para que soubessem que eu era confiável. Acho que disse para eles onde você morava e o nome que você usava para que pudessem pesquisar. Quando transferiram o dinheiro para a minha conta, desci até o saguão e usei um telefone público para ligar de volta. Contei para eles tudo o que você me disse. — Ele olha para mim e se encolhe. — Você e a Jude passaram por mim para tomar café da manhã enquanto eu estava conversando com eles. Quase vomitei. Coloquei o telefone no ombro e me virei. Fiquei preocupado que o repórter desligasse, mas ele não desligou. — Ele encolhe os ombros. — Saímos para o aeroporto assim que desliguei. Não tive coragem de me despedir, e o Luther recebeu o tratamento de que precisava.

— E então foi apenas... o quê? — pergunto. — Negócios como sempre? De volta à sua vida normal?

— Houve muitas consultas médicas e internações. Não foi exatamente uma vida normal, mas sim. Assumi mais a fazenda. Luther ficou fraco por um tempo, mas depois melhorou. — Ele passa a língua nos lábios e respira fundo. — Nunca disse para a Roberta ou para o Luther o que eu fiz.

Eu fico olhando para ele, chocada. Não sei por que presumi que eles estariam envolvidos.

— Como eles achavam que você conseguiu o dinheiro?

— Eu disse que o Michael tinha enviado de Nova York.

— E eles acreditaram em você?

Ele dá de ombros.

— Acho que naquele momento eles não queriam saber muitos detalhes. Só queriam que o Luther melhorasse. Mas isso significa que quando cheguei em casa, eu era o único que sabia o que tinha feito — ele diz, olhando para mim e logo levanta as mãos. — Não estou dizendo que foi tão difícil para mim quanto foi para você, ok? Nem perto disso. Mas eu estava aliviado pelo Luther e, ao mesmo tempo, estava sendo comido vivo pela culpa. — Ele olha por cima do meu ombro, recordando. — Você teve aquela entrevista com a Barbara Walters e logo depois foi escalada para *Evil Darlings*. Quando recebi a notícia, fui para o bar e fiquei tão bêbado que um amigo meu teve que me levar para casa no trator dele.

— O quê? — pergunto, confusa. Ele ficou chateado por eu ter entrado na indústria cinematográfica? — Por quê?

— Porque eu estava louco por você. Completamente obcecado. E pela primeira vez me ocorreu como eu tinha sido estúpido. Como fui imprudente com você. Minha vida continuou do jeito que sempre foi, a maior parte do tempo. Achei que você receberia um pouco de atenção e então a sua vida voltaria a ser como era antes também: faculdade, morar no norte da Califórnia e tal. Nunca me ocorreu que a sua vida poderia mudar. Que a sua vida poderia ter sido totalmente arruinada pelo que eu fiz. Como fui burro. Você transformou a exposição em algo bom, mas poderia facilmente ter sido o contrário. Como eu me sentiria se soubesse que você usava drogas ou coisa pior? E se o que eu fiz tivesse causado um dano real na sua vida? — Ele pisca para retomar o foco e olha para mim. — Eu poderia ter fodido com tudo de verdade.

Dou uma risada seca e tomo o café.

— Você *fodeu* com tudo.

— Mas olha só para você. Você está indo bem — ele diz, e então acrescenta baixinho: — Não é?

— Estou bem. — Mordo o lábio, debatendo o quanto devo admitir e por que o desejo de dizer a ele que nem sempre estou prosperando veio à tona? É porque quero que ele ainda se sinta um pouco mal? Ou é outra coisa em mim, algo mais gentil que quer falar, porque quero que ele me conheça melhor? — Ainda não sou muito boa com relacionamentos. Não fui desde então.

As sobrancelhas de Sam se abaixam, e ele pisca para as próprias mãos.

— Eu li sobre muitos deles.

— A maioria deles foi coordenada. Só publicidade.

— O Chris? — ele pergunta, e há uma vibração em sua voz, uma camada abaixo do casual que parece mais sombria, um pouco rouca.

— Foi real por um tempo, mas ele era encrenca. — Constrangida agora, levo o polegar aos lábios e mastigo a unha. — A gente já não estava junto por um bom tempo, mas mantivemos a fachada.

— Eu vi você com o Nick. Naquela noite.

A noite em que ficamos bêbados e nos beijamos. Idiotas.

— Eu sei.

— Vocês dois estão...?

Balanço a cabeça, envergonhada de novo.

— Eu estava confusa naquela noite. Sobre tudo isso. — Faço um gesto entre nós, mas depois o alargo para incluir tudo no *set*: a pressão de um papel de relevância como a personagem, a presença de uma diretora mundialmente conhecida e, claro, meu pai.

Ele faz um som baixinho, um minúsculo "ah" em reconhecimento, mas me deixa louca, querendo cavar um pouco mais fundo para saber o que ele está pensando. Quero dizer, o quanto isso pode mesmo incomodá--lo? Afinal, ele está com outra pessoa. Ele sobe para ligar para ela quase todas as noites depois do jantar. E ele escolheu nossas circunstâncias atuais. Não é como se ele pudesse fazer o papel de ex-namorado ciumento agora.

— Enfim — digo, desejando não ter tocado nesse assunto agora. — Às vezes odeio não ter me apaixonado por ninguém desde Londres. — Assim que falo parece exagerado e acrescento depressa: — Mas sei que vou um dia.

Eu me sinto exposta de uma maneira que ele não está — ele está estabelecido, tem filhos, é saudável. Mas não quero mais ser o passarinho ferido. Estou cansada de sofrer em todos os relacionamentos que tenho, até mesmo nessa nova amizade — é isso que é? — que estou tentando forjar com Sam. Honestidade, clareza e encerramento de um ciclo. É disso que eu preciso agora.

Ele sorri, e posso imaginar a cicatriz em forma de vírgula sob a barba. Só de pensar faz surgir uma forte nostalgia em meu peito.

— Bem, acho que é por isso que eu tive que escrever *Milkweed* — ele diz.

Aperto os olhos, tentando juntar as peças.

— Não entendi.

— Para me lembrar de que valeu a pena. — Ele ri. — Eles foram muito geniosos no final.

Eu ainda estou perdida.

— O que valeu a pena?

Sam me olha como se eu estivesse sendo excepcionalmente lenta, e um meio sorriso surge em sua boca.

— Valeu a pena perder você.

vinte e um

— Por que sou péssima com os homens?

O sol está desaparecendo atrás das árvores, e o cabelo escuro de Charlie é uma auréola selvagem na brisa.

— Não acho que você seja *ruim* com os homens...

Ela para quando vê minha expressão de "qual é!". Minha cara de *você só pode estar brincando*. Charlie conhece meu histórico melhor do que ninguém: sou péssima com os homens.

— Estou falando sério — ela diz, olhando de volta para o campo, onde a equipe do *set* está dando os toques finais no celeiro para as filmagens desta noite. — E mesmo se você fosse, quem poderia te culpar? Não é como se você tivesse tido os melhores exemplos para seguir. Seus pais eram um caos quando estavam juntos. Sua mãe nunca namorou e seu pai só precisa... parar de namorar. A vovó nunca se casou de novo. Meus pais também eram uma bagunça, então também não estou ganhando nenhum prêmio no departamento de romance. Se você é péssima nisso, é porque você nunca soube como deveria ser um relacionamento normal.

Pondero sobre o assunto, olhando para a paisagem. Estou nervosa com a filmagem da noite, porque vai ser intensa, mesmo se tudo correr exatamente como deveria. A fazenda deve ter mais de oitenta hectares, mas com meu pai por perto parece muito menor. Com Sam ali, parece ainda menor. Achei que estabelecer algum tipo de quase amizade tornaria as coisas mais fáceis entre nós, mas em vez disso só deixou as coisas mais confusas.

Ter raiva era mais fácil, e *com certeza* mais seguro.

A constatação de que interpretei mulheres em relacionamentos saudáveis mais vezes do que já estive em um é deprimente.

— Tenho trinta e dois anos, Charlie. Trinta e dois anos e solteira para sempre, com um pai que me traumatizou e questões de abandono. Achei que ele e eu finalmente criaríamos uma conexão e isso foi pelo ralo. Achei que finalmente tivesse superado o Sam, mas agora isso também é mentira. Pelo menos você ficou noiva.

— Por seis meses — ela me lembra.

— É, mas você chegou até esse ponto. O mais longe que cheguei foi o Chris dizendo "eu te amo" e eu respondendo com "você é o melhor".

Ela ri.

— Talvez seja isso que o levou a beber.

— Charlie Zhao, você é a porra do demônio.

— Você não chegou no "eu te amo" com o Pete?

— Não.

— E o Evan?

Ah, Evan. O doce Evan só se importou comigo por cinco meses.

— Não de novo. Bem — corrijo —, ele disse. E acho que tentei melhorar meu "você é o melhor" e saí com um "fico feliz em ouvir isso".

Charlie se inclina para a frente, gargalhando.

— Eu continuo lendo o roteiro e pensando "uau, o Sam escreveu isso aqui". A pessoa terrível que eu inventei na minha cabeça escreveu essa coisa linda. Isso tem que significar alguma coisa, não é? Que ele entende as mulheres ou que é bom o suficiente por dentro para ter feito isso? Ou talvez seja a Ellen — balanço a cabeça e me corrijo —, a Roberta, que era tão sensacional? Penso em tudo pelo que ela passou: ficou grávida aos dezesseis anos, colocou o marido na faculdade de Direito e depois ele a largou com o filho deles e fugiu com outra pessoa. Seu pai está doente. Ela se apaixona por um homem contra o qual a cidade inteira se opõe, mas ainda assim ela trabalha para construir sua comunidade e ajudar as mesmas pessoas que a rejeitaram. Ela não se fechou. Ela não pulou de um relacionamento sem sentido para outro. Ela é simplesmente uma pessoa maravilhosa que cometeu erros, aprendeu com eles e seguiu em frente.

Charlie me avalia, inclinando um pouco a cabeça.

— Você também é ótima, sabia?

Tento rir, mas a risada soa vazia e cínica.

— Você se lembra daqueles projetos de arte que ajudamos as crianças a fazerem num acampamento? Você preenche todo o papel com cores diferentes e depois cobre com giz de cera preto? Você pensa que é só uma imagem preta, mas quando raspa a superfície, tem... tudo isso por baixo.

É uma analogia terrível, mas é o que eu sinto em relação à minha vida amorosa agora. Imaginei que seria uma coisa, mas ela acabou sendo coberta com um giz de cera preto chato e eu não tenho as ferramentas para raspá-la.

Charlie me abre um sorriso triste e aperta minha mão.

— Mas o que está lá embaixo *ainda* é alegre e colorido como um arco-íris. Sei que é assustador aprender a como raspar tudo isso, mas acho que o que está lá embaixo também pode ser ótimo.

Olhamos para cima e vemos Devon se aproximando pela grama alta. Sua camisa azul de botões parece brilhar ao sol poente.

— O que vocês estão fazendo?

— Discutindo por qual razão a minha vida amorosa é uma bagunça — digo a ele, rindo.

Devon faz uma pausa, surpreso, e então nos abre um sorriso torto.

— Bem, então tá bom. — Pelo visto não estamos com muita pressa, porque ele se acomoda na grama ao meu lado. — Estamos nos preparando para rodar, Tate. Como você está se sentindo com relação à filmagem de hoje à noite?

Pondero a resposta. A parte mais estressante das filmagens chegou junto com o fim da nossa estada: o incêndio do celeiro e as cenas de amor. Sei por que tivemos que colocá-las no final da programação. O incêndio no celeiro não deve ser destrutivo, mas no caso de causar algum dano à paisagem, precisávamos terminar todas as tomadas ao ar livre primeiro. E as cenas de amor, bem, Gwen é inteligente o suficiente para saber que elas demandam que os atores se sintam mesmo confortáveis. Estou apreensiva com as cenas de amor, mas estou com *medo* real do incêndio do celeiro esta noite. Ensaiamos inúmeras vezes, mas, tipo, *vamos colocar fogo no celeiro*. Não está sendo feito com efeitos especiais; é uma queima controlada e eles vão filmar com lentes especiais para diminuir a distância entre os atores e as chamas, mas ainda assim está sendo feito com um celeiro recém-construído, uns produtos químicos sofisticados e um acendedor.

— Estou nervosa — admito.

— Sei que você já ouviu isso, mas quero te tranquilizar — Devon diz. —Temos…

— Mais de cem bombeiros no local para apagar o fogo — termino a frase por ele. — Câmeras de infravermelho para verificar pontos críticos. Na verdade, nunca vou estar em perigo. Eu sei.

Ele torna a sorrir. Devon é tão querido que sinto uma pontada de decepção por não estar tão atraída por ele como deveria. Culpa do Efeito de Proximidade Sam Brandis.

— Então, tudo certo? — Devon inclina a cabeça colina acima, deixando seu significado claro.

A colina, isto é, onde quase todos os que estiveram envolvidos no filme se reuniram para assistir a essa cena extremamente importante sendo filmada. Até o Jonathan plastificado voltou e estará sentado a uma distância segura do celeiro, em uma área chique de assentos executivos.

Sam, como sempre, está observando de perto a ação. Meu pai e Marissa estão tomando coquetéis na área executiva. Nick está com Gwen em um cenário construído para se assemelhar à entrada do celeiro, analisando nossas marcas e como devemos realizar nossos movimentos. Eu me junto a eles e, quando ele olha para mim, posso jurar que ouço seus batimentos cardíacos.

O celeiro, que foi construído aos poucos desde que chegamos aqui, de repente parece enorme. Eu me pergunto se vê-lo queimar será emocionante ou devastador para os designers de cenário.

Todos ficam em posição. Nick olha para mim e então pega minha mão.

— Você está bem?

— Estou. E você?

Ele dá de ombros e só então percebo que sua mão está tremendo na minha. Eu me inclino para a frente e beijo sua bochecha, e então Gwen pede silêncio no *set*.

O corpo de bombeiros dá o ok, os especialistas em pirotecnia acionam o gatilho e começamos a filmar.

Juro que meu coração nunca bateu assim. Não só rápido, mas estrondoso. Saímos da casa da fazenda de pijama, correndo juntos pelo gramado. Nick tem que entrar no celeiro para pegar baldes; ele passa por uma zona segura e volta para fora, completando a cena. Mas o fogo não parou e ainda estamos rodando.

É uma cena coreografada milimetricamente. Os coordenadores de dublês organizaram tudo nos mínimos detalhes com os atores principais, os dublês, os figurantes e a equipe. Os figurantes que atuam como moradores da cidade chegam em ondas e todos jogamos balde atrás de balde nas chamas ruidosas. Sei que é um cenário, que estamos seguros — que não é real —, mas o pânico toma conta de mim como uma maré crescente. O fogo não é apenas quente, é barulhento. Estala, chia e crepita. A primeira parede do celeiro range antes de desabar, no momento exato, e o som é ensurdecedor; a poeira é real. E a sensação de que estamos lutando contra uma coisa que nunca vamos vencer também é.

É *abrasador*, diferente de tudo que já senti antes. Mesmo sob o gel protetor, sinto meu rosto seco e rachado. Sei que estamos atuando, mas com Nick — *Richard* — ao meu lado, fazendo tudo o que pode para salvar nosso celeiro, sinto pela primeira vez como seria aterrorizante de verdade alguém que você conhece e vê pela cidade, que sorri para você, tentar queimar sua casa. Não consigo imaginar como deve ter sido para Luther, ou o vínculo que deve ter existido entre os dois para prosseguir, continuar lutando contra tanto preconceito e maldade, e no final, viver de maneira tão intensa e otimista.

Depois, Nick e eu nos sentamos na grama, olhando para o vapor que sobe dos destroços, enquanto os bombeiros garantem que todas as brasas foram eliminadas. Acho que ambos estamos sem palavras, perdidos em nossos pensamentos sobre nossas vidas agora contra o pano de fundo de como eram as vidas de Richard e Ellen naquela época.

— Tudo bem? — pergunto finalmente. Nossos rostos estão cobertos de fuligem e estamos tremendo de tanto esforço.

Ele solta um assobio baixo.

— Foi *intenso*.

— Foi mesmo.

— Nem era ficção, estava acontecendo mesmo. — Ele passa a mão trêmula no rosto. — Não entra na minha cabeça que alguém teria queimado aquele celeiro, o sustento de alguém, só porque algumas pessoas brancas não concordavam com o tipo de amor que estava rolando atrás daquelas portas. É um milagre eles terem sobrevivido. — Ele faz uma pausa. — Muitos não tiveram a mesma sorte.

Eu me curvo, descansando a testa em meus braços. Com o cheiro acre de fumaça ainda persistente na pele, sou lembrada mais uma vez que isso é muito mais do que um filme e do que as pessoas que o inspiraram, e como a cor da minha pele significa que posso ter empatia, mas nunca vou *realmente* compreender.

— Sinto muito — digo, mas as palavras parecem insignificantes. — É repugnante.

Quando olho para cima, ele aponta para os restos fumegantes da réplica do celeiro.

— Você me perguntou por que eu queria esse papel? É incrível, mesmo, mas sinto que as pessoas esquecem: merdas assim aconteceram e, para ser sincero, ainda acontecem. Eu quero que elas se lembrem.

— Elas vão se lembrar. — Deito a cabeça em seu ombro. Eu gosto demais desse homem. — Esse incêndio, em particular, aconteceu de verdade — digo a ele. — O roteiro é sobre os avós do Sam.

Ele se vira para olhar para mim.

— Sério?

Aceno com a cabeça.

— Eu juntei as peças alguns dias atrás. O avô dele mencionou algo sobre um incêndio num celeiro quando nos conhecemos. Quando filmamos a cena com os homens no restaurante, tive uma estranha sensação de *déjà-vu*. Eu o confrontei e, sim, é baseado nos eventos reais.

— Você conheceu o avô dele?

Uma agitação desconfortável toma conta do meu estômago, mas quero que ele saiba. Não complique, Tate.

— Sim. O nome dele era Luther e ele era ótimo. Você é muito parecido com ele, sabia? Vocês dois estão sempre aprontando alguma coisa.

Ele ri e passa o braço em volta dos meus ombros.

— Viu só? Sabia que aí tinha coisa. Você conheceu a família dele.

— Na verdade, não — insisto. — Só enquanto a gente estava em Londres.

Nick absorve a informação e me abre um sorriso malicioso.

— Quantos anos você disse que tinha?

Acho que ele está ligando os pontos, ou talvez eu esteja apenas sendo paranoica.

— Eu *não disse* a minha idade.

Uma sombra paira sobre nós e então sinto a presença calorosa de Sam se acomodando na grama ao meu lado.

— Como vocês estão?

É a primeira vez que ele se aproxima de mim e de Nick juntos, a primeira vez que ele se aproxima de mim como amigo. A constatação me faz ficar radiante por dentro.

— Estou com calor. — Solto um gemido e me deito na grama. Em um suspiro, percebo o que fiz: estou deitada ao lado de Sam na grama, olhando para o céu. Por alguns instantes tensos, imploro para que ele não se deite ao meu lado.

Felizmente, ele não se deita.

— Cara, não sabia que essa história era uma biografia — Nick comenta.

— Não totalmente, mas sim — Sam diz.

— Como assim, não totalmente?

— Eles me criaram, mas deixei essa parte de fora — Sam explica.

— Então, tudo isso aconteceu antes de você aparecer? — Nick pergunta, e presumo que ele esteja apontando para o local do celeiro, mas meus olhos estão fechados agora enquanto ouço os dois conversarem. A conversa vai de Luther e Roberta para crescer em uma fazenda, e para Nick crescendo em Houston e como a noite está ficando fria.

— Você acha que ela está dormindo? — Nick pergunta depois de um tempo.

Sinto o calor do corpo de Sam quando ele se inclina sobre mim, para ver melhor.

— Talvez.

Estou, mas não estou. Estou semiconsciente, confortavelmente protegida do vento pelo corpo de Sam. É um retorno à infância: ouvir adultos em quem confio conversando, enquanto posso mergulhar para dentro e fora da consciência. Além disso, a sensação da grama nas costas e do céu acima me leva para anos atrás, para aquela sensação fácil de estar toda extasiada de amor por Sam, e me sentindo segura com alguém que me *conhecia*. Quero viver naquele espaço só mais um pouco.

— Eu posso carregá-la — Sam diz.

Sinto uma dor no peito e eu me sento.

— Estou acordada. Tudo bem.

Levantamos com gemidos silenciosos: dores nas articulações por termos ficado sentados no chão por muito tempo no frio após um esforço físico intenso. Nick envolve seus braços em volta dos meus ombros e beija o topo da minha cabeça.

— Você foi ótima hoje, Tate.

Coloco os braços em volta de sua cintura.

— Você também.

— Vocês dois foram perfeitos — Sam diz, atrás de mim. Hoje à noite, nós três pulamos alguns degraus e percorremos o caminho da amizade secreta. Tenho a sensação de que o vínculo desta filmagem vai durar anos.

— Vamos — Nick quebra o silêncio. — Tenho que estar pronto para amanhã.

Levanto seu queixo gentilmente.

— Vai dar tudo certo. Mamão com açúcar.

Sam nos observa, confuso.

— O que é amanhã mesmo?

— A cena de sexo — digo a ele e, sem esperar sua resposta, eu me viro e grito por cima do ombro: — Vamos ser incríveis de novo, Nicky. Boa noite, vocês dois.

vinte e dois

INT. FAZENDA DA FAMÍLIA MEYER, QUARTO DE ELLEN — DIA

Ellen está em seu quarto. O sol do final da tarde entra pela janela e deixa as paredes douradas. Ellen está trocando de roupa. Sua camisa está desabotoada. Ela está suada e suja depois de um dia duro de trabalho. Ela também está com raiva.

Ela ergue os olhos ao ouvir uma batida na porta.

      ELLEN
 Pode entrar.

Com o chapéu na mão, Richard começa a entrar, mas para ao ver que ela está se trocando. Ele está claramente encabulado.

      RICHARD
 Ah, eu... estou... eu volt...

Com uma bufada impaciente, Ellen o puxa para dentro do quarto e fecha a porta.

      ELLEN
 Não seja ridículo. Eu tenho que me trocar e
 voltar lá para fora. É só... você se virar.

Richard se vira para a parede.

RICHARD

Vejo que você está dirigindo o trator. Eu disse que poderia ajudar.

Atrás dele, vemos Ellen tirar a camisa. Suas costas nuas estão expostas e ouvimos o tecido cair no chão.

ELLEN

Sim, mas tenho certeza de que não foi por isso que você veio.

RICHARD

Eu estava na cidade e ouvi algumas pessoas conversando. Disseram que o seu pai está pior. Que ninguém o vê já faz semanas.

Ellen tira a saia, e o tecido desliza lentamente por suas pernas. Na janela, Richard vê seu reflexo, todas as curvas e os músculos bem torneados. Ele inclina a cabeça, desviando o olhar.

ELLEN

Eu não sei por que as pessoas não cuidam das próprias vidas. Jacob Hadley esteve aqui ontem e teve a coragem de sugerir que preciso de um marido para cuidar das coisas.

Ela pisa na calça jeans.

RICHARD

Acho que as pessoas só estão preocupadas de você ficar aqui sozinha cuidando dele.

ELLEN

E onde estavam todas essas pessoas preocupadas quando o papai adoeceu? Quando tive que cuidar dele e de tudo mais. Onde elas estavam?

RICHARD

Bem, *eu* estava na Carolina do Norte...

ELLEN

Você sabe que não estou falando de você.

RICHARD

Mas por que não?

ELLEN

Por que não o quê?

RICHARD

Por que não estamos falando de mim? Eu também
me preocupo com você.

ELLEN

Eu não preciso que você se preocupe comigo.

RICHARD

Eu sei. Sei que você não precisa de nada de
mim. Eu também não preciso de nada de você.
Não significa que não quero você.

Ela para de abotoar a camisa e se vira para encará-lo.

RICHARD (continua)

Eu quero te dar tudo.

ELLEN

Olhe para mim.

Richard se vira devagar. Ele observa sua camisa desabotoada e lentamente encontra seus olhos.

ELLEN (continua)

Tem certeza de que sou o que você quer? Isso?
Aqui? Você está disposto a assumir isso? Não
posso cair de novo e juntar os meus próprios
cacos. Não consigo mais.

Ele dá um passo para a frente. Desliza a camisa pelos
ombros dela e a deixa cair no chão. Vemos suas costas
nuas quando ela se inclina e o beija.

Duas horas depois, a batida que eu temia soa na porta do trailer de maquiagem.

Charlie está passando pó sob meus olhos e inclina a cabeça.

— Ela está decente — ela grita.

Não tenho certeza se *decente* é a palavra certa, considerando que sob o roupão não estou usando nada além de adesivos nos seios e a menor tanga do mundo. Eu fui encerada, e hidratada, e maquiada. Cada cicatriz e sarda foi cuidadosamente escondida, e esta peruca em particular foi despenteada o suficiente para parecer que passei o dia na cama de alguém. Que é, infelizmente, o que estou prestes a fazer.

A porta se abre, e o sorriso com covinhas de Devon surge.

— Está pronta?

— Pronta para rolar pelada na frente de uma câmera? — pergunto. Não há por que adiar. — Claro. É só uma terça-feira normal.

Certa vez li que as cenas de sexo nos filmes são como sexo real, mas sem nenhum prazer e toda a vergonha, o medo, a ansiedade e o estresse que vêm junto. Não está errado. A coisa boa — se eu tivesse que escolher uma coisa boa — é que, quando bem-feita, uma cena de sexo pode mudar completamente uma história de amor. É quando estamos mais vulneráveis; quando derrubamos as barreiras e deixamos a outra pessoa ver quem somos de verdade. Muito disso recai sobre os ombros dos atores, mas o diretor e a equipe também influenciam. Eles definem o tom para a filmagem e a cena, determinam a proximidade das tomadas e nos avisam quando está ou não funcionando.

Como diretora, Gwen é conhecida por ser meticulosa. As cenas de amor não são diferentes. Sabemos exatamente como a cena termina, como nos movemos e o que queremos ver na câmera. Não estou ansiosa por isso, mas pelo menos estaremos todos preparados.

Em dias como hoje, apenas os membros essenciais da equipe estão presentes. Quando voltamos para a sala que foi projetada para se parecer com o quarto de Ellen na casa da fazenda, vejo Gwen, Liz, Feng, o operador de câmera, o operador de câmera assistente, o operador de som, o supervisor de roteiro… e Sam. Não pensei que ele estaria aqui.

Eu paro, mas não preciso me preocupar, porque ele já está vindo em minha direção.

— Eu tentei te falar antes de você sair mais cedo — ele diz imediatamente, a expressão tensa com o que só posso supor que seja pânico.

Também estou me sentindo um pouco em pânico. Hoje vai ser bastante difícil, mas saber que Sam também estará aqui? Tipo, merda, acabamos de encontrar um terreno fácil e sólido. Não estou pronta para ficar nua na frente dele o dia todo.

— Desculpa, eu fui correr e depois fui fazer o cabelo e a maquiagem. — Eu mordo o lábio.

Por que estou me explicando?

— Então, se você der uma olhada no contrato, verá que é para eu estar aqui — ele diz. — Mas já que o meu nome não significou nada para você antes, você não deve ter notado. Tentei dizer para a Gwen que não era necessário, mas ela disse que preferia que eu ficasse. — Ele passa a mão pelo cabelo de um jeito nervoso e olha em volta antes de abaixar a voz. — Eu não sabia mais o que dizer sem ter que contar demais para ela...

— Não... tudo bem — digo, exalando de maneira lenta e constante. — De verdade. Somos todos profissionais, e, tipo... não é como se você não tivesse visto antes. Embora catorze anos de gravidade cobrem um preço... — A piada cai como uma pedra e cria um silêncio desconfortável.

— Tudo bem — Sam diz.

Felizmente, somos resgatados quando Charlie chega para verificar minha maquiagem.

Seu olhar segue Sam, enquanto ele se afasta e se senta logo atrás de Gwen.

— O que ele está fazendo aqui?

— O trabalho dele. — Fecho os olhos, e ela passa o pincel em minhas pálpebras.

— Bom, é melhor ele fazer o trabalho dele naquele canto escuro ali. Atrás de uma parede bem grossa.

Olho para ela.

— Charlie. Qual é. Ele não é mais o Satanás.

— Você vai ficar *nua* o dia inteiro, Tate.

— Aham, pois é, estou ciente.

— Você não pode me culpar por ser protetora. É como quando uma amiga termina com alguém e conta todas as coisas terríveis sobre a pessoa. Aí eles voltam e você tem que simplesmente esquecer tudo?

— A gente não... você sabe que não é isso o que está acontecendo.

— Beleza. Mas se eu o vir olhando para os seus peitos, vou dar uma surra nele. Sou do time da Tate até a morte. É o *meu* trabalho.

Quando eu me viro, Nick está nos observando.

— Está tudo bem? — ele pergunta, inclinando a cabeça para Trey fazer correções de última hora em sua maquiagem.

— Pronta para acabar com isso.

Trey solta uma risada, e Nick belisca meu braço.

— Posso garantir que foi a única vez que ouvi uma mulher dizer isso.

NO MEIO DE ALGUNS MOVIMENTOS APAIXONADOS, Gwen corta e a única opção que tenho é olhar para Nick — nu — em cima de mim. Ele não está nu de verdade, é claro. Ele está usando uma bolsa (uma gloriosa meia para o pênis) e tem glicerina e água de rosas o bastante nas costas para parecer que estamos fazendo isso há muito, muito tempo. O que, falando sério, parece que estamos mesmo.

Um lençol cobre meu seio direito, e o braço de Nick bloqueia a visão do outro. Estou em um ponto da carreira em que posso estipular o que quero ou não mostrar. Em contraste, toda a bunda de Nick está em exibição.

— Você sabe que horas são? — pergunto.

— Deixei o relógio no bolso e, como você deve ter notado, não estou de calça. — Por mais embaraçoso que seja ter seu pênis em uma meia e um travesseiro entre você e as partes que você deveria estar fodendo de forma convincente, Nick ainda fica à vontade, como sempre.

— Mas você consegue ver um relógio ou algo assim. Tudo o que consigo ver deste ângulo é o seu peito brilhante.

Ele se move um pouco.

— Não vejo nenhum relógio, mas *vejo* o nosso roteirista. E ele não parece feliz.

Isso desperta meu interesse e, sem pensar, tento esticar o pescoço e dar uma olhada por mim mesma. Nick me impede, colocando a mão suave no meu ombro. Se eu me mexer, as tomadas não vão se alinhar e teremos que fazer a cena toda de novo. Eu sei disso, mas a ideia da reação carrancuda de Sam está me deixando desconcertada.

— Ah?

— Pois é, ah — ele diz, balançando a cabeça. — Você vai me contar o que aconteceu de verdade entre vocês dois ou devo ficar com a versão mais sinistra que consigo imaginar?

Sou salva por alguns momentos quando Gwen nos chama para recomeçar de onde paramos: é para eu dobrar a perna e deslizá-la sobre Nick para que ele beije meu pescoço.

— Isso mesmo, isso mesmo — Gwen grita, sua voz será cortada mais tarde na edição. — Arqueie o pescoço um pouco mais, Tate.

— Isso, dê para ela o que ela quer, Tate — Nick sussurra com o rosto escondido em minha garganta. — E me conta por que o sr. Intenso ali parece que acabou de ter a festa de aniversário arruinada.

O gemido que dou para a câmera pode ser falso, mas a maneira como suas palavras prendem minha atenção é completamente real.

— Estou interpretando a avó dele nesta cena. Tenho certeza de que ele não está *gostando* de assistir.

— É, não acho que seja isso.

Odeio a descarga de adrenalina que sinto, por que em que mundo Sam tem o direito de ficar chateado? E por que eu me importo? *Estou trabalhando.*

Paramos para que a bateria do microfone possa ser trocada e eu encaro as vigas no teto. É assim que os filmes são: vá logo e então espere. Vá logo e então espere. Sobra muito tempo para pensar.

Porque há aquele sentimento de novo, o desejo de sair da caixa em que me coloquei, o desejo de me rebelar e contar a Nick o que aconteceu de verdade.

— Eu já te falei, ficamos juntos quando éramos mais jovens.

— E ele está chateado uma década depois.

— Ele foi o cara... — Faço uma pausa, sem certeza de quanto quero avançar.

É tão fácil estar com Nick, tão fácil de contar as coisas para ele. Mesmo agora, ele não pressiona, apenas enrola uma mecha do meu cabelo em volta do dedo e espera que eu continue — ou não. Como se a decisão fosse minha. Nada sobre Sam jamais pareceu ser minha decisão. Da última vez que contei algo para um cara sobrou para mim, e não estou disposta a passar por isso de novo, nem por um amante *ou* um amigo.

Baixo a voz para quase um sussurro.

— Ok, a história completa é esta aqui, Nick: foi o Sam quem contou para os jornais que eu sou a filha de Ian Butler. Ele vendeu a história e então simplesmente desapareceu, e eu não o vi mais até aquele dia na trilha.

Ele quase não reage, o que é uma prova de suas habilidades como ator.

— Ok — ele diz e inclina um pouco a cabeça. — Isso explica *muita* coisa. Uau. — Depois de um minuto, ele acrescenta: — Que babaca.

Endireito a perna que está escondida pelo lençol, só para fazer alguma coisa. Me sinto inquieta e desconfortável. Não quero exatamente defender Sam, mas uma estranha sensação de proteção cresce em meu peito.

— Ele tinha uma razão muito boa para fazer isso, e sei disso agora, mas isso não apaga a raiva constante de todos os anos em que eu *não* sabia.

— Faz sentido. — Ele ergue os olhos. — Ele está sempre olhando para você. O cara tem *desejo* nos olhos.

— Não, não tem. Ele tem uma esposa. Você o viu subir as escadas na Casa Comunitária para ligar para ela todas as noites. Tenho certeza de que só é estranho para ele assistir a tudo isso.

Nick dá de ombros, não muito convencido.

— Tá bom. Foda-se aquele cara se ele não sabe o que perdeu. Quaisquer que sejam os motivos. Pouco importa que ele seja bacana agora. Mesmo se fosse solteiro, você não encararia isso de novo de jeito nenhum. Gato escaldado e tal.

Fico quieta e Nick olha para mim.

— Você sabe que não vou contar para ninguém — ele diz, baixinho. — Sei que tenho te perseguido para saber os podres, mas só porque o seu jeito de não falar nada me deixa louco de curiosidade. Pode confiar em mim.

Não digo, mas sei que ele vê *espero que sim* nos meus olhos.

Gwen nos diz que estamos prontos para rodar, e uma vez que Nick está se movendo em cima de mim de novo, sei que estou quase totalmente escondida das câmeras, até que se movam para as tomadas mais fechadas. Imagino como Nick parece visto de cima, como a minha forma fica sob os lençóis, e me pergunto onde Sam Brandis pensa que vai parar ficando com ciúmes; e por que há uma brasa minúscula em mim que precisava desse consolo mesquinho de saber que isso também não é fácil para ele.

vinte e três

A ESSA ALTURA DA FILMAGEM, OS FUNCIONÁRIOS da Fazenda Ruby parecem bastante acostumados ao caos noturno causado por um elenco e equipe inteiros se aglomerando ao redor de uma fogueira ou tomando conta do refeitório na Casa Comunitária. Na verdade, muitos deles com frequência se juntam a nós. Está frio esta noite, então a multidão ali dentro é enorme. Algumas pessoas arrastaram uma mesa de bilhar para a sala principal. Alguém encontrou uma máquina de karaokê velha e empoeirada. Uma alma corajosa — ou masoquista — distribuiu algumas garrafas de tequila e todos parecem estar virando doses enquanto as garrafas circulam pela multidão.

Eu vou ter uma filmagem logo cedo, então fico no vinho, não querendo lidar com uma dor de cabeça pela manhã, além de todo o resto. Ouço as conversas rolando em nosso pequeno círculo, me intrometendo quando preciso, muito ciente de Sam do outro lado da sala.

Eu o pego me observando algumas vezes, sempre desviando o olhar quando nossos olhos se encontram. Ele está sentado com Gwen e Devon, mas não parece estar ouvindo. E então vejo na mesa, entre os três, minha capa na *Vogue*. A edição saiu hoje. Eu esqueci completamente. Eles escolheram a foto no estilo Audrey Hepburn, aquela que me lembrou de mim mesma, então.

Levanto os olhos da revista sobre a mesa para encontrar Sam me analisando. Será que ele teve a mesma reação à foto da capa que eu? Ele leu o perfil, cheio das mesmas mentiras sobre meu retorno a Hollywood — nenhuma menção ao homem que, para melhor ou para pior, mudou minha vida por completo? É um lampejo de dor que vejo em seus olhos?

É difícil negar o que Nick disse — eu conhecia Sam no passado, e sua expressão não está completamente desprovida de desejo. Mesmo assim, ele não se preocupou em vir falar comigo para me dizer o que achou das cenas de hoje, em ser sociável. Talvez eu estivesse errada ontem à noite na grama — não criamos nenhum vínculo. Eu me sinto sempre errada sobre isso.

Quando ele se levanta, não faz o que eu esperava, que seria subir as escadas para fazer seu telefonema noturno para Katie. Em vez disso, vai em direção à saída, e eu sinto um impulso magnético de segui-lo. Talvez só para encontrar uma maneira de lhe dizer para parar de complicar emocionalmente as coisas para mim. Eu não quero mais querer estar com ele. Não gosto da sensação de que o beijaria em um piscar de olhos se pudesse. Este é o problema de locações como esta: a proximidade forçada, intensa e constante. Isso faz com que o resto do mundo desapareça.

Passo pelas mesas e saio para o frio do gramado lá fora. Os passos de Sam esmagam o cascalho, e eu tenho que alongar meus passos para acompanhar. Uma vez que estamos longe o suficiente da Casa Comunitária, eu o chamo.

— Sam! Espera.

Ele se vira, surpreso, mas seu olhar logo fica cauteloso.

— Ei. O que houve?

— Eu ia te perguntar a mesma coisa. — Eu me aproximo e dou um soco de leve no ombro dele. — O que está acontecendo?

Ele aperta os olhos para mim.

— Como assim?

— Não faça isso. — Estou toda confusa por dentro. Será que estou interpretando errado? Estou projetando ou vendo o que quero ver? Estou tentando tornar as coisas mais fáceis entre nós, por que ele não está? — Você está estranho desde a filmagem de hoje de manhã.

Ele se contrai e desvia o olhar para o lado. Odeio como cada coisinha ultimamente me lembra do menino no jardim: o ângulo de seu rosto, a postura de seus ombros, até mesmo o ar frio ao nosso redor.

E tudo o que consigo é:

— Desculpa se eu me comportei de maneira estranha.

— Você pode ao menos me dizer por quê? Quero dizer, se você estava se sentindo incomodado, poderia ter saído. — A verdade verte de mim. — Você está me fazendo sentir como se eu tivesse feito algo errado.

— Você não fez nada errado.

Dou risada.

— Bem, eu sei disso, só estou tentando entender o que aconteceu.

Ele respira fundo e parece demorar décadas. Por fim, fala:

— Acho que estou tendo um pouco de dificuldade com o Nick e tudo mais.

Torço o nariz, tentando entender o que ele acabou de dizer.

— Com o Nick?

Sam olha para mim.

— É. Você e o Nick. Assistir à cena de hoje foi difícil. — Ele ri, passando a mão pelo cabelo e desviando o olhar. — Sei que foi encenação. Tipo, eu escrevi a porra do filme, não é mesmo? Mas eu me dei conta de que você estava nua ali. Que ele estava... — Ele para, praguejando. — Só... Meu Deus, eu pareço um louco.

— Parece, mas fale mesmo assim.

Sam torna a olhar para mim.

— Eu fiquei com ciúme. Parecia tão real vocês se beijando. E vocês se beijaram antes, mesmo que você tenha dito que não foi nada. Olha. Sei que é injusto.

— Injusto, tipo, por um milhão de razões — concordo, com a voz firme. Eu aguento muita coisa, mas não vou ser o brinquedinho de ninguém.

Um galho de árvore range no alto e percebo cada segundo de silêncio que se passa entre nós. Eu esperava que ele negasse que algo estava errado. Sua honestidade me deixa tonta.

— Fiz a minha escolha anos atrás. Sei que tenho que viver com isso. Vou melhorar — ele diz.

— O que significa isso? Melhorar?

— O que estou dizendo é que vou tentar me controlar. Vou tentar controlar o meu ciúme.

— Ah, meu Deus — digo, agora com raiva. — Por favor, me diga que você está brincando. Você é *casado*, Sam. Você não tem filhos? Você não pode ficar fora de casa por alguns meses e fingir estar com o coração partido quando me vê interpretando uma cena de sexo que *você mesmo escreveu*.

Ele franze a testa, e as sombras realçam cada ano que se passou entre nós.

— Casado?

— Sua esposa? No telefone? Ouvi você falando com a Katie. Sobre as meninas.

Sua expressão relaxa.

— Katie é a minha ex-esposa, Tate. *Ex.*

Perco o chão.

— Ah.

— Você pensou que eu era casado todo esse tempo?

Concordo com a cabeça.

— Estamos divorciados há três anos, mas ainda somos amigos. Ela conheceu um cara alguns anos atrás e eles acabaram de ter gêmeas. Uma delas não está tão bem e teve que fazer uma cirurgia cardíaca.

— Ah, meu Deus. Sinto muito.

— Ela vai ficar bem — ele diz, gesticulando com a mão. — Ela é guerreira.

Não sei se o que sinto é alívio ou pânico. Alívio por Sam não ser casado. Pânico porque Sam é solteiro.

— Quanto tempo? Quando?

Felizmente, ele sabe o que estou perguntando.

— A gente se conheceu quando eu estava com vinte e nove anos. Casamos rápido. — Ele passa a mão na barba. — Olhando agora, sei que só queria que o Luther e a Roberta me vissem estabelecido para não se preocuparem comigo. Nos separamos depois de três anos.

Tento encaixar essa nova informação na história que criei — a imagem dele com sua esposa perfeita, vida perfeita — e não consigo. Estive com tanta raiva por tanto tempo e nem tenho mais certeza do quê. Era raiva da vida dele ou dos defeitos da minha?

— Pelo visto, eu não fui um bom marido. — Ele faz uma pausa, estreitando os olhos. — Mas ela é uma ótima mulher, e tenho sorte que ela ainda queira ser como uma família. Mas se você tivesse me perguntado alguma coisa antes, eu teria contado tudo. Por que você não perguntou?

— E o que eu deveria te perguntar?

— Qualquer coisa. Sobre essa esposa que você acha que eu tinha. As filhas. Se você só falasse comigo, a gente poderia ter evitado pelo menos metade dos nossos problemas.

— Porque o seu histórico é tão grande — digo, com o pulso acelerando. — Porque proteger os meus sentimentos e as minhas verdades sempre esteve no topo da sua lista de prioridades.

— Você me disse para ficar longe e a única coisa que eu fiz foi dizer como você é boa para o papel. Toda vez que temos uma discussão como essa, é você quem me procura. Você quer a verdade? — ele pergunta, enfiando as mãos nos bolsos e se inclinando para a frente. — Eu *odiei* ver você na grama com o Nick. Odiei ver você na cama com ele hoje. Não tenho nenhum direito, mas odiei. Cada vez que você está perto de mim, eu não posso te tocar, não posso te puxar para mais perto. Só posso olhar. Você é linda, engraçada e ambiciosa. Você ainda... — ele se interrompe, balançando a cabeça. — Tenho que ver o que eu tinha e do que abri mão. Mas sentir pena de mim mesmo... não é assim que funciona, né? Eu escolhi isso. — Ele dá um passo para longe de mim. — Este sou eu vivendo com isso. — Ele dá mais um passo para longe. — Vou me desculpar mais um milhão de vezes, juro, mas me deixa ficar de mau humor hoje.

Sam se vira e começa a se afastar. Mas ele não está indo em direção aos chalés; está indo na direção do estacionamento, onde os longos caminhões que trouxeram todo o equipamento estão estacionados.

— Aonde você está indo? — pergunto, tropeçando atrás dele. Meus pés estão esmagando o cascalho com tanto barulho quanto os dele; ele tem que saber que estou atrás dele.

— Para a minha caminhonete.

Tropeço em um pedaço de pau que não vi no caminho. Está escuro; nada além das estrelas no céu.

— E depois?

— Sei lá.

Continuamos a marchar num silêncio cruel, esmagando o cascalho, os grilos cricrilando na grama alta ao nosso redor. Eu poderia me virar e voltar para o chalé, tomar outra taça de vinho e tentar processar esta porra toda: Sam ciumento, Sam culpado, Sam talentoso. Uma raiva confusa, aliviada e histérica borbulha dentro de mim. Mas sinto que essa conversa não acabou.

Então aqui estou eu, seguindo-o na escuridão.

Que tipo de capacho eu sou? Estamos há semanas nesta filmagem, no meio do nada, e ele me diz que sente muito e está com ciúmes e é isso? Catorze anos e estou pronta para recomeçar de onde paramos?

Eu me odeio, mas não consigo parar. Há uma voz dentro de mim, dizendo: *É assim que você raspa o giz de cera preto. É assim que você descobre o que está por baixo. Você fica, seja persistente, não recue.*

Sam diminui a velocidade na frente de uma grande caminhonete vermelha — alugada, suponho —, apoia as mãos no capô e abaixa a cabeça. Seus dedos são tão longos, as mãos grandes e musculosas. Conheço essas mãos, conheço esses dedos e a maneira como eles se enrolam e agarram. Conheço esses braços, e esses ombros, e esse pescoço.

— Você decidiu para onde está indo? — pergunto.

Ele se vira.

— Não.

— Então está tendo seu comportamento padrão e simplesmente indo embora?

Ele rosna, dá um passo à frente e chega bem perto de mim.

— O que você quer que eu diga, Tate? O que eu deveria dizer? Que estou tentando entender essa merda? Que estou tentando te dar um pouco de espaço? Que estou perdendo a cabeça por estar perto de você? Tudo isso, ok? Toda essa porra é verdade. Estar perto de você assim está me destruindo completamente, e... o que eu devo dizer?

Dou um passo para trás e também abro o jogo.

— E o que você quer que *eu* diga? Que estou feliz por você estar solteiro? Que estou aliviada por você não ter partido o meu coração por diversão? Quanto você quer que eu me rebaixe aqui? Você me magoou! Você nunca tentou me encontrar durante todos esses anos. Mas aqui estou eu, te seguindo até o maldito estacionamento, tentando encontrar o meu caminho de volta para você! — Minha voz ecoa pelos caminhões ao nosso redor.

O calor que irradia de seu peito é inebriante. Tomei duas taças de vinho, mas de repente parece que foram vinte. Ele é tão grande na minha frente, essa parede de homem, de Sam. Levanto a mão e a coloco no peito dele. Sua respiração dá um solavanco, sua mão envolve meu pulso.

— Não assim.

— Assim como? — Estendo a mão livre. — No meio do nada?

— Não quando você está com raiva.

— *Eu* estou com raiva? — digo, com uma risada cortante.

Ele solta minha mão e inclina o rosto para o céu.

— Não estou com raiva, Sam. Estou em conflito.

— E como isso é melhor?

E mais isto entra em jogo: ele acha que pode dizer quando ou como isso vai acontecer? Então eu me aproximo e deslizo a mão pelo seu pescoço. Fico na ponta dos pés e fico ali, a apenas alguns centímetros de seus lábios. Ele cheira a água, e vinho, e morangos da sobremesa, e é como um soco na barriga lembrar aquele dia no parque, quando ele tinha gosto de frutas vermelhas, e nós as comemos debaixo de uma árvore, e então ele me deitou com tanto cuidado na cama, deslizando uma toalha debaixo de mim.

Ele está tremendo, tremendo sob minha palma em sua nuca, e minha outra mão está em seu peito, sentindo seu coração bater. Esse coração é como um tesouro em uma fortaleza. Eu me pergunto o que ele já sentiu, quantas vezes bateu com dor o suficiente para fazê-lo se perguntar se estava morrendo.

Ele fez isso comigo.

Eu sou mesmo a única coisa terrível que ele já fez?

Eu o empurro e ele tropeça para trás, parando na lateral da caminhonete. Minhas mãos vão para sua camisa, puxando o tecido em meus punhos, e eu quero arrancá-la, enfiar as mãos na pele por baixo dela e puxar seu coração.

Suas mãos lentamente vão para os meus quadris, me firmando.

— O que você *quer*, Tate? — Ele deixa seus olhos se fecharem. — Você quer que eu vá embora? Você quer que eu fique? Não sei a resposta certa.

Eu não quero ter que dizer. Ele é inteligente o suficiente para descobrir. Estou tão cansada que a verdade ultrapassa qualquer barreira de autopreservação mental: eu quero que ele me *queira*. Quero que esse desejo o consuma por dentro, como um câncer sem cura. Eu fico ali, olhando para ele, observando seus olhos tornarem a se abrir e sua expressão ir da indecisão para a hesitação, para o alívio, e ele se curva em um movimento brusco, como se quisesse me dar tempo para mudar de ideia.

Seus lábios encontram os meus, tão suaves, e ficam parados ali, mas parece que fui rasgada ao meio com tudo o que flui de mim. Ele solta um som rouco de alívio, e eu me lembro de como era ficar na ponta dos pés para alcançar o seu pescoço e puxá-lo para mim, querendo mais e mais fundo, querendo que sua língua deslizasse, e a forma como seu gemido parecia vir de um conto de fadas, como se fosse um gigante implorando por algo precioso.

Ele agarra minha cintura e pressiona meus quadris em suas coxas. Seus dentes roçam meu lábio — um puxão suave se transforma em uma mordida, e catorze anos de raiva e mágoa não resolvida afloram em mim. Puxo sua cabeça para o lado com os dois punhos em seu cabelo para morder seu pescoço. Ele grita, passando um braço em volta de mim e me levantando de um jeito brusco, me jogando para o lado para que ele possa abrir a porta de trás do carro.

Ele quase me joga para dentro do carro, observando enquanto me movo para trás; e ele é um predador, ou talvez eu seja um, uma aranha que o atraiu até aqui, na esperança de dar algo que ele nunca vai ter novamente.

A porta bate atrás dele. Ele é grande demais para o espaço, mas parece não se importar. De joelhos, ele sobe meu vestido até os quadris, puxa a calcinha e olha para mim como se quisesse sua boca ali, bem ali, mas não há espaço para ele me deitar e se esticar entre minhas pernas.

Em vez disso, suas mãos vão para as calças, desabotoando, abrindo o zíper, e eu o ajudo a se soltar. E pela primeira vez não consigo conter um grito agudo quando me lembro. De seu peso e de seu calor. Dos barulhos que ele faz, impotentes, mas profundos.

Ele está ali, puxando minha bunda mais para baixo no banco, mais perto dele, embaixo dele, e ele me diz para eu não dizer uma palavra sequer, *a porra de uma palavra, por favor, não diga uma palavra porque não posso estar em você e ouvi-la, e sentir isso.*

Sua incoerência desesperada me surpreende. Na penumbra, quando olho para cima, posso ver a mordida vermelha e raivosa em seu pescoço, o conflito em seu rosto. Ele pressiona minha coxa e ambos caímos.

Sou uma mulher feita de um milhão de perguntas. Ou, talvez, apenas duas:

Eu quero isso mesmo? Ou isso faz parte da minha penitência?

— Você vai se arrepender disso? — ele pergunta.

Na verdade, talvez. Mas eu ficaria destruída ao vê-lo recuar agora, se recompor e descer da caminhonete.

— Eu me arrependeria mais se a gente parasse.

Ele abaixa a cabeça, coloca o queixo no peito, e parece refletir se a resposta é boa o suficiente para ele. Mas eu quero tocá-lo. Desabotoo sua camisa, botão por botão, e a abro, sentindo a expansão de seu peito firme e liso. Ele é um continente, talvez até um planeta sobre mim.

Roço a ponta dos dedos em seus mamilos, sigo até o abdômen, e os músculos se contraem sob minhas mãos. Passo um dedo nos pelos macios e o encontro, tomando a decisão por nós dois, trazendo-o para mim.

Seus quadris avançam, e ele ajusta a posição com uma perna no chão e a outra apoiada no banco. Ele puxa minhas pernas ao seu redor e, quando ouço sua expiração trêmula, parece um relaxamento depois da exaustão. Como se tivesse sucumbido ao sono em um campo de batalha.

— Tate — ele diz e descansa a cabeça no meu ombro. — Você não sabe o que faz comigo.

Tento dizer ao meu corpo: *Concentre-se, só no aqui, não se lembre, não compare,* mas é difícil, porque nada nem ninguém foi como Sam. Entre aquela época e agora não há um exército de homens, nenhum que tenha sido assim: alto, largo, capaz de bloquear o céu acima ou a grama abaixo e simplesmente se entregar a mim. Nunca senti nada como isso e, em algum lugar no fundo daquela parte do cérebro que armazena essas experiências perfeitas e as revela quando tenho uma pequena amostra delas de novo, é impossível não sentir. Essa parte do cérebro diz: *Viu? É isso o que você estava esperando.*

Mas não estou tendo uma pequena amostra, estou tendo tudo. Sam está me dando tudo, em golpes longos e profundos, e sua boca no meu pescoço, sua mão na minha bunda, me puxando para ele, para dentro dele, e então ele chega entre nós, seu polegar encontrando o que quer, e circula, e circula, e na iluminação nebulosa, posso vê-lo se movendo, e posso ver seu abdômen ficando tenso e isso me basta, a percepção de que isso é bom para ele, e é tão bom e tão rápido que ele está perto de gozar e nós mal começamos.

Minhas costas se arqueiam para longe do couro macio do assento, e ele se ergue, colocando a outra mão nas minhas costas para me apoiar quando caio. Ele me diz que vai gozar, dizendo meu nome várias vezes, e quando finalmente goza, ele emite um som que eu nunca tinha ouvido antes. É um grito abafado pelo meu pescoço.

Então só ouço os grilos lá fora e o som irregular da respiração de Sam e também da minha. Ele se acalma e, em seguida, lentamente nos muda de posição para que ele se sente e eu fique por cima. Acho que ele quer olhar para mim, para que eu olhe para ele, mas não é assim tão fácil. Acho que olhar direto para ele pode me fazer desmoronar, então, em vez disso, me concentro em sua mandíbula.

Suas mãos sobem e ele segura meu pescoço.

— Tudo bem?

— Não sei ainda.

Ele se inclina para a frente e apoia a boca no meu ombro.

— Admito que não gosto dessa resposta.

— Não tenho uma melhor agora. — O redemoinho de reações é grande demais para ser processado neste pequeno espaço, ainda mais quando tudo que posso cheirar, sentir ou ouvir é Sam.

Sua boca faz um caminho suave do meu ombro para o pescoço e até o queixo.

— Eu faria qualquer coisa para ter você de volta.

— Você nunca tentou me encontrar. Mesmo aqui, você foi tão cuidadoso. Não vejo você se esforçando.

— Achei que não tinha o direito de tentar.

Fecho os olhos e me inclino para a frente, apoiando a testa em seu ombro volumoso. Ele tem um pouco de razão. Se ele tivesse me pressionado, eu o teria afastado. E quando ele estava cauteloso e distante, parecia desinteresse.

— Não tenho sido bom para ninguém — ele diz.

— Somos dois, então.

— Vamos lá, Tate, fala comigo. Existe alguma chance aqui? Se não houver, eu preciso saber. Isso não é só sexo para mim.

— Para mim também não é — digo.

Ele segura meu rosto me beijando, e isso me dá uma desculpa para fechar os olhos. Estou ao mesmo tempo aliviada, quase ao ponto de me sentir fraca, e um pouco nauseada — eu ia me levantar e sair em uma demonstração perfeita de amá-lo-e-deixá-lo, e aqui estou eu, derretendo sob seu toque.

Afasto o pensamento, sem querer tropeçar na estrada da autoflagelação. Eu queria isso, queria *ele*, e aqui estou eu.

Posso lidar com as consequências.

— Estamos no banco de trás de uma caminhonete — ele ri em um beijo —, mas eu não quero ir embora. Por nada neste mundo.

E, assim, Sam acabou de me lembrar de que ele ainda está dentro de mim, ainda meio duro. O beijo se derrete em outro, e eu estou perdida de novo, tonta com seu gosto. Suas mãos deslizam sobre meus ombros, nas costas, até o zíper do vestido, e é como se estivéssemos fazendo tudo ao contrário — nos despindo depois do sexo — e ele logo expõe minhas costas e então está deslizando o tecido pelos meus braços e beijando meus ombros.

As palavras saem de mim:

— Eu *estou* bem. Aí está sua resposta. Estou melhor do que bem. — Passo os dedos em seu cabelo. — Senti saudades.

Com isso, suas mãos vão de gentis a famintas, a desesperadas. Seguro sua cabeça, enquanto ele puxa meu seio em direção à boca, segurando o outro com a palma da mão, e nós começamos a nos mover novamente.

vinte e quatro

É DIFÍCIL ACREDITAR QUE, APENAS UM DIA depois, já estamos tendo a festa de encerramento. O tempo voou desde o momento em que Marco e eu chegamos pelo caminho de cascalho para encontrar Devon. Estou tão preocupada com o que aconteceu entre mim e Sam na noite anterior que fico desorientada ao ver alguns membros da equipe passando pelo meu chalé, vestidos para a festa em vez de estarem usando suéteres e jeans.

A festa está tão barulhenta que posso ouvi-la antes de avistar a Casa Comunitária. É fim de tarde, aquele momento perfeito em que o sol ainda está acima do horizonte, mas quase desaparecendo. Cenas filmadas com essa luz sempre me deixam sem fôlego, mas o momento é tão fugaz, o céu muda de azul para alaranjado tão rápido que não é possível gravar uma cena que demande várias tomadas.

Na verdade, parece ficar mais escuro a cada passo. As sombras ficam cada vez maiores e desaparecem quando chego à Casa Comunitária.

Lá dentro, a sala principal está lotada, as bebidas circulam e há altas pilhas de pratos. Contrataram uma empresa para a festa de encerramento e até mesmo o pessoal da alimentação pôde se divertir.

Examino a multidão. Queria bancar a discreta e fingir que não estou procurando por ele, mas até eu sei que seria uma mentira. Não vejo Sam desde que saímos da caminhonete e ele me deixou no meu chalé ao amanhecer, cedo o suficiente para evitar um encontro constrangedor quando Devon viesse me chamar. Sam deveria ser fácil de identificar — ele fica pelo menos uma cabeça acima de todo mundo —, mas não o vejo em lugar nenhum.

— Tenho certeza de que você está procurando por mim. — É Charlie, usando *leggings* e um suéter comprido e com a maquiagem impecável, como sempre. Ela passa o braço em volta dos meus ombros e eu me inclino em sua direção.

— É claro — minto, e provavelmente nós duas sabemos disso.

Um garçom passa com uma bandeja cheia de coquetéis borbulhantes cor-de-rosa, e Charlie pega dois, passando um para mim e olhando para a multidão enquanto toma um gole.

— Não acredito que logo vamos embora.

Pego o copo e tento não deixar transparecer que ainda fico olhando para a porta, na esperança de pegar Sam entrando.

— Pois é. Parece que acabamos de chegar aqui.

— Este lugar lindo. Este lago. As possibilidades infinitas de nadar nua e rolar no feno, e nenhuma de nós duas fez nada disso. — Ela ergue uma sobrancelha para mim.

Engulo a bebida um pouco rápido demais.

— Pois é. Falando nisso...

Ela se vira devagar.

— Eu meio que... — digo, hesitando ao tentar encontrar a melhor maneira de contar. Mas não há. — Transei com o Sam. Ontem à noite.

As sobrancelhas de Charlie desaparecem sob sua franja.

— Sei que não ouvi direito, porque não há como *você*, entre todas as pessoas — ela se inclina para sussurrar —, dormir com um homem casado.

— Pelo visto, ele não é casado. Quer dizer, ele era, mas se divorciaram há uns três anos. As meninas que o ouvi mencionar no telefone são dela, mas com o novo marido dela. Gêmeas.

Tomando o resto de sua bebida, ela me lança um olhar astuto, pega minha mão e me puxa para a porta.

— Venha comigo, mocinha.

Lá fora, seguimos por uma das trilhas que se afastam da Casa Comunitária. O sol se foi por completo, e a luz agora é suave e difusa, como se de repente o mundo tivesse sido envolvido por um filtro azul. Charlie aperta o suéter no corpo para se proteger do frio.

— Então — ela diz. — Você e o Sam. Encontros picantes. — Ela estreita os olhos para mim. —*Amantes*.

— Não exata...

Charlie levanta a mão.

— Tate Jones, não minta para mim agora ou posso não me segurar e estrangular você. Você me disse que dormiu com ele. Com o *Satanás*.

Respiro fundo. Sei que é melhor ir direto ao ponto com Charlie.

— Ele estava estranho ontem durante a cena de amor, então eu o confrontei e perguntei qual era o problema.

O brilho protetor em seus olhos é visível mesmo na luz fraca. Passamos por um dos chalés, onde há fumaça subindo pela chaminé. As janelinhas retangulares se destacam na madeira escura.

— Ele estava com ciúmes — digo.

— Hã.

— Pois é.

— Uau. — Ela absorve a informação durante alguns passos, longos o suficiente para alcançarmos o ponto onde o caminho se estreita e passa por baixo dos galhos de duas macieiras. Pisamos em folhas caídas no chão e grilos começam a cantar nos campos à nossa frente. — O que você disse?

— Nem lembro o que disse. Eu estava gritando e então ele estava gritando e então a gente acabou na caminhonete que ele alugou e...

Ela para de repente.

— Uma *caminhonete*?

Pensando bem, não consigo explicar direito como aconteceu. A decisão foi mais uma sensação do que um pensamento, uma bolha de desejo que se expandiu no meu peito até que eu não conseguisse mais respirar, até que não conseguisse mais pensar em nada além da sensação de suas mãos em mim.

Charlie desvia o olhar para o pomar de macieiras. Não preciso perguntar o que ela está pensando, está escrito em seu rosto.

Voltando-se para mim, ela avalia minha expressão. Sua boca vermelho-cereja — geralmente aberta em uma risada ou em um comentário mordaz — é uma linha reta e firme, e seus olhos estão apertados de preocupação.

— Só quero que você seja feliz. — Suas feições se suavizam. — Isso me preocupa.

— Eu sei. — Respiro fundo, tentando encontrar palavras para descrever a sensação que cresce dentro do meu peito. — Apesar de tudo o que aconteceu, o que quer que estivesse lá... não mudou. Foi como estar de volta àquele jardim com dezoito anos de novo.

— Você sabe que estou sempre do seu lado. Se você acha que isso é uma boa ideia e vai te fazer feliz... vou me esforçar para aceitar. — Ela balança a cabeça. — Não acredito que você transou em um estacionamento.

Ouvimos passos e olhamos quando meu pai aparece com as mãos enfiadas nos bolsos da jaqueta.

— Ei, filha — ele diz, se inclinando para beijar minha testa. — Vocês duas estão indo para a festa?

Com o polegar por cima do ombro, Charlie aponta para o som abafado da festa atrás de nós.

— Na verdade, eu estava indo para lá agora mesmo. Preciso encontrar o Trey e montar um plano para quando a gente chegar em casa. — Ela se vira para mim. — Tate, essa coisa ainda não acabou.

Meu pai franze a testa.

— Que coisa?

— Nada — digo.

— Uma caminhonete. Tate está pensando em comprar uma caminhonete. Fez um *test drive* ontem à noite e tudo. Disse que o câmbio travou um pouco, mas o passeio foi bom...

— Tá bom — interrompo. — Obrigada, Charlie. Seu conselho foi muito útil. Divirta-se lá dentro.

Charlie acena sobre o ombro e se afasta, dando alguns pulinhos. Decido que mais tarde vou abrir todos os seus frascos de base.

Quando ela se afasta, eu me volto para meu pai.

— Você estava indo para a festa?

— Estava.

— Bem, certo — Aceno para ele ir na frente pela pequena colina e ando atrás dele. — Marissa está vindo?

— Ela foi embora ontem à noite, na verdade. Não podia faltar mais às aulas.

— Gostei dela. Ela parece inteligente.

— Ela é um amor.

— Quando você vai embora?

— Quarta-feira.

Esquisito, esquisito, esquisito.

— Ah, eu também — digo.

— Como está a sua mãe? — ele pergunta. — Faz alguns meses que não falo com ela.

— Ela está bem. Você conhece a mamãe. Ela fica bem em qualquer lugar.

Ele sorri.

— É verdade. Lembro de ter rodado um filme de faroeste quando você era pequena e vocês duas foram ao *set*. Era horrível. Uma cidadezinha fantasma no meio do nada. Não tinha nada para vocês fazerem. Mas eu voltava no final do dia e sua mãe tinha encontrado uma calha velha ou algo assim, havia limpado e feito uma piscina para você.

— Quantos anos eu tinha?

— Não sei, três, talvez? Era ridículo, mas vocês duas estavam se divertindo muito.

— Acho que ela nunca me contou isso. — Mas parece mesmo algo que mamãe faria. Transformar uma calha em piscina. Transformar um velho galinheiro em uma casinha de brinquedo completa com um lustre de contas. Pegar algo esquecido e torná-lo novo outra vez.

— Ela não deve se lembrar — ele diz. — Foi há bastante tempo.

Caminhamos um pouco, e o silêncio entre nós fica mais alto a cada passo.

— A filmagem passou tão rápido — digo.

— Passou mesmo. Estou feliz que decidimos fazer isso juntos. Você foi bem, filha. Estou orgulhoso de você.

— Eu... — Cem palavras se chocam na minha cabeça, mas não consigo colocar nenhuma delas juntas. Não é que ele não tenha me elogiado antes, é que geralmente o elogio é seguido por um comentário irônico, ou há outra pessoa junto, uma audiência para testemunhar sua demonstração de encorajamento paternal. Resisto à vontade de olhar para ver se há alguém na frente ou atrás, sei que estamos sozinhos. — Obrigada.

Posso ouvir a música à frente e me ocorre que não sei quando vamos nos encontrar de novo.

— Qual a sua próxima parada?

— Vou ficar em casa por um tempo. Depois disso, não sei. Estou esperando respostas de algumas coisas.

— Talvez... — começo, meu interior cético me segurando; a filha esperançosa me encorajando a seguir em frente. — Talvez a gente possa passar o Natal juntos este ano? Ou a Ação de Graças.

Ele parece quase tão surpreso com a minha pergunta quanto eu.

— Ah, é uma boa ideia. Só vou checar com a Althea e te aviso, ok?

— Claro. — Estou fora da minha zona de conforto e não quero forçar. — Vou ficar em casa por algumas semanas, então pode me ligar. Ou mandar uma mensagem, ou qualquer coisa.

Fazemos uma curva na trilha, e a Casa Comunitária aparece. A luz da ampla varanda se espalha pelo chão.

— Eu queria falar com a Gwen antes de ir embora, você... — ele fala, apontando para a festa.

— Não — insisto —, pode ir. Preciso encontrar o Nick de qualquer maneira.

Ele sorri e bagunça meu cabelo antes de ir em direção a casa. Ainda não estou pronta para entrar, então sigo uma trilha de pedras cravadas, pisando uma a uma, até chegar a uma estufa nos fundos.

Estou prestes a olhar para dentro quando ouço vozes.

— Foi surreal tudo isso? Ouvir os atores dizerem as falas que você escreveu? — alguém diz, e reconheço a voz de um dos operadores de som e de outros membros da equipe, e a de Sam.

— Foi — Sam diz e faz uma pausa. — Nunca pensei que a gente chegaria tão longe, então tentei aproveitar cada segundo. O elenco foi perfeito.

— Mas ouvi que você teve um problema com a Tate no começo.

Eu me aproximo, ainda nas sombras, mas agora consigo vê-los, iluminados por um pequeno cone de luz amarela.

Sam faz um gesto dispensando, seus movimentos um pouco exagerados, e eu me pergunto quantos daqueles coquetéis cor-de-rosa ele bebeu.

— Não. Ela foi perfeita demais. Eu escrevi com ela em mente.

Eu paro, sentindo meu coração na garganta. Ele *o quê*?

— Tenho alguns filmes com ela em mente — um dos caras brinca.

Alguém acrescenta:

— Encontro com a Tate. — Todos riem, exceto Sam.

Vejo Sam se levantar todo endireitado, peito estufado, como se fosse responder com os punhos. Saio das sombras, pigarreando.

Eles se assustam, endireitando-se e colocando suas cervejas atrás das costas, como se eu fosse a mãe deles e acabasse de pegá-los assistindo à pornografia.

— Ei — digo, olhando para Sam, tentando comunicar *relaxa* para ele. Depois de alguns cumprimentos murmurados — e é constrangedor, porque fica óbvio que eu ouvi o que eles estavam dizendo —, eles logo inventam desculpas e voltam para a festa.

Quando ficamos apenas nós dois, puxo Sam para a estufa. É silencioso ali dentro e o ar é úmido e cheira a terra. Os painéis abertos deixam entrar luz apenas o suficiente para eu ver sua expressão. Ele aparou a barba, mas mesmo com ela ainda lá, posso ver como sua mandíbula está tensa. Fico em frente a ele em um dos corredores estreitos.

— Ei, você. Tudo bem?

— Acho que você me impediu de socar o Kevin.

Dou risada.

— Acho que sim.

Ele se inclina, passando a mão no rosto.

— Puta merda. Isso teria sido péssimo.

— Você não pode fazer isso — digo, baixinho. — Se você quer fazer isso comigo, não pode ficar irritado com essas merdas.

Ele dá um passo à frente, me pressionando contra uma das mesas de metal.

— Eu quero. Não vou me irritar.

Continuo falando, mas ele segura meu rosto e se inclina, ainda sem me beijar, apenas respirando, compartilhando o mesmo ar. Ele cheira a cerejas de sua bebida, quente e doce, lábios um pouco manchados de rosa. Quando me beija, ele tem gosto de cerejas também. Sua mão vai na minha nuca enquanto ele abre a boca, com suavidade e me sugando.

Não há para onde ir. Ele me levanta, me põe em cima da mesa e fica entre minhas pernas abertas. Estou rodeada de flores; o ar é doce e quase quente demais, um contraste com o frio que entra pela porta aberta. Ele me beija de novo, mais intenso agora, com a língua e os dentes deslizando sobre meu lábio e me puxando mais fundo.

Algo está acontecendo sob a superfície da minha pele, bolhas estão subindo para a superfície, eletricidade se desloca ao longo de um fio e ameaça entrar em curto.

— Você quer tentar? — ele pergunta, baixinho.

— Quero. — Meus dedos se torcem no tecido de sua camisa. — Mas você não pode ficar irritado quando as pessoas falam sobre mim, porque vão falar. — Olho para ele, para aqueles olhos verde-musgo. — Além disso, nunca vamos poder falar publicamente sobre Londres, Sam. Se vamos fazer mesmo isso, temos que começar de novo, do zero. Uma tela em branco. Se algum dia vazar que você vendeu a história para o jornal, as pessoas só vão falar sobre isso. Mesmo daqui a alguns anos, cada menção aos nossos nomes vai incluir uma nota de rodapé sobre Londres e o que você fez. Nunca vamos ser capazes de superar isso. Eles nunca vão deixar a gente superar.

Seus olhos estão arregalados, e ele concorda com a cabeça.

— Faz todo o sentido. Eu nunca vou trair você de novo.

Dou um beijo no canto de sua boca.

— Estamos quase terminando aqui, e então a gente pode descobrir o que fazer a seguir.

Ele rosna, sorrindo em um beijo antes de me arrastar para a borda da mesa e ficarmos frente a frente. Com meu pé tocando o chão, ele pega minha mão e a leva à boca para dar outro beijo em minha palma. O beijo se transforma em uma mordida, e ele move a boca pelo meu braço.

— Fica comigo hoje à noite? — pergunto.

Ele puxa meus quadris para si, se curvando para chupar meu pescoço.

— Quanto tempo você tem que ficar na festa?

— Talvez mais uma hora.

Sam dá um passo para trás com relutância. A temperatura caiu e o ar é um choque comparado ao calor da estufa. Sam fecha a porta e nos viramos, parando quando vemos quem está parado ali.

— Pai.

Ele nem mesmo está parando, está completamente imóvel, como se estivesse esperando por nós do outro lado da parede de vidro opaco.

— Ei, querida — ele diz, calmo, olhando para nós.

Estou tentada a me afastar de Sam, mas não quero parecer culpada. Meu coração sobe até a garganta enquanto tento avaliar de onde ele poderia ter vindo e o que ele ouviu, e por que ele estaria *parado lá*.

Se algum dia vazar que você vendeu a história para o jornal, as pessoas só vão falar sobre isso. Mesmo daqui a alguns anos, cada menção aos nossos nomes vai incluir uma nota de rodapé sobre Londres e o que você fez. Nunca vamos ser capazes de superar isso. Eles nunca vão deixar a gente superar, eu disse.

Finalmente, meu pai corta a tensão, piscando de volta para o meu rosto.

— Você encontrou o Nick?

Dou de ombros e digo:

— Alguém disse que o viu vindo para cá com a Deb, mas eu não os vi.

— Acho que eles voltaram para a festa. — Ele inclina a cabeça e se volta para Sam. — Sam, caso eu não te veja antes de ir embora, foi um prazer. Obrigado por escrever um roteiro tão bonito.

Que coisa estranha de se dizer. Admito que não conheço as nuances de seu humor — e ele é um ótimo ator —, mas não sou capaz de interpretar seu tom de voz. Mesmo ao luar, Sam está pálido, inebriado pela possibilidade de que meu pai saiba que foi ele quem nos entregou.

Mesmo assim, ele consegue estender a mão e cumprimentar meu pai.

— Era um sonho ter o senhor no filme. Obrigado por ser tão acolhedor no *set*.

Meu pai acena com a cabeça e seu sorriso amigável enfraquece quando ele olha para mim novamente.

— Tate, eu estava procurando por você porque falei com a Althea. Parece que o Natal está em aberto.

Arregalo os olhos, meu pulso desacelera para uma batida constante. Percebo que uma parte de mim nunca esperou uma resposta real, supondo que, por conveniência, ele esquecesse ou deixasse Althea inventar alguma desculpa. Sem dúvida nunca esperei uma resposta tão rápida.

— Uau. Que ótimo.

— Podemos conversar mais tarde, mas pense aonde você gostaria de ir, ok? A casa nas montanhas seria ótima, ou a gente poderia ir para outro lugar. Poderia até ser na sua casa e você poderia passar um tempo com a sua mãe também. Eu não a vejo há anos.

Minha única reação é piscar. Elogios sinceros e agora isso?

— Vou ver se ela tem planos. Mas a gente pode ir para qualquer lugar — acrescento depressa. — Não sou muito exigente. Seria ótimo só de passar um tempo um com outro.

O sorriso que ele me dá não é o mesmo que vi nas capas de revistas ou em premiações. Parece diferente, adorável e só para mim. Ele se inclina e beija minha testa.

— Vai ser divertido — ele sussurra, e então se endireita. — Bem, estou indo para a cama. Sam, mais uma vez, foi um prazer conhecê-lo. Espero que a gente se veja de novo.

Sam inclina a cabeça, sorrindo, e, com um aceno, meu pai se afasta.

O silêncio parece crescer ao nosso redor enquanto observamos meu pai se retirando. Finalmente, deixo escapar um longo e silencioso:

— Puuuuta merda.

— Você acha que ele ouviu? — Sam pergunta.

— Definitivamente tive essa impressão. — Passo as mãos nos olhos e digo a ele: — Vou ter que descobrir o que ele ouviu, mas não posso fazer isso aqui no *set*.

Sinto Sam se virar para olhar para mim.

— Vocês vão passar o Natal juntos?

— Parece que sim.

— Não sei como interpretar o que acabou de acontecer. — Ele dá às palavras alguns segundos para se dissolverem no espaço entre nós antes de admitir: — Acho que não entendo a relação de vocês.

— Acho que eu também não entendo.

vinte e cinco

Meu último dia na fazenda começa com o estrondo do alarme antes mesmo de o sol nascer.

O quarto está escuro e frio. O fogo no fogão a lenha se transformou em brasas. Puxo a colcha até o nariz, e Sam resmunga, sonolento, ao meu lado, passando um braço pesado pela minha cintura e me puxando para mais perto. Eu me viro para ele, encostando o nariz na curva de seu pescoço e derretendo no calor de sua pele.

Seria tão fácil ficar aqui. Tê-lo na mão, e na boca, e em meu corpo, fazer amor de novo até que eu não me lembre mais de por que cheguei a pensar que não deveria ficar. Mas não posso. Logo todos na fazenda vão se levantar e ninguém pode me ver saindo daqui; pelo menos não ainda.

Quando finalmente consigo me arrastar para fora da cama, me sinto um pouco como Baby, de *Dirty Dancing*, dando um beijo de despedida no Johnny Castle na varanda do pequeno chalé dele. O céu ainda está roxo--escuro. Ele usa um único dedo para puxar meu rosto para perto e beija minha bochecha e minha testa. Encosto a cabeça em seu ombro e envolvo meus braços ao redor de seu torso.

— Tenho que falar com o meu pai hoje. Não sei se ele ouviu a gente conversando, mas não consigo afastar a sensação de que sim.

Ele exala contra o topo da minha cabeça, pressionando as mãos na parte inferior das minhas costas.

— Você vai contar? Sobre a gente?

— Não sei. Nunca tivemos esse tipo de relacionamento, mas ele concordou com o Natal. Me elogiou. É como se o mundo estivesse de cabeça para baixo. Além disso, ele viu a gente de mãos dadas.

— Você sabe que vou te apoiar com o que você decidir. Só me deixe atualizado.

— Pode deixar. — Quero subir de volta em seu corpo, voltar para dentro e trancar a porta. — Te vejo mais tarde hoje?

Ele se endireita para olhar para mim.

— Eu ia fazer uma caminhada com uns caras da equipe. Talvez a gente possa jantar juntos?

Eu me reclino para ver seu rosto, para avaliar se ele está falando sério. As coisas ainda estão bem discretas entre nós. Posso ter que contar ao meu pai, mas não sei se nós dois jantando juntos seja a melhor maneira de as pessoas saberem.

Ele estende a mão e passa os nós dos dedos no meu queixo.

— Em algum lugar tranquilo. Eu pego alguma coisa. A gente pode dar uma escapulida até o lago e olhar as estrelas. Ninguém estará lá fora.

— Porque estará congelando.

— Eu vou te manter aquecida. Vamos deitar na grama e olhar as estrelas.

— Como eu poderia resistir a uma proposta dessas?

DE VOLTA AO MEU CHALÉ, GUARDO A MAIORIA das minhas coisas na mala para ficar pronta para a viagem amanhã cedo. Depois de tomar banho e me vestir, sigo a já familiar trilha até a Casa Comunitária. A cada passo que dou, sei que pode ser a última vez que faço isso. Eu me acostumei tanto com este lugar — o cheiro de lama e grama, o som das vacas e dos galos me acordando antes de o Devon bater à porta. É difícil imaginar ter que ir embora. Mas estou animada para ver mamãe e vovó, para contar sobre Sam, para levá-lo para casa e ver como essa coisa entre nós pode evoluir.

O pessoal do serviço de alimentação foi substituído pela equipe da cozinha da fazenda, e eu me permito aproveitar esta última manhã antes de estar em casa e voltar à minha dieta e aos exercícios. Isso significa que encho meu prato com bacon e panquecas de mirtilo. O salão tem o zunido de uma dúzia de conversas diferentes — tantas despedidas acontecendo hoje. Nick está perto da lareira e eu atravesso as mesas e deslizo no banco em frente a ele.

— Bom dia, marido querido.

— Ei, esposa — ele diz, com a boca cheia de comida.

Vejo que ele está com uma camiseta, calças de compressão e short de corrida. Aponto para a tigela de mingau de aveia e os dois pratos vazios com restos de calda na frente dele.

— Reabastecendo?

— É o último dia com o treinador do estúdio e pretendo aproveitar. Tenho que manter esses músculos de fazendeiro, sabe? — Ele pisca para mim por cima da caneca de café. Eu invejo seu metabolismo de vinte e poucos anos. — Quer ir junto?

Engulo um gemido. Minhas pernas, costas, braços e pescoço estão doloridos por compensar o tempo perdido na noite passada.

— Por mais divertido que pareça, vou ter que recusar. Ouvi sobre o anúncio de *Big Bad Wolf* — digo, me referindo a um artigo que Charlie mencionou sobre um filme de terror com orçamento considerável para o qual Nick acabou de ser escalado. — É para lá que você vai na sequência?

Ele concorda com a cabeça e leva o guardanapo à boca.

— Vancouver. E você?

Pego o frasco de calda e afogo minhas panquecas.

— Nada por alguns meses. Eu não tinha certeza de como me sentiria no final das filmagens, então me dei um tempo para respirar até depois das festas de fim de ano.

— Isso vai ser bom. Imagino que você não vai ficar sem fazer nada. Pelo menos não sozinha... — ele insinua. Diante da minha expressão confusa, ele acrescenta: — Vi você e o Sam na outra noite.

Arregalo os olhos.

— Você... O quê?

Quando Nick começa a rir, percebo que acabei de me entregar.

— Relaxa, Tate — ele diz, com um sorriso persistente. — *Caminhando*. Vi vocês dois caminhando. Nossa, o que foi que eu perdi?

Dou de ombros com um sorriso culpado e tento colocar minha pulsação sob controle.

— Nada. Quer dizer, não consigo imaginar que você tenha visto algo escandaloso.

Ele ri.

— Claro que não pode.

Sinto a ponta das orelhas esquentar, e ele balança a cabeça, sorrindo. Ele pega uma colherada de mingau de aveia e olha para mim.

— Imagino que isso significa que você já esclareceu tudo?

Quando eu não respondo de imediato, ele se inclina, com a voz mais baixa agora.

— Se a minha opinião vale alguma coisa, ele parece gostar de você de verdade.

— Eu sei. — Deslizo o frasco de calda para mais perto, com o dedo bem acima do rótulo já um pouco descascado. — Ele não é casado, afinal. Eu bisbilhotei e acabei tirando conclusões precipitadas. Decidimos tentar, sabe... — Meu estômago se contrai com a ideia. — Mas... é complicado.

— Por causa da sua história.

— Por um lado, sim. Se meu pai descobrir o que Sam fez, ele pode ter dificuldade de lidar com isso.

— Mas se você está disposta a perdoá-lo, isso é o que realmente importa, não é? Imagino que Ian vai ficar puto no começo, mas o relacionamento de vocês vale mais do que isso. Além disso, se foi o Sam quem falou com a imprensa anos atrás, então ele é a razão de você e Ian terem um relacionamento agora. Ele vai superar. — Com um rápido dar de ombros, ele termina o mingau de aveia.

Mas será que ele superaria? Relembro o momento em que o vi na estufa, a maneira como seus olhos pareciam tão opacos, seus lábios curvados quando ele nos viu saindo juntos. Teria sido algo simples como meu pai ter ciúmes do fato de que há um homem em minha vida ou ele ouviu mesmo? Não tenho ideia de como ele reagiria a essa história. Ele entenderia as motivações de Sam e por que concordei em dar outra chance a ele? E se não, como eu me sentiria? Agora que as coisas parecem estar mudando para melhor, eu estaria disposta a arriscar um bom relacionamento com meu pai por uma chance com Sam?

Ou estou apenas projetando meus medos de estar tomando uma péssima decisão? Não importa o quão boas as coisas estejam com Sam, não consigo escapar completamente do pensamento angustiante de que voltar para ele me torna um tanto covarde.

Pisco de volta para a mesa quando Nick se afasta do banco, junta seus pratos e coloca a tigela vazia em cima.

— Você já vai? — pergunto.

Ele verifica o celular por hábito e ri quando vê que ainda não há sinal, é claro. Mas nossos cérebros já estão se desligando deste lugar. Seu gesto inconsciente me lembra de que amanhã terei conexão, e Spotify, e mensagens de novo. Dá vontade de chorar.

Nick coloca o celular de volta em um bolso com zíper na lateral de sua camisa.

— Olha, você tem os meus números. Pode me ligar se precisar de alguém que te ouça, ou se quiser conversar, ou sei lá, mesmo se você só quiser companhia. Vou sentir saudades, mulher.

Nick dá a volta na mesa e eu me levanto, envolvendo-o em um abraço caloroso. Uma pontada de tristeza me atravessa. Depois de semanas aqui, o fim parece mesmo estar se aproximando.

— Eu estava certo sobre uma coisa — ele diz, olhando para mim. — Você com certeza foi divertida. E se eu não vir aqueles seus comparsas antes de ir embora, diga para a Charlie e o Trey que foi bom, ok?

— Pode deixar. Se cuida, hein? Mal posso esperar para trabalharmos juntos de novo. — E estou falando sério.

Ele pisca e se abaixa para pegar suas coisas.

— Até mais, Tate.

Eu o vejo deixar os pratos na cozinha e se despedir dos funcionários antes de eu voltar a me sentar. Minha comida permanece praticamente intocada na minha frente, mas já perdi o apetite. De repente me sinto um pouco esgotada. O papel mais intenso da minha vida, a bolha deste *set*, a reviravolta dos últimos dias com Sam...

Despejo o lixo e coloco os pratos no balcão, agradeço aos funcionários por tudo e sigo para a porta.

— Ei, filha.

— Oi, pai.

Ele está impecavelmente vestido e bonito como sempre. Sua calça jeans é gasta com perfeição, seu suéter grosso é da mesma cor de uísque de seus olhos.

— Eu estava te procurando.

A ansiedade envia uma onda de calor pelo meu pescoço. Será que ele havia concordado com os planos para o Natal sem nem pensar muito sobre o assunto e agora vai inventar uma desculpa?

— Ei. Eu estava indo encontrar a Charlie — digo, abrindo a porta de vaivém. — Quer sentar lá fora um pouco?

— Na verdade, vim ver se você queria almoçar.

Estremeço.

— Acabei de comer.

Ele sorri. Tento comparar esse sorriso com meu catálogo de Sorrisos de Ian Butler para descobrir se esse é um que o mundo nunca viu antes.

— A gente pode ir de carro até a cidade primeiro, dar uma volta. Passar um pouco de tempo juntos antes de voltarmos para casa.

Olho ao redor do salão. Ninguém está nos observando; ele não parece estar fazendo isso para aparecer.

— Claro — digo, encarando-o novamente. — Vou só pegar a bolsa.

A viagem até o restaurante é silenciosa. Ele sugeriu que o motorista nos levasse, mas eu o convenci a me deixar dirigir seu elegante Tesla preto. Ele tamborila os dedos nos joelhos, olhando pela janela do passageiro. Passamos os primeiros cinco minutos da viagem de uma hora com a música *country* encobrindo o silêncio pesado.

Finalmente, ele quebra o gelo. Graças a Deus, porque eu não tinha ideia de como fazer isso. Ele fala sobre sua casa em Malibu (ele vai trocar as janelas este ano), a dificuldade de manter duas casas ("É a manutenção que é de matar"), e como ele leu o roteiro de um novo filme de super-herói, mas decidiram escolher alguém mais "ousado" (leia-se: mais jovem).

Dirigir me dá algo para fazer, e acho que solto os "oh" e "ah" nos momentos apropriados, feliz em deixá-lo falar, porque isso significa que eu não preciso fazer isso. Mas também porque, mesmo depois de todos esses anos, ainda sou carente o suficiente para querer cada pedacinho de informação que posso conseguir.

Estacionamos no centro da cidade, mas logo percebemos que passear à luz do dia não será possível. Somos parados para um autógrafo antes mesmo de sair do carro. Então, ele insere o endereço do local do almoço em seu GPS e vamos até uma bela casa branca de fazenda com uma porta vermelha. Uma placa de madeira exibe o nome: Trillium Café.

— Althea me disse para trazer você aqui — ele fala de uma forma que faz eu me sentir solidária por Althea, no caso de o restaurante acabar sendo medíocre.

— É fofo. — Ao longe, o céu ficou sombrio, com nuvens contornando o topo das sempre-vivas e descansando, pesadas, sobre o telhado da casa.

Mas ali dentro o cheiro é de pão fresco e madeira encerada. Uma mulher com uma longa trança controla sua reação de forma admirável ao nos ver e nos leva a uma mesa no fundo do salão principal. Um casal se vira quando passamos e dou um aceno discreto e sorrio.

Nossa mesa fica próxima a uma janela com vista para um amplo jardim de grama alta e, mais atrás, uma espessa fileira de pinheiros. É de tirar o fôlego.

Ele franze a testa para o menu.

— Quero nhoque. — Sua careta se transforma em um sorriso quando ele olha para mim. — Mas vou acabar pedindo uma salada.

Dou uma risada muito alta.

— Nhoque é o meu favorito também.

— É mesmo? — Seu sorriso enfraquece, e sinto que estou me esforçando demais.

— Animado para voltar para casa? — pergunto.

— Claro. — Ele checa o menu mais uma vez e o fecha. — Pedi para fazerem algumas mudanças no quintal e estou animado para ver como ficou.

Uma garçonete enche nossos copos de água, lista os pratos do dia e se certifica de mencionar qual dos filmes de meu pai é o favorito dela.

Ele abre um sorriso para ela e se inclina como se fosse fazer uma confidência e fala:

— É o meu preferido também.

Ela fica radiante. Ele pede vinho, nós dois pedimos a comida e, quando ela sai, ele revira os olhos.

— Eu julgo todos que me dizem que *Cowboy Rising* é o favorito deles. Se você gosta de lixo sem sentido, não posso fazer nada.

Uau. Mordo a língua e reprimo a vontade de lembrá-lo de que a maior parte do início da sua carreira é baseada em "lixo sem sentido".

— Marissa mora perto? — pergunto.

Ele pisca para mim por cima do copo de água.

— O quê?

— Marissa — repito. — Ela mora perto de você?

Ele toma um gole d'água.

— Ah. Sim, ela tem um apartamento perto da faculdade, mas costuma ficar na minha casa. — Ele pisca, e eu não sei o porquê, mas é um pouco nojento. — Mais espaçoso.

— Então as coisas estão sérias entre vocês dois?

A surpresa surge em seu rosto. Nunca perguntei sobre namoradas antes. A garçonete traz as saladas e o vinho, lhe dando tempo para formular uma resposta ou mudar de assunto quando ela for embora. Mas ele não se esquiva da conversa como eu esperava.

— Não tenho certeza se diria que estão sérias — ele diz. — Ela está terminando o curso e... somos bons amigos.

Algo surge em meus pensamentos, uma pontada de curiosidade para a qual nunca dei espaço antes.

— Por que você acha que nunca se casou de novo? Você e a mamãe terminaram há tanto tempo.

No mínimo, ele parecia esperar por esse questionamento e responde sem hesitação:

— Não acho que haja uma razão específica. Relacionamentos são difíceis nesta área de trabalho. A agenda é uma loucura e é difícil saber quais são as verdadeiras intenções de alguém. — Ele aponta o garfo para mim. — Não que eu precise explicar isso para você, é claro.

O que diabos isso significa? Peso minhas próximas palavras com cuidado.

— A maioria dos meus relacionamentos foi para a publicidade, de qualquer maneira — admito. — Sempre pareceu mais fácil assim.

— Sim e não. — Ele dá uma garfada, mastiga e me encara como se quisesse que eu soubesse que ele ainda não concluiu seu argumento. — Ambos têm suas desvantagens, mas deve ser mais fácil quando alguém pelo menos entende como o negócio funciona.

— Falando nisso... Eu queria falar com você sobre uma coisa.

Ele pega o sal e a pimenta e me olha com expectativa.

— Eu estou ficando com alguém.

— Sério? Eu o conheço?

Minhas mãos ficam suadas e os cabelos da minha nuca se arrepiam. Ele está disfarçando?

— É o Sam, pai.

Apesar de seu botox perfeito, suas sobrancelhas se erguem até desaparecerem sob o cabelo.

— O roteirista?

Talvez ele não tenha nos escutado ontem à noite, afinal. Talvez não lhe parecesse estranho termos saído da estufa juntos. Talvez eu tenha contado a ele sem necessidade.

Concordo com a cabeça, me curvando para dar uma garfada na salada e evitar seu olhar. Quanto mais mastigo, mais o pão torrado parece areia na boca. Quando eu engulo, vira cola.

Ele se recosta e estende o braço sobre a cadeira ao seu lado. Ele parece surpreso de verdade. E, se não estou enganada, bastante feliz.

— Então eu vi *mesmo* algo ontem à noite — ele diz, com um sorriso. — Muito interessante. — Ele se inclina para a frente. — Você nunca falou comigo sobre garotos antes.

Isso me faz rir.

— Tenho trinta e dois. Ele tem trinta e cinco. Não é bem um *garoto*.

— Você é a minha filha. Sempre será um *garoto*. — Ele sorri, seus olhos enrugando, calorosos.

— Acho que... quer dizer, nunca conversamos sobre esse tipo de coisa antes. Tipo, coisas da vida.

— Hum... Coisas da vida. — Ele se inclina, apoiando os braços na mesa, e o peso de toda a sua atenção está em mim. — Então me diga, para usar as suas palavras, é sério?

— Pode ser, sim. Ele é muito… — Sinto as bochechas ficarem quentes e reprimo um sorriso. — Ele é incrível e inteligente, e acho que me apaixonei por ele no momento em que li *Milkweed*.

Sinto uma ânsia de querer contar tudo a ele, mas não conto. Talvez um dia, quando as coisas ficarem realmente sólidas entre nós.

É uma loucura, mas pela primeira vez tenho esperança.

QUANDO A GARÇONETE PASSA PELA MESA PARA checar se está tudo certo, meu pai pega a conta antes mesmo de ela colocá-la na mesa. Ele levanta a mão quando eu protesto.

— Você não vai pagar o almoço do seu velho.

Ele joga o cartão e vejo o nome de Althea nele. *Inteligente*, penso. Existem pessoas estúpidas o suficiente para tirar uma foto do cartão de crédito de Ian Butler e postá-la *on-line*.

Somos parados três vezes até alcançarmos a porta, por pessoas que com certeza estiveram esperando pacientemente que passássemos de volta pelo salão.

Eu sabia que você estava filmando algo, mas não fazia ideia de que você estava tão perto!

Eu te amo desde Cowboy Rising.

Como você é ainda mais bonito pessoalmente!

Meu pai está adorando.

Dou uma última olhada no menu, me perguntando se devo pegar algo para o piquenique de hoje à noite com Sam. Imagino nós dois esticados em um cobertor, olhando as estrelas, enrolados nos braços um do outro para nos mantermos aquecidos.

Um movimento atrai minha atenção e eu me inclino para o lado para ver pela janela, cautelosa. Um fotógrafo. Não é surpresa, já que não estamos exatamente tentando nos esconder. Tenho certeza de que meu pai ficará irritado por eu tê-lo convencido a me deixar dirigir em vez de pegar um carro com motorista, mas não há nada a ser feito agora.

Ele termina de dar um autógrafo, e eu coloco a mão em seu braço.

— Só para avisar que há um fotógrafo do lado de fora.

— Não é um problema — ele diz. — Iria acontecer mais cedo ou mais tarde, não é?

— Acho que é isso o que eu ganho por viajar com o Ian Butler. É como se você fosse ainda mais bonito pessoalmente — provoco.

Com a cabeça baixa, pego o braço oferecido por ele e saio. Vozes nos chamam, e não é apenas um fotógrafo, são dois agora, pedindo para olharmos para cima, para dizermos algumas palavras, um sorriso. Posso sentir meu pai ao meu lado com a postura ereta e, com uma olhada rápida, vejo que ele está sorrindo alegremente.

Mas ao olhar para ele, também vejo um grupo de fotógrafos correndo pela lateral do prédio.

Não há mais apenas dois deles, há pelo menos uns vinte.

O tempo volta atrás. Tenho dezoito anos de novo em vez de trinta e dois e não estamos na frente do pitoresco restaurante, estamos no pátio do hotel, em Londres. Os rostos estão escondidos atrás de câmeras gigantes e lentes; microfones são içados e empurrados na minha direção. As perguntas parecem vir de todos os lados.

Tate, S.B. Hill Sam Brandis é o autor e roteirista?

Sam Brandis é o mesmo garoto que você conheceu em Londres?

Qual é a sensação de se reencontrar com o homem que entregou você anos atrás?

— Tate! Tate! Aqui!

Ian, qual é a sua relação com Sam? Você está ciente do passado deles?

Tate!

Só ficamos aqui por uma hora, como eles chegaram tão rápido?

Suas vozes gritam, afiadas e claras, e uma única pergunta é dirigida a mim várias vezes de uma dúzia de lugares: *Tate, quem é Sam Brandis?*

Estou congelada, completamente chocada, encarando a multidão.

Meu pai passa um braço em volta dos meus ombros.

— Ela não tem nenhum comentário, mas aproveitem o resto do dia. Se cuidem.

As câmeras piscam de um jeito maníaco, e meu pai me conduz em direção ao carro, me ajudando a entrar no lado do passageiro. Ele passeia em volta, acenando, amigável, balançando a cabeça para indicar que também não irá responder às perguntas.

— Vocês sabem como funciona, pessoal — ele diz, abrindo a porta do lado do motorista. — Sabemos que vocês estão apenas fazendo o seu trabalho, mas não é assim que vão conseguir as respostas.

Ele fica ao meu lado, atrás do volante.

— Tate! — alguém grita. — S.B. Hill é a mesma pessoa que vendeu sua história quando você tinha dezoito anos? É verdade que vocês eram amantes e ele te traiu?

Com muito esforço, fico olhando para a frente, sem ter uma única reação que possa ser usada na capa de um tabloide.

Meu pai liga o carro e olha para mim.

— Você está bem, docinho?

Não estou. Estou atordoada ao ponto de ficar entorpecida.

Nada disso faz sentido.

— Como diabos eles sabem sobre o Sam?

— Você sabe como esses caras são — ele diz, saindo com cuidado para não atingir nenhum dos repórteres, que ainda estão martelando perguntas pelo para-brisa. — Eles sabem de tudo.

— Eu sei, mas... — Assim que nos distanciamos, eu me curvo e apoio a cabeça nas mãos. Minha mente está acelerada, inundada pelas vozes, pelo clique das câmeras e pessoas perseguindo o carro, buscando a foto perfeita ou a frase de efeito que terá o maior preço, o maior número de cliques.

O Nick fez isso?

Nick.

Sinto vontade de vomitar. Eu confiei nele.

Quando vou aprender?

Solto um gemido, inclinando a cabeça para trás no assento.

— Isso é uma bagunça do caralho.

— Vai ficar tudo bem.

Olho para ele.

— Desculpa. Eu... eu deveria ter contado. Só não sei como eles descobriram. Acho que foi o Nick que...

Minhas palavras se dissolvem. Ele não me perguntou do que se trata. Não demonstrou nenhuma surpresa.

— Tate, vai ficar tudo bem. — Ele estica o braço e aperta minha perna antes de voltar a colocar a mão no volante. — Você já está nessa há muito tempo. Já sabe como é a imprensa.

Percorremos mais ou menos um quilômetro e ele canta baixinho junto com o rádio. Minha mente gira, tentando juntar as peças para descobrir o que está acontecendo. Não consigo imaginar Nick ligando para a imprensa e divulgando a história. Ele não tem nada a ganhar e muito a perder me traindo.

Olho para meu pai novamente. Ele está tão calmo.

— Você me ouviu ontem à noite? — pergunto, tentando mascarar o tremor em minha voz.

— Você sabe que eu te vi, já conversamos sobre isso no restaurante.

— Sim, mas você me *ouviu*? Eu e o Sam. Você estava ouvindo a gente falar sobre Londres?

Ele aperta mais o volante.

— Filha, eu já disse, está tudo bem. Ruim é não estar na mídia. Isso trará mais atenção para o Sam e será uma grande exposição, não só para o filme, mas para todos nós. — Não respondo e ele olha depressa para mim e depois se volta para a estrada. — Imagine as manchetes. As pessoas vão brigar nas ruas para ouvir essa história. — Outro olhar. — Você pode imaginar a agitação quando eles nos virem, os três juntos?

A insinuação de alegria em sua voz me dá náuseas. Tudo o que ele disse, cada pequeno progresso que pensei que estávamos fazendo, era tudo mentira.

— Pai, as pessoas não vão falar sobre outro assunto — digo, baixinho. — Sobre mim e o Sam, para sempre.

Ele ri e o som é uma explosão genuína, uma verdadeira diversão.

— Sério? Para sempre? Por favor, não me diga que você é tão ingênua. O que você deveria estar pensando é em como fazer com que dure o máximo possível. — Ele levanta um dedo no ar para enfatizar seu argumento. — Escute o que eu falo. A única coisa certa neste mercado é que você terá que batalhar mais a cada maldito ano e só pode contar com você mesma. Se quiser se manter relevante, terá que criar oportunidades sempre que puder, e isso é uma mina de ouro, Tate. — Ele respira fundo e solta o ar aos poucos. — Uma mina de ouro.

De certa forma, ele está certo: hoje à noite, o nome de Ian Butler estará em todos os programas de fofoca e, provavelmente, nos assuntos mais comentados do Twitter.

Do seu ponto de vista, eu finalmente fiz algo certo, e ele só teve que me vender.

vinte e seis

Ele desacelera, faz a curva final que leva à fazenda, e minha garganta se fecha. Há um aglomerado de vans, carros e fotógrafos estacionados ao longo do último quilômetro da estreita rodovia que leva aos portões da Fazenda Ruby.

Meu pai se endireita no banco do motorista, os olhos focados.

— Pronta?

Fico boquiaberta. Isso é um *déjà-vu*. Só que desta vez não estamos na frente da casa da vovó com repórteres e paparazzi se aglomerando na pequena rua cheia de buracos. E não é Marco ao meu lado, é meu pai.

Há uma multidão em volta do carro enquanto ele desacelera para virar à esquerda e entrar na fazenda. As câmeras são giradas e apontadas, os microfones estendidos. Com um sorriso agradável, ele liga o rádio para tentar bloquear os gritos, mas isso só faz tudo parecer mais caótico: a gritaria dos fotógrafos se mistura com a voz rouca da cantora que apropriadamente diz a todas essas pessoas que mudou as fechaduras da porta da frente.

Fotógrafos se encostam no carro. Só conseguimos avançar cerca de dois quilômetros por hora, porque a única coisa que poderia piorar este escândalo seria atropelar um fotógrafo. Abaixo a cabeça para me proteger do *flash* das câmeras e respiro fundo entre os joelhos, tentando prever o que vamos enfrentar dentro dos portões. É possível que Sam ainda não saiba? Será que eu teria a sorte de poder mergulhar em um cenário alheio a tudo isso na fazenda, com todo mundo sem acesso a Wi-Fi?

Alguém bate na janela, me assustando o suficiente para que eu olhe para cima. O *flash* permanece em meus olhos por muito tempo depois de tirarem a foto, mas sei que é a foto perfeita: eu, de olhos arregalados, boca aberta, olhando diretamente para a câmera e parecendo tão exaurida com tudo quanto eles querem que eu esteja. Em geral, estou acostumada com a situação: fotógrafos em estreias, ou quando estou fazendo tarefas cotidianas, ou em qualquer evento divulgado. Mas não estou acostumada com *esta* situação. Esta é uma verdadeira invasão da minha vida, não a resposta coordenada a uma informação plantada por Marco ou seus contatos. Esta sede de sangue está completamente fora do meu controle. Meu coração parece uma britadeira.

Ao meu lado, meu pai oferece um ocasional e encabulado aceno, mas seu sorriso amigável se transformou em uma careta. Talvez ele esteja preocupado que arranhem a pintura. Talvez seja porque aqui no carro ele não consegue seduzir os fotógrafos para pegarem seu lado bom — um ângulo que o faz parecer mais jovem e mais alto. Gostaria de pensar que ele está se arrependendo do que quer que tenha feito, mas sei que não é o caso.

Conseguimos passar pelo portão, que se fecha atrás de nós, e eu mal consigo respirar fundo antes que meu estômago se revire junto com a fantasia de uma equipe indiferente: Marco já está aqui, esperando em frente à Casa Comunitária. Ele desce correndo os degraus da frente assim que nos vê e para ao lado da minha porta antes mesmo de estacionarmos.

— Será que mataria você pegar seu celular? — Ele me ajuda a levantar, já no modo resgate, e começa a me conduzir em direção a um SUV preto, estacionado alguns metros à frente e com o motor ligado. — Charlie está guardando suas coisas. Eu tenho...

— Calma. Marco, o que está *acontecendo*?

Ele olha para meu pai por cima do meu ombro.

— Me diga você.

Meu pai aperta os olhos para o céu cinza-claro. Um momento tenso de silêncio se estabelece entre os dois e eu olho para longe, tentando não surtar muito. Alguns membros da equipe perambulam pelos degraus da Casa Comunitária, nos observando, sem tentar dar a impressão de que estão nos observando. Não vejo nenhum sinal de Sam.

— Estávamos almoçando na cidade — meu pai explica — e quando saímos, o estacionamento estava cheio de fotógrafos. Eles perguntaram sobre o Sam e a Tate e a viagem a Londres quando ela era adolescente. Não tenho ideia de como nos encontraram.

— Um mistério — Marco diz, movimentando a cabeça devagar.

Eu logo me intrometo, concordando com meu pai, como se estivéssemos contando a mesma história.

— Eles surgiram do nada.

O olhar de Marco se volta para mim, e eu pisco para ele, esperando que ele perceba que precisamos fingir calma. Marco não precisa se dar bem com meu pai, mas eu preciso. A imprensa *ama* meu pai. Quero dizer, merda, ele resistiu sem quase nenhum arranhão ao escândalo de ter traído a esposa e abandonado a única filha. E agora ele vazou essa história para a imprensa, decidindo quando e como ela ia estourar. Ele tem todas as informações; tem todas as cartas nas mãos.

Não importa o que ele fez comigo, não posso aliená-lo.

Preciso dele do meu lado, pelo menos até que eu possa ter um plano.

— Vamos precisar fazer um *brainstorming* para um controle de danos no carro — digo. Olho de volta para meu pai. — Parece que todos vamos embora logo, então vou falar com a Althea sobre o Natal.

O sorriso confiante dele retorna.

— Está certo, docinho. — Ele se inclina para beijar minha bochecha e oferece a mão para Marco.

Do nada, lágrimas espetam meus olhos, mas eu logo as afasto.

— Marco, foi bom ver você, como sempre — ele diz.

— Igualmente.

Marco e eu o observamos voltar para o Tesla, seus pés levantando pequenas nuvens de poeira. Suponho que ele simplesmente enviará alguém à fazenda para fazer sua mala. Ele tem coisas mais importantes a fazer do que cuidar de uma mala cheia de roupas. Com um aceno final e seu sorriso marca registrada, ele dá a volta com o carro e segue em direção ao portão.

O silêncio que se segue é pesado.

— Sinto muito, Tate — Marco diz, finalmente.

— São apenas negócios — falo. — Eu já deveria estar acostumada.

— Não, não deveria.

Ombros caídos, sinto o peso enorme de tudo o que está acontecendo.

— Sei que você quer ir embora, mas preciso falar com o Sam.

Só dou um passo quando ele me para com a mão em volta do meu braço.

— Tate...

Uma onda de pavor sobe cada vez mais alto em minha garganta. De novo não. Por favor.

— Ele já foi, né?

Marco parece dez anos mais velho.

— Gwen o colocou em um avião.

— Ele deixou um bilhete ou disse alguma coisa?

Percebendo meu pânico iminente, Marco dá um passo à frente.

— Não, Tate, mas preciso que você me escute.

— Eu não... não entendo o que está acontecendo. Ele simplesmente foi embora? — digo, começando a me sentir tonta.

Marco coloca as mãos em meus ombros e se inclina para me olhar nos olhos.

— Vamos conversar sobre tudo quando a gente sair daqui, mas tudo o que sei até agora é que recebi uma ligação de um dos meus rapazes hoje de manhã, dizendo que tinha recebido uma denúncia anônima e que alguns outros já estavam vindo para cá. Eles também já estão na sua casa, na casa da sua avó — ele faz uma pausa —, e na fazenda do Sam.

— Em Vermont? — Meus olhos alcançam os dele.

— Com certeza já estão conversando com os vizinhos dele, a ex-mulher...

— A bebê dela acabou de sair do hospital — digo.

Marco acena com a cabeça.

— Tate, eu tive que ligar para a Gwen. Este é um filme de milhões de dólares, e um dos maiores escândalos de Hollywood acaba de cair em cima dele. Essa merda é como doce para esses caras. — Ele ergue o queixo em direção ao portão da frente, onde os fotógrafos sem dúvida ainda estão esperando. — E o estúdio precisa estar à frente disso. Tenho certeza de que você já deve ter pelo menos uma dúzia de mensagens agora, o que você saberia se estivesse com o seu maldito celular. — Franzindo a testa, ele me diz: — Sam já tinha ido antes de eu chegar.

— Marco — digo, e a ideia que me atinge parece tão terrível que faz minhas mãos ficarem geladas de repente. — Você não acha que o Sam teve algo a ver com isso, né? Que ele ligou para a imprensa? Quero dizer, estamos de acordo que isso foi tudo coisa do Ian.

— Estamos de acordo que foi tudo o Ian. — Sua boca se curva em uma linha severa. — Sei que isso não torna nada mais fácil. Pelo que a Gwen me contou, o Sam ficou tão chocado quanto qualquer um de nós. Ele vai se refugiar no sistema de apoio dele e você precisa voltar para o seu. Sua mãe pegou um voo há cerca de uma hora e estará na sua casa quando você chegar lá.

Levo alguns segundos passando as mãos nos olhos. Não sei como é o sistema de apoio dele. A ex-mulher dele está muito ocupada. Roberta e Luther se foram. Será que Sam tem um empresário? Isso vai ser um pé no saco para mim, mas vai ser brutal para ele, e ele vai precisar de toda a ajuda que puder conseguir.

Eu sei disso e fico repetindo sem parar, mas quando chegamos ao aeroporto em Oakland quase três horas depois e ainda não tenho notícias dele, meu estômago parece um poço vazio. Está tudo uma confusão. O voo de última hora, o estresse de saber que essa história foi divulgada e está saindo de controle, o caos da imprensa — há coisa demais acontecendo. Talvez seu celular esteja transbordando. Talvez ele tenha apenas desligado. Talvez ele não tenha meu número — por que teria? Talvez precise de algumas ligações para me encontrar, e talvez ele tenha presumido, como eu deveria ter imaginado, que resolveremos tudo quando a poeira baixar.

DEPOIS DO CHALÉ DA FAZENDA, MINHA CASA parece enorme e estéril. A arte que eu costumava ver como minimalista parece solitária nas paredes brancas e enormes. Minha sala de estar — cheia de móveis brancos que eu achava convidativos —, parece excessivamente presunçosa; nada aconchegante para relaxar no fim do dia.

Até meu quarto é grande demais, vazio demais, impessoal demais.

Curiosamente, só de imaginar Sam aqui comigo — esticado, longo e musculoso, na cama, lendo no sofá de meias e moletom, assobiando, enquanto prepara o jantar no enorme fogão — faz com que a casa pareça muito mais acolhedora. Pela primeira vez na vida, entendo: casa nem sempre é um lugar; pode ser uma pessoa.

Eu me viro e olho pela janela, enquanto mamãe dobra roupas limpas na minha cama.

Seguro a barra da minha calça de moletom.

— Você ainda vai ver o seu pai no Natal? — Ela alisa uma das minhas camisas na colcha, dobra em três partes perfeitas e a coloca no topo da pilha.

— Saímos da fazenda como se tudo estivesse bem, mas... acho que não. Ela me abre um sorriso triste.

— Sinto muito, querida.

Solto um gemido e me jogo de costas na cama. Sinto o tecido frio na nuca.

— Eu nem sei por que estou surpresa.

— Porque ele é o seu pai. Ele deveria ser uma pessoa legal.

Dou de ombros, me sentindo entorpecida.

— Pois é, mas ele sempre me mostrou exatamente quem ele é, e eu nunca quis acreditar. — Eu me dou o tempo de contar até dez para sentir pena de mim mesma antes de me sentar, cruzando as pernas. — Posso ter um pai de merda, mas tenho uma mãe fantástica. Algumas pessoas nem isso têm. Não estou reclamando.

Mamãe me abre um sorriso doce e se inclina para dar um beijo rápido na minha testa.

— Se eu não o tivesse conhecido, não teria *você*. É difícil se arrepender, mas lamento que você tenha que lidar com o mesmo idiota egoísta que eu larguei tantos anos atrás. Deus permita que ele cresça um pouco. — Voltando a se endireitar, ela pega outra camisa. — Você já conversou com a vovó?

Opa. A culpa surge dentro de mim e eu balanço a cabeça.

— Estou preocupada que ela vá me jogar uma montanha de "eu avisei" e um tratamento de silêncio prolongado.

— Acho que não. Acho que ela está preocupada com você, mas do jeito típico de mãe. Ela não tem falado muito sobre o assunto, porque você sabe tão bem quanto eu que ela não é de sentir prazer com os "eu avisei".

Sei que mamãe está certa de que vovó não sente *prazer* com isso por si só, mas, ainda assim, seria a primeira coisa a sair de sua boca. Ela mal me perdoou por Londres. Sua reprovação era tão silenciosa quanto ela mesma, mas sempre esteve lá — na leve distância quando minha carreira começou ou na longa expiração enquanto a xícara de café era levada lentamente à boca sempre que o trailer de um dos filmes de meu pai passa na televisão.

— Isso vai ser uma bagunça para ela também — digo, então solto um gemido, caindo de volta na cama. — As pessoas vão frequentar a cafeteria de novo e pedir fotos. Não há nada que a vovó odeie mais do que quando as pessoas tiram fotos sorrateiras dela na cafeteria.

Mamãe ri ao imaginar a cena.

— Bem, ela precisa se aposentar de qualquer maneira. — Mamãe me cutuca para fora da cama. — Ela veio aqui para ver você, então vá falar com ela. E vá comer alguma coisa — ela grita atrás de mim. — A vida continua.

CHARLIE ESTÁ SENTADA NO BALCÃO DA COZINHA, comendo um pedaço da torta de amora que vovó trouxe de Guerneville. Além do iPhone perto de seus quadris, a imagem de Charlie é tão familiar que é quase fácil esquecer que temos trinta e dois anos e não dezesseis.

Olho pela janela com vista para a longa e imaculada garagem. A entrada é bloqueada por um portão de ferro de cinco metros de altura e cercada por árvores e arbustos, mas é possível ver alguns fotógrafos andando do outro lado. Conto quatro. Um parece estar comendo uma maçã. Outro está contando uma história, gesticulando bastante. Eles estão conversando de forma tão casual que parecem mais colegas de trabalho no intervalo do que paparazzi me perseguindo.

— Eles ainda estão aí? — vovó pergunta da mesa da cozinha. Eu me volto para ela e vejo que ela endireita as fileiras já arrumadas de cartas de baralho à sua frente.

— Eles vão ficar dias aí. — Charlie suspira com um pedaço de torta.

Balanço a cabeça, querendo refutar, mas minhas palavras saem fracas e estridentes.

— Aposto que vão ficar entediados e ir embora logo.

Vovó me espia por cima dos óculos grossos como se dissesse: *Você acha que eu nasci ontem?*

Sentindo a tensão, Charlie salta do balcão.

— Vou tomar banho. — Ela conecta seu celular e o vira de cabeça para baixo. Deduzo que ela está olhando as notícias de vez em quando. O que quer que ela esteja vendo, tenho certeza de que não quero saber. — Me avisa se acontecer alguma coisa — ela diz ao sair.

Pego a chaleira, encho com água e ligo o fogão.

— Vovó, você quer um pouco de chá?

— Quero se você ficar longe da janela e vier se sentar.

Me sento ao lado dela.

— Cadê a sua mãe? — ela pergunta.

— Ela estava lavando roupa. A maior parte já está lavada, mas você sabe como ela é.

Vovó junta as cartas e as embaralha entre as mãos. Essas são as mãos que me ensinaram a fazer tortas, que colocaram curativos depois que caí e me ajudaram a aprender a amarrar os sapatos. Elas estão tão diferentes agora. Suas mãos costumavam ser suaves, fortes e habilidosas. Agora suas juntas estão inchadas por causa da artrite e sua pele, marcada pela idade.

— Ela gosta de lavar roupa, mas, principalmente, acho que ela gosta de se manter ocupada — vovó diz.

Sorrio para ela.

— Parece outra pessoa que eu conheço.

Ela ri enquanto continua a embaralhar as cartas.

— Não sei. Aprendi a apreciar os momentos de silêncio. Com certeza já não dá para fazer tortas às quatro da manhã como eu costumava fazer.

Sou grata que vovó e mamãe tenham aprendizes assumindo grande parte da responsabilidade da cafeteria — uma jovem chamada Kathy e sua prima Sissy. Mas a menção da vovó com a qual cresci faz com que palavras soltas dentro de mim se encontrem.

— Sinto muito por tudo isso. Sobre o que está acontecendo lá fora... e o que aconteceu antes — digo.

Ela divide o baralho ao meio, me dá metade e vira sua primeira carta. Vovó gesticula para que eu faça o mesmo. Eu rio quando percebo que, apesar de ser grande conhecedora dos jogos de cartas, ela escolheu um dos mais simples: Pife.

— Você acha que não consigo jogar buraco, vovó?

— Acho que você deveria dar um tempo para a cabeça.

Na verdade, não é uma má ideia.

Quando revelo um quatro, ela desliza um sete da mão e vira sua próxima carta.

— Faz tempo que não falo sobre o seu avô — ela diz. — Você se lembra de algo que eu contei sobre ele?

O ar na sala parece ter parado. Vovó e eu sempre conversamos principalmente sobre aspectos práticos: o que precisa ser feito antes do movimento do café da manhã; como preciso usar a água mais fria para a crosta da torta; qual é o melhor momento para ir para casa durante as festas de fim de ano; quando são minhas férias do ano.

Não falamos sobre seu passado, seus sentimentos, e com certeza não falamos sobre seu marido, que morreu décadas atrás. Na verdade, ele morreu antes mesmo de eu nascer. Só depois que o vovô faleceu é que vovó decidiu abrir a cafeteria, que teve a liberdade para fazê-lo.

— Sei que ele estava no exército e lutou na guerra. Mamãe disse que ele adorava amoras, pescar no rio e que ela tem os olhos dele. Mas vocês não falam muito sobre ele.

— Deve ser porque ele era um homem difícil de amar. Quando ele morreu, acho que percebi que se eu tinha encontrado um homem difícil quando era jovem e bonita, não haveria de encontrar um homem fácil sendo mais velha, cansada e com uma filha.

Estou tão concentrada no que ela está dizendo que ela cutuca minhas cartas para me lembrar de continuar jogando. Viro minha carta: um sete para seu dez. Ela pega os dois.

— Sei que ela teve seus próprios motivos, mas sua mãe também nunca tentou de novo. — Ela vira uma carta, um dois. Nada satisfatório para ser tomado com um ás. — Ela amava o seu pai. Eles foram felizes de verdade por um tempo, mas depois ela também não quis se incomodar com homens.

— Deve ser a maldição das mulheres Houriet — digo, um tanto sombria. Desliguei o celular algumas horas atrás, pois estava olhando para a tela a cada segundo, esperando uma ligação de Sam. Uma panela vigiada nunca ferve e um telefone vigiado nunca toca.

Vovó faz uma pausa, segurando sua próxima carta no ar.

— Tate, eu nunca quis isso para você. Nunca quis que você fosse protegida como foi. — Ela se inclina e me encara. — Não importa o que aconteça desta vez com o Sam, estou feliz que você tenha tentado mais uma vez.

Lágrimas se acumulam em meus olhos, e vovó dispensa o sentimentalismo e logo muda de assunto.

— Você já comeu alguma coisa?

Antes de responder, há uma comoção do lado de fora — um coro de vozes gritando, seguido pelo barulho de um motor se aproximando. Vou para a janela, o alívio passa como uma onda quente pelo meu corpo quando vejo o carro de Marco.

Mas assim que o encontramos na porta, ele entra, com uma expressão severa.

— Como está tudo por aqui?

— Você conversou com o Sam? — pergunto imediatamente e fico um pouco surpresa quando ele me ignora e vai direto para o uísque em um carrinho de bar na sala.

Esperamos em um silêncio tenso, enquanto ele se serve de um copo e toma um longo gole.

— Você viu alguma das manchetes? — ele me pergunta, finalmente.

Sinto uma mistura de ansiedade e irritação se revirar no meu estômago. Gwen tem algumas conexões poderosas nesta cidade, e eu fui otimista em pensar que ela seria capaz de mexer uns pauzinhos e resolver o assunto depressa.

— Não vi, porque sei que você está só começando o controle de danos e não quero surtar — digo. — Não foi isso que você me disse para fazer? Ficar na minha e aguentar firme até você chegar?

Seus olhos se voltam para Charlie.

— E você?

O tempo para enquanto eles se olham nos olhos. Finalmente, ela faz um sinal afirmativo com a cabeça.

— Você quer mostrar para ela? — ele pergunta.

— Mostrar o quê? — pergunto, olhando para eles. — Marco, é muito ruim? Que diabos está acontecendo?

Charlie deixa os ombros caírem, resignada, vai até a cozinha e volta com o celular na mão.

— Basta rolar — ela diz e tenta entregá-lo para mim.

— Não — digo, afastando-o. — Não estou nas redes sociais, porque não quero ver as opiniões de merda das pessoas.

Marco suspira.

— Tate.

Por fim, pego o celular e leio no Twitter as mensagens na *hashtag* #TateButler. Um link para um artigo está bem no topo e eu o abro.

> Todos lemos a história: Tate Butler, filha do superstar Ian Butler, foi mantida longe dos holofotes até os dezoito anos, até estar pronta para brilhar. Ou era o que achávamos. Em uma matéria exclusiva esta semana, noticiamos que Tate e sua equipe não foram os únicos que arquitetaram o lançamento de Tate de volta aos olhos do público, foi um desonesto amante adolescente decidido a lucrar. Tate, então com dezoito anos, foi pega de surpresa.
>
> E parece que ele está de volta à cena. S.B. Hill, pseudônimo de Sam Brandis, é o roteirista de Milkweed (cujas filmagens acabaram esta semana, estrelando — isso mesmo — Tate e Ian Butler). Ele também é o homem que entregou Tate Butler anos atrás. O reencontro deles é uma reviravolta romântica do destino ou ele está de volta para outro golpe publicitário?

Todos os artigos dizem a mesma coisa.

— Isso é loucura! — Jogo o celular de Charlie no sofá. — Qual é!

— Concordo que é ridículo — Marco diz. — Mas também é a narrativa atual, e todo mundo, e digo todo mundo mesmo, está trabalhando com ela.

— O que você está fazendo para consertar isso? — Sinto a voz afinando, ficando histérica. Uma olhada em Marco e fico tranquila de que minhas exigências não o incomodam; ele sabe que não tenho alternativa.

— Falei com os meus contatos na imprensa. — Marco respira fundo. — Mas nem o Sam e nem o Ian negam a história.

— Então me consiga uma entrevista. Eu explico.

Marco já está balançando a cabeça.

— Que tal uma declaração? — mamãe pergunta.

— Faremos uma declaração — explica Marco pacientemente —, mas temos que coordenar com a Gwen e o estúdio, e essas coisas não são rápidas. No fim das contas, isso se refere ao Sam também. Se ele não se posicionar e encarar, vai ficar parecendo um monstro oportunista.

— Então, vamos nos posicionar e contar a verdade — digo.

— E qual é a verdade exatamente? — Marco diz, baixinho. — Que ele fez exatamente o que todos dizem que ele fez?

— Você sabe que isso não é verdade — eu quase grito. — Eles estão distorcendo tudo. Se a gente explicar...

— Tate, eu preciso que você escute. Você disse que confia em mim, não é?

Meu coração está disparado, a adrenalina nas alturas. Consigo responder com um rápido sinal de cabeça.

— Então confie em mim e me deixe fazer o meu trabalho. Tudo o que interessa a essas pessoas é uma frase de efeito. Algo excitante o suficiente para fazer as pessoas clicarem. Eles não se importam com desculpas ou circunstâncias atenuantes, porque ninguém tem a capacidade de focar a atenção para ler mais do que uma manchete ou um tuíte. Nessa versão, você aparece como vítima, sim, mas também parece frágil e ingênua. Não é quem você é ou a marca que criamos. Deixe o Sam se preocupar com a marca Sam. Precisamos sair um pouco daqui e deixar o estúdio criar uma mensagem. *E só então* falamos sobre uma entrevista.

— Preciso falar com o Sam. Preciso... encontrá-lo.

— Ele não quer ser encontrado, Tate. Eu tentei. Ninguém consegue fazer contato com ele.

Deixo a informação entrar na minha cabeça. Eu estava errada sobre ele de novo?

Fui enganada de novo?

— Ok.

Solto um suspiro longo e lento. Já fiz isso antes — juntei meus cacos e segui em frente. Posso fazer isso de novo.

— Quando vamos partir?

vinte e sete

Marco organiza para ficarmos em algum lugar isolados da imprensa. Antes de sairmos pelos fundos, com alguns seguranças partindo em carros para distração, ele também sugere que eu entre em contato com alguns de meus amigos na mídia ou que tenham muitos seguidores *on-line*. Não para fazer uma declaração oficial, mas uma ligação rápida para transmitir que eu sei o que está acontecendo, que minha equipe está em cima disso e que entrarei em contato assim que puder dizer algo concreto.

Como sempre, foi a jogada perfeita. Agora, há um punhado de tuítes como:

> Conheço a Tate e essa história não é precisa.
>
> Não acredite em tudo que você lê.
>
> Todo mundo precisa se acalmar e esperar que a verdadeira história venha à tona.

A maré muda, como costuma acontecer *on-line*. Os tuítes dos meus amigos são retuitados com comentários confiantes:

> A reação automática nunca é certa.
>
> Vocês, idiotas, já foram com muita sede ao pote.
>
> Saiam daqui com essa merda de drama.

As refutações podem não ser totalmente justas, mas são o suficiente para me permitir respirar.

A CASA QUE MARCO ENCONTRA PARA NÓS É uma lufada de ar fresco. Eu não queria uma cidade e não queria o campo ou um chalé no mato, onde me lembraria da Fazenda Ruby. Em vez disso, dirigimos para San Diego, pegamos um voo para a Carolina do Sul, dirigimos até uma cidade litorânea e paramos na frente de uma casa cinza de dois andares, cercada pelo mar. O relógio marca seis e meia da manhã quando finalmente desabo na cama com o oceano Atlântico do lado de fora da janela.

Puxo os cobertores sobre a cabeça para bloquear a luz do sol forte, desejando poder bloquear a estática em meu cérebro com a mesma facilidade. Minha mente está caótica. O relacionamento que eu queria com meu pai nunca vai acontecer. Deixei Sam voltar, ignorando a voz que me dizia para ter cuidado desta vez. Não importa como ele se sinta ou quaisquer circunstâncias que o estejam impedindo de entrar em contato comigo, isso não muda o fato de que agora estou na mesma posição em que fiquei no passado: sozinha, envergonhada, enganada.

Quero dar um nome a esse sentimento e chamá-lo de amor. Nunca senti antes, ou desde então, o que sinto por Sam, e é uma devoção tão intensa que me faz sentir realizada e preenchida com algo quente e flexível. É como ter cem beija-flores no sangue, zumbindo. Até mesmo pensar nele agora é uma distração suficiente da loucura da máquina de fofocas.

Mas ele não ligou, não tentou entrar em contato comigo. Não leva muito tempo para voar da Califórnia até Vermont. Será que ele decidiu que o que temos não vale a pena? E eu vou mesmo ficar deitada aqui me perguntando se sou boa o suficiente para Sam Brandis *de novo*?

Fecho as cortinas, apago as luzes, mas ainda leva três episódios de uma série na pequena televisão para me distrair dessa espiral e puxar meu ego de volta à superfície. Digo a mim mesma: *Lembra? Você não queria se sentir assim de novo. O êxtase não vale a angústia.*

Ouço uma batida assim que começo a adormecer.

Um filete de luz se espalha pelo carpete. Abro um olho e vejo mamãe parada na porta aberta.

— Querida, seu celular estava tocando. — Ela faz uma pausa e, em seguida, o traz para mim.

Olho para baixo. Poucas pessoas têm esse número. Uma notificação na tela me diz que há uma mensagem de voz, mas não reconheço a pessoa que ligou.

Mamãe sai de fininho em algum momento, enquanto olho para a tela, meio torcendo para que seja Sam, meio torcendo para que não seja. *O êxtase não vale a angústia.*

Coloco o celular no ouvido e ouço a voz, ainda mais rouca por telefone.

— Ei, Tate. Sou eu. — Uma longa pausa, durante a qual minhas costelas quase apertam meus pulmões, e então uma risada seca. — Isso é loucura. Os caras estão com câmeras do lado de fora agora. Só queria ter certeza de que você soubesse que não fui eu desta vez. — Ele fica quieto novamente e limpa a garganta. — Nem sei o que dizer. Queria ter conseguido me despedir. Não sei o que você precisa de mim. Merda, não sei nem o que você quer de mim neste momento, mas estou aqui. Este é o meu número. Me liga quando, e se, estiver pronta.

NÃO HÁ OUTRA CASA POR QUASE UM quilômetro. A vizinha mais próxima, uma mulher da idade da vovó chamada Shirley, parece não ter ideia de quem eu sou, e quando traz uma caçarola de boas-vindas, admite que seu programa favorito é e sempre será *Hill Street Blues*. Não acho que precisamos nos preocupar que ela vá ligar para o jornal e revelar nossa localização.

Vovó começa a assar tortas com ingredientes locais e entregá-las em mãos para um punhado de pessoas a uma curta distância. Mamãe monta um tripé no deck dos fundos e tenta capturar o nascer do sol todas as manhãs. Ando para cima e para baixo na praia, procurando conchas intactas e esperando que este seja o dia em que eu acordo e sei o que diabos vou fazer com relação a Sam.

Completamos uma semana aqui e esse dia ainda não chegou.

Sam não ligou de novo, mas, pelo que eu sei, ele também não fez uma declaração ainda.

Mas no dia 8, Marco chega com uma pilha de roteiros e a notícia de que, em uma entrevista não relacionada, Gwen finalmente abordou o escândalo de S.B. Hill.

— "Gwen Tippett confirmou que Tate Butler e Sam tiveram um relacionamento no passado e se reconectaram enquanto filmavam o longa-metragem, *Milkweed*." — Marco lê, olhando para seu celular. Ele veio direto de uma reunião em Nova York e está sentado descalço na areia, vestindo o que deve ser um terno de oitocentos dólares. — "Quando a diretora foi questionada se o relacionamento afetava o desempenho de Tate na tela, Tippett insinuou descaradamente que o público teria que esperar para ver." — Marco revira os olhos. — Muito sutil, Gwen.

Aproximo as pernas do peito e puxo meu suéter em torno delas para me manter aquecida.

— Então, as coisas esfriaram.

Ele joga o celular na areia e olha para as ondas.

— A maior parte. Pelo menos até a coletiva de imprensa. Ou até que alguém veja você e o Sam juntos. — Não digo nada e sinto que ele se vira para olhar para mim. — Alguma chance de vermos isso acontecer?

— Não sei. — Roo a unha do polegar, pensando. — Foi você quem deu o meu número para ele?

— Sim.

Solto um suspiro longo e lento.

— Ok.

— Me conta o que você está sentindo, Tate.

— Estou com saudades dele. Quero ligar, mas então o meu cérebro começa, me lembrando de que não fui com calma. — Franzo a testa. — E no passado também. Acho que agora é a hora de pensar muito bem e ter certeza.

— Meus pais foram morar juntos depois de uma semana — ele diz, dando de ombros. — Estão casados há cinquenta e dois anos. O que é rápido para alguns não é rápido para todo mundo.

Reflito, querendo que seja verdade. Penso no primeiro dia de filmagem, em que o vi na trilha e em como tudo voltou como um arroubo. Às vezes, fico feliz por não ter tido nenhum aviso. Eu ainda teria aceitado o papel? Olhando para trás, quase parece que o destino...

Paro. Minha mente se prende a esse detalhe. Alguma coisa deve ter mudado em minha postura ou expressão, porque de repente Marco está se inclinando em minha direção.

— Tate?

Os e-mails dele.

Pego o celular no bolso do suéter e começo a pesquisar os e-mails que Terry arquivou. Percorro meses e meses e então, lá está, terça-feira, 8 de janeiro.

Quinta-feira, 14 de março.

Quarta-feira, 24 de julho.

Quinta-feira, 25 de julho.

Minha cabeça está girando. Prendo a respiração e leio.

Para: Tate Butler <tate@tatebutler.com>
De: S.B. Hill <sam@sbhill.com>
Assunto: Milkweed
Data: terça-feira, 8 de janeiro

Cara Tate,
Não tenho certeza de como começar este e-mail. Na verdade, passei anos pensando em como começar um e-mail para você, mas com a notícia que acabei de ter não posso me dar ao luxo de me enrolar demais.

Primeiro, caso você não tenha ligado o pseudônimo à pessoa, é o Sam, de Londres. Sei que não tenho o direito de te escrever. Eu pretendia te deixar completamente em paz depois do que fiz, mas esta situação em particular merece um alerta.

Sabe, eu sou o escritor de Milkweed, e pelo que entendi você acabou de assinar para o papel da Ellen.

Ao que parece, vamos filmar numa pequena fazenda no norte da Califórnia. O elenco e a equipe ficarão alojados juntos na fazenda durante as filmagens.

Acredito que dá tempo para você desistir, se desejar. Nenhum anúncio foi feito ainda, e a Gwen me disse que ainda faltam algumas semanas para fazer algum.

Estou sentado aqui, me perguntando se vale a pena dizer todas as coisas que guardei nos últimos catorze anos, mas, na verdade, seria louco demais pensar que você gostaria de ouvir alguma coisa.

Por mais que eu adorasse se você interpretasse a Ellen, entendo se você desistir.

Desejo tudo de melhor para você, Tate.
Com todo o meu amor,
Sam

Para: Tate Butler <tate@tatebutler.com>
De: SB Hill <sam@sbhill.com>
Assunto: RE: Milkweed
Data: quinta-feira, 14 de março

Oi, Tate,

As coisas estão andando com o desenvolvimento do filme. O elenco está sendo reunido, a equipe e a locação estão sendo finalizadas. Pelo que sei, você ainda está envolvida. Mas quando vi o anúncio na revista hoje, entrei em pânico me perguntando se você viu o meu primeiro e-mail. Não sei se é tarde demais para você desistir. Contratualmente, não sei como essas coisas funcionam. Mas a ideia de que você não saiba sobre o filme e a história de fundo antes de entrar no set me deixa nauseado.

Preciso contar para você um pouco sobre o Luther e a Roberta. Minha vida com eles foi boa. Melhor do que boa, foi a melhor vida possível. Amor incondicional. Sabedoria e compromisso com a comunidade. Qualquer um que cruzou com eles teve sorte de conhecê-los. Eu fui, de longe, o mais sortudo, por ter sido criado por eles.

Às vezes penso nisso e me pergunto se a minha decisão tornou a sua vida melhor ou pior no longo prazo. É impossível, para mim, saber. Carrego o peso da culpa comigo todos os dias, em todos os momentos. Não digo isso por achar que você deva ficar preocupada. É porque nós dois tivemos esses pontos de inflexão nas nossas vidas em que, sem o nosso conhecimento, alguém está tomando uma decisão enorme que vai nos impactar para sempre. Faço essa reflexão olhando em retrospecto com bastante frequência. Que cara arrogante eu fui.

É importante para mim que você saiba que nada foi premeditado. O que senti por você, para ser honesto, o que ainda sinto por você, foi genuíno. Fiz a ligação por impulso, pânico.

Aquele telefonema me deu mais dez anos com o Luther. Analisei de todos os ângulos, mas não trocaria esses anos por nada.

Quando a gente se vir no *set*, tenho certeza de que vai ser estranho no começo. Se eu for estranho de alguma maneira, também sinto muito por isso. Farei tudo o que puder para respeitar os seus desejos, sejam eles quais forem. Se desejar que seu empresário ou assessor de imprensa envie uma nota para mim com uma resposta sua, eu agradeceria saber que você viu este e-mail.

Com amor,
Sam

Para: Tate Butler <tate@tatebutler.com>
De: SB Hill <sam@sbhill.com>
Assunto: RE: Milkweed
Data: quarta-feira, 24 de julho

Cara Tate,
Faltam dois meses para as filmagens e não tenho notícias do seu empresário ou assessor de imprensa (Marco?). Ainda não tenho ideia se você já viu estes e-mails. Devo contar para a Gwen? Devo entrar em contato com o Marco? Não quero invadir a sua privacidade. Não quero bagunçar a sua história oficial. Você tem o direito de controlar a narrativa e não sei quem sabe.

Estou completamente confuso com essa merda toda. Mal posso esperar para ver você, mas estou com medo de que seja horrível para você me ver.

Não aguento mais ficar pensando nisso.

Se eu conseguisse superar, seria mais fácil. Mas não consigo. Parece que você conseguiu e fico feliz por isso, Tate, fico mesmo.

Ainda estou apaixonado por você (a você verdadeira, não a versão da televisão, não a versão das revistas.

Estou apaixonado pela garota que queria assumir o controle da própria vida — porra, que ironia —, que queria abraçar o mundo). Você é a razão pela qual eu sinto que minha vida ainda não começou. É como se eu estivesse esperando que você me libertasse.

Mal posso esperar para estar perto de você. Só preciso saber que você está vendo estes e-mails.

Eu te amo há tanto tempo, e só preciso ter certeza de que você sabe disso.

Sam

Para: Tate Butler <tate@tatebutler.com>
De: SB Hill <sam@sbhill.com>
Assunto: RE: Milkweed
Data: quinta-feira, 25 de julho

Cara Tate,

Me desculpa pelo último e-mail. Eu tinha saído com alguns amigos, bebi demais. Não vai se repetir. Prometo que serei profissional no *set*.

Sou, como sempre fui, seu,

Sam Brandis

Só quando olho para cima é que sinto as lágrimas escorrendo pelo meu rosto. Marco está ao telefone a alguns metros de distância. Mamãe está parada na varanda dos fundos com o braço em volta dos ombros de vovó; ambas estão me observando com atenção.

— Dois? — Marco diz, chamando minha atenção de volta para ele. — Funciona. Executiva ou acima.

— Dois o quê? — murmuro quando ele olha para mim.

— Obrigado. — Ele desliga e me ignora, olhando para a casa. — Emma, você pode pegar algumas roupas para...

— Estão todas limpas e dobradas — mamãe interrompe, com uma risada, virando-se e indo para dentro. — Vou colocá-las na mala.

— Marco? — pergunto, confusa.

Ele olha para mim com seus olhos azuis suavizados.

— Você nem precisa dizer nada, Tate. Está na sua cara. — Ele sorri. — Mas não se preocupe. Acabei de reservar a sua passagem.

HÁ UMA PLACA DE PASSAGEM PROIBIDA no final da longa estrada. O táxi para perto de um portão branco de madeira.

— Havia um monte de repórteres aqui na semana passada — o motorista diz, esperando enquanto passo o cartão. — A estrada inteira estava bloqueada. Não dava nem para chegar até aqui.

Olho para além da cerca. Árvores escondem a casa e a maior parte da propriedade.

— Você pode esperar aqui, caso ele não esteja em casa?

Ele balança a cabeça.

— É uma caminhada de dez minutos até lá. Posso te dar um número, se você precisar de outra corrida, mas é tempo demais para ficar aqui esperando.

Porque Eden, Vermont, com certeza está lotada de pessoas precisando de uma corrida de táxi. Abro um sorriso tenso e assino o recibo.

— Obrigada, de qualquer maneira.

Ele me lança um olhar questionador pelo espelho retrovisor.

— Por que você simplesmente não liga para a casa?

— Não tenho o número — minto. Não é bem verdade. Sam teve que mudar de número quando a notícia foi divulgada, mas o estúdio o tem. E sei que Marco também o tem. É só que isso é algo que eu precisava fazer pessoalmente. Não sou escritora como Sam, não consigo colocar o que quero dizer em um e-mail ou numa mensagem de texto. Mas eu sei como amá-lo pessoalmente. Acho que eu não precisava conhecer a história de Roberta e Luther para saber que um amor assim pode existir, mas se não fosse por Ellen, eu nunca teria descoberto.

Saio do carro e pego a mala.

— Obrigada.

O motorista acena e se afasta, e eu fico olhando para a longa estrada de terra emoldurada por cercas brancas dos dois lados. Dou um passo à frente com a mala pesada no ombro e a estrada úmida sob os pés.

É estranho. Embora *Milkweed* aparentemente se passe em Iowa, o cenário foi projetado para se parecer com a fazenda de Luther e Roberta. Era lindo, mas não se compara à verdadeira. Olhar para aquela estrada é um pouco como estar em uma casa dos espelhos: as peças estão todas onde deveriam estar, mas tudo aqui parece ao mesmo tempo maior, menor, mais brilhante, mais antigo. O pomar de maçãs da Fazenda Ruby era grande demais; este talvez tenha apenas duas dúzias de árvores. A réplica do celeiro era pequena demais e gasta; na verdade, o celeiro aqui é enorme e pintado de vermelho vivo.

Atrás de mim, colinas se estendem até onde é possível ver, e a grama está pontilhada de gado e ovelhas pastando.

Meu estômago se contrai um pouco mais a cada passo. E se ele não estiver aqui? E se ele não ficar feliz em me ver? E se ele ficar feliz? Não planejei muito bem o que preciso dizer a ele, como pegar os sentimentos dentro de mim e transformá-los em palavras. Mas quero retomar o controle desta história. Não quero meu pai ou Sam conduzindo este assunto. Nem mesmo Marco. Eu quero ser aquela que irá contar a verdade ao mundo, mas é assustador imaginar isto: expor meus sentimentos ao mundo para que todos possam ler. Ultimamente, me ocorreu que sempre fui melhor vivendo a vida de outra pessoa do que vivendo a minha própria. Mas aqui estou eu, caminhando por esta longa estrada da mesma maneira que Luther fez todas as vezes, todos aqueles anos atrás.

Assim que a estrada faz uma curva, a bela casa de fazenda de dois andares ergue-se orgulhosamente a distância. Uma ampla varanda contorna a construção amarela, e eu meio que espero ver Ellen Meyer consertando sua máquina de lavar no gramado dos fundos.

Meu coração bate mais forte ao me aproximar da casa, e meus pés esmagam a estrada de terra. O fim de tarde de novembro está frio — deve estar uns quatro graus —, e o sol acaba de se pôr atrás das árvores, transformando o céu em um azul sedutor. Mal consigo distinguir duas cadeiras de balanço pretas ao olhar para o pomar. Era lá que Roberta e Luther se sentavam juntos, conversando, balançando, fazendo o outro rir?

Um cachorrinho salta para fora da varanda quando eu me aproximo. Ele late, primeiro em advertência e depois feliz, acho, já que estou decidida a não ser uma ameaça. Largo a mala e me ajoelho, estendendo a mão para ver se ele chega mais perto.

A porta de tela se abre com um rangido e se fecha com uma batida.

— Rick! — uma voz grave chama, e quando olho para cima, vejo Sam descendo os degraus. Eu me endireito, ajeitando meu boné de tricô mais acima da testa, e ele para de repente.

Ele está vestindo jeans surrados e velhas botas marrons. As mangas de sua camisa azul de flanela estão enroladas nos antebraços e um gorro escuro cobre sua cabeça. Meus olhos não se cansam de olhar para ele.

— Tate? — ele pergunta, apertando os olhos, como se eu pudesse ser algum tipo de miragem.

Não sei qual é a coisa certa a dizer neste momento, mas as palavras que saem primeiro, "o nome do seu cachorro é *Rick*?", provavelmente não eram a melhor opção.

Ele inclina a cabeça, estendendo a mão para coçar o queixo.

— É. Rick Deckard. — Ele não fala mais nada. Apenas me encara como se não tivesse certeza do que fazer comigo.

— De *Blade Runner*? É *bom* pra caralho.

Sem aviso, ele corre alguns passos para me alcançar e me pegar em seus braços. Ele está trêmulo, os braços apertados ao redor da minha cintura, e afunda o rosto no meu pescoço ao me abraçar com força.

— Ah, meu Deus. Você está aqui.

Eu me permito respirá-lo e passo os braços ao redor de seu pescoço.

— Oi.

Ele faz um pequeno círculo, girando e girando, e então beija meu pescoço antes de me colocar no chão, mas não recua. Preciso levantar o rosto para olhar para ele.

Nós nos encaramos por uns bons dez segundos, apenas absorvendo tudo.

— Quando voltei do almoço com o meu pai, você já havia saído da fazenda.

— Gwen me enxotou de lá.

Dou de ombros.

— Mesmo assim, foi uma merda. Senti como se você tivesse me abandonado de novo.

Ele se contrai e então se curva, pressionando a boca na minha por dois segundos perfeitos.

— Não gosto disso.

— Nem eu.

— Pensei que eles diriam que eu estava preocupado com você. Achei que eles me mandaram para casa para fugir da loucura e não piorar as coisas.

— Quando voltamos, só alguns membros da equipe estavam na fazenda. Eu não tinha ideia se você estava preocupado ou não.

— Agora vejo — ele diz, e seu olhar é calmo — como foi fácil para mim desaparecer da última vez. Ninguém sabia que eu estava envolvido. Eu fiz você lidar com toda a confusão. Desta vez, meu nome foi arrastado pela lama e eu tive que lidar com isso. — Ele olha para baixo e chuta um graveto para o gramado. — Se você ligasse ou quisesse conversar, eu estaria pronto para isso. Mas se você não ligasse, eu entenderia. — Ele olha para mim e sorri. — Aí fiquei impaciente e você não retornou a minha ligação.

— Você demorou muito para me ligar — respondo. A verdade era sempre tão fácil quando éramos só nós dois. — E eu deixei que isso me abalasse.

Ele limpa a boca, rindo.

— Causamos uma confusão e tanto, hein.

— Meu *pai* causou uma confusão.

Os olhos de Sam se arregalam.

— Não brinca.

— E aposto que ele está aproveitando.

— Você não falou com ele?

Faço que não com a cabeça.

— Ainda não consigo acreditar que ele me entregou dessa maneira. Marco arranjou uma casa afastada para mim, minha mãe e a vovó na Carolina do Sul.

— Vocês são muito bons em se esconder.

Não consigo interpretar seu tom. Não soa bem como uma repreensão, mas me deixa desconfortável de qualquer maneira.

— Não quero me esconder — admito. — Não quero que esta história morra só porque a gente desapareceu. Quero enfrentar de cabeça erguida.

— Agora você quer? — Ele inclina o queixo para cima, sorrindo.

— Quero dizer, eu e você. — Engulo um nó na garganta. — Quero assumir a narrativa. Se você quiser.

Sam se aproxima e seu corpo fica contra o meu.

— Eu quero.

— Encontrei os seus e-mails.

Sua testa franze.

— Ah, é?

— E eu quero *aquilo* — digo, fazendo sua testa franzir ainda mais em confusão. — Eu quero o amor incondicional.

Ele dá um sorriso.

— Você sabe o que dizem sobre esta fazenda?

— O quê?

Ele se curva e inspira atrás da minha orelha, sentindo o cheiro do meu cabelo.

— Que todo mundo que percorre aquela estrada em busca do amor o encontra.

— É mesmo?

Sam está com a boca no meu pescoço agora, mordendo suavemente. Ele confirma com um "aham".

— Bem, isso é muito útil. — Eu me estico para ele; ele é tão quente.

— Útil como?

— Eu estava vagando pela estrada, na esperança de encontrar esse amor e, para a minha sorte, você saiu. Você vai servir.

Com uma risada, Sam me pega, me coloca por cima do ombro e me leva para a casa. O céu se transformou em uma tela profunda, pontilhada de estrelas.

— Você já viu as estrelas deste ponto exato da Terra? — ele pergunta.

Meu coração fica apertado e depois se estende como um trovão.

— Não, senhor.

Ele me coloca no gramado e depois se abaixa, dando tapinhas na grama ao seu lado.

— Venha aqui — ele sussurra, batendo no chão novamente. A lua está alta e cheia, o céu é uma explosão de estrelas. Eu me sento ao lado dele, drogada pelo calor de seu corpo curvado ao redor do meu.

— Venha aqui comigo, amor, e vamos olhar para o céu.

Leia também:

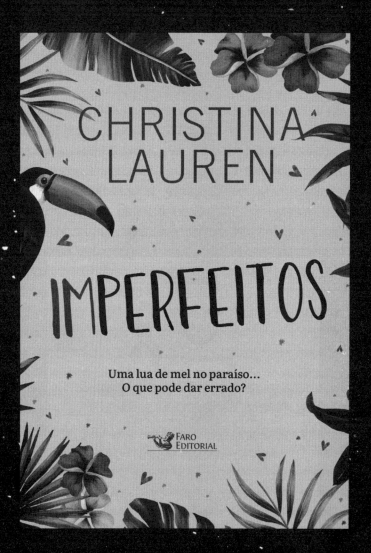

ASSINE NOSSA NEWSLETTER E RECEBA INFORMAÇÕES DE TODOS OS LANÇAMENTOS

www.faroeditorial.com.br

Campanha

Há um grande número de pessoas vivendo com HIV e hepatites virais que não se trata. Gratuito e sigiloso, fazer o teste de HIV e hepatite é mais rápido do que ler um livro.

Faça o teste. Não fique na dúvida!

ESTA OBRA FOI IMPRESSA EM AGOSTO DE 2022